(제3판) **소설창작 강의**

(제3판) 소설창작 강의

이미란 지음

경진출판

　『개정판 소설창작 강의』를 펴낸 뒤 3년이 지났다. 이번 3판은 개정판에 비해 크게 달라지지 않았다. 최근 소설의 문체에서 '시적 산문'에 대한 관심이 높아진 현실을 반영해 8강 어떻게 이야기할 것인가 단원에 '시적 산문'에 대한 작은 꼭지를 덧붙였고, 좀 더 적절한 소설의 예문을 찾아 교체한 정도이다.

　이 책의 목표는 대학에서 소설창작 강의를 듣는 학생들이 한 학기를 마치면서 자신이 쓴 소설 한 편을 들고 강의실을 나올 수 있도록 실제적이고 체계적인 도움을 주는 것이다. 소설의 소재 찾기에서 시작하여, 아우트라인 작성하기, 주제의 설정과 아우트라인의 변형, 시점의 선택과 플롯 짜기 등을 거쳐 소설의 틀을 만들어 가면서, 한편으로 주제를 드러내는 법, 시점의 효과적인 사용법, 플롯을 심화시키는 법, 성격화의 방법, 배경의 활용법 등 창작의 기법을 익혀 스토리에 흥미와 의미를 부여할 수 있도록 했다. 이 과정의 이해를 돕기 위해 내가 쓴 소설 한 편을 예로 들었다. 이 책에서는 특히 소설이 미적 의도를 전달하려는 작가의 욕구와 이를 이해하고자 하는 독자의 기대가 상호작용하는 텍스트라는 점을 염두에 두고, 독자를 고려한 글쓰기를 강조했다. 그래서 마지막 강에는 초고 소설을 완성한 후 이를 수정할 수 있도록 독자로서 읽고 고쳐 쓰기의 기준을 제시했다.

창작의 열망만 있을 뿐, 한 번도 소설을 써 본 적이 없던 학생들이 이 책이 제시하는 과정을 통해 소설을 쓰게 되고, 소설을 읽는 눈을 갖추게 되는 것을 지켜보는 것은 저자로서 큰 보람이 아닐 수 없다. 이들이 작가의 길을 걷게 될지, 좋은 독자로 남게 될지는 알 수 없지만, 어느 경우가 되든 창작의 기쁨과 가치를 아는 이로 살아갈 것임에는 틀림없다. 훌륭한 작품과 자신의 이름을 함께 남긴 뛰어난 소설가들, 더 많은 무명의 소설가들, 소설을 즐겁게 읽고 의미를 헤아릴 줄 아는 좋은 독자들…. 다시 생각해도 소설의 영토 안에서 살아가는 모든 이들이 한 공동체의 구성원처럼 가깝게 느껴진다.

2025년 1월
충장로 연구실에서　이미란

차례

4강 소설의 주제 정하기

5강 아우트라인의 변형과 패턴 설정

6강 누가 이야기할 것인가

7강 플롯 짜기

8강 어떻게 이야기할 것인가

9강 소설의 시작하기와 끝맺기

12강 소설의 문체와 말하기 기법

13강 독자로서 읽고 고쳐 쓰기

1강 소설이란 무엇인가

1. 소설이란 무엇인가

소설은 허구이다.

소설은 허구이다. 작가가 실제로 경험한 어떤 사실이 소설의 소재가 될 수는 있지만, 이것이 본격적인 소설이 되기 위해서는 그 사실들이 상상력을 통해 변용되고 확장되어 재미와 의미를 갖춘 이야기로 재탄생되어야 한다.

그러므로 소설을 쓰려면 무엇보다도 사실의 테두리에 얽매이지 않아야 한다. 처음 소설을 쓰는 사람들은 아무래도 자신의 경험에서부터 이야기를 시작하는 경우가 많다. 그러다 보니 어떤 이는 자신이 경험한 사실에서 한 발짝도 앞으로 나아가지 못하는가 하면, 어떤 이는 자신이 경험한 사실들을 걸러내지 못하고 거대한 사실의 바다에서 허우적대기도 한다.

개인의 경험을 사실대로 서술하면 논픽션이 된다. 개인의 경험을 상상력을 통해 과장하고, 더 흥미 있게 꾸미고, 그것이 인간의 구체적인 삶의 문제까지 보여 줄 수 있어야만 소설이 되는 것이다. 소설이 허구라는 분명한 명제에도 불구하고, 자신이 경험한 사실에 사로잡혀 소설 쓰기에 어려움을 겪는 이가 있다면, 인물의 성격이나 이야기의 배경을 실제와 정반대로 구성해 보는 것도 단순한 사실에서 헤어나는 방법이 될 수 있다.

소설은 인간을 이해하고 삶의 진실을 탐색하는 이야기다.

소설은 인간에 관한 이야기다. 소설은 궁극적으로 인간을 이해하고 삶의 진실을 탐색하는 이야기다. 그런데 이러한 탐구는 질문을 통해서 이루어진다. 소설이란 인간을 둘러싸고 있는 사물과 현상에 대해 진지한 물음을 제기하는 일이다. 사물의 정체를 드러내 보이고 우리들이 가진 확신들과 가면들 뒤에 숨겨진 것을 노출시키겠다는 야심을 가진 것이 소설이다. 미적인 확신과 순응주의, 신성불가침의 확신들 위에 세워진 세계 속에서는 소설이 살지 못한다.[1] 자동화되는 의식에 반성적 사고를 가능하게 하는 것이 소설이며, 이제까지 스테레오 타입이 되어 있던 감수성에 새로운 한 면을 추가하거나 삶의 의미를 새로운 각도에서 바라볼 수 있도록[2] 하는 것이 소설이다. 소설이 늘 지배 이데올로기와 맞선 자리에 있는 것도 이러한 이유 때문이다. 작가는 늘 인간이 처해 있는 상황에서 문제

---

1) 밀란 쿤데라, http://www.munhak.com/md/97fall/김화영.htm, 5쪽, 9쪽.
2) 우한용, 「생명과 자유의지의 언어형상」, 『한국소설문학대계 59: 한승원』, 동아출판사, 1995, 513쪽.

를 찾아내어 질문할 수 있어야 한다. 세상의 위대한 소설들은 계속해서 독자들에게 새롭게 보이는 작품들, 다시 말해서 무언가를 밝혀내는 힘이 있는 소설들이라는 것은 말할 것도 없다. 소설은 인간답게 사는 삶의 진실을 밝히고, 이를 옹호하며, 확산시킬 수 있어야 한다.

소설의 힘은 리얼리티에 있다.

소설이 허구임에도 불구하고 독자에게 감동을 주고, 자신의 삶을 성찰하게 하는 힘은 소설의 '리얼리티'에 있다. 소설을 흔히 '개연성 있는 허구'라고 하는 것은 그 이야기가 현실에서 일어날 법한 '참말 같은' 거짓말이라는 뜻이다. 독자가 허구의 이야기를 실제처럼 느끼면서 감정적인 영향을 받게 되는 것이 바로 이 '리얼리티'의 힘인 것이다.

그런데 소설의 '리얼리티'란 인물이나 사건이 현실 속에서 실재했느냐의 문제가 아니다. 초보 작가는 어떤 일이 자신이나 자신이 아는 사람에게서 일어났다는 이유로 자신이 쓰는 소설의 '리얼리티'를 주장한다. 그러나 소설에서의 '리얼리티'란 소설 속의 사건과 인물의 행동이 납득할 만한가에 대한 문제이다. 우리의 삶 속에서 전혀 이해되지 않는 행동을 하는 사람도 많고, 사건들은 때로 아무렇게나 일어난다. 그러나 그것들은 실제로 일어난 일이기 때문에 구태여 설명될 필요가 없다. 하지만 소설에서 사건들이 아무렇게나 일어나고 인물의 행동이 설명되지 않는다면, 그 이야기는 독자에게 설득력을 잃을 것이다. 아리스토텔레스가 『시학』에서 '개연성 있는 불가능성(probable impossibility)'이 '개연성 없는 가능성(improbable possibility)'보다 더 나은 이야기를 만들어 낸다고 말한 것도 이와 같은 맥락에서 이해될 수 있다.

실제로 세상에서 일어난 황당한 사건들을 소설로 쓴다면 독자들의 비웃음을 사게 될 것이다. 그러나 아무리 터무니없는 일이더라도 근거와 논리를 세워 이야기를 전개한다면 독자를 설득할 수 있는 글이 되는 것이다. 능란한 작가는 독자에게 마법이나 외계인, 영혼이나 비현실적인 존재까지 믿게 만들 수 있지만, 서툰 작가는 한 남자가 한 여자를 사랑하고 있다는 사실조차 설득하지 못하는 것이다.

그러므로 소설에서의 '리얼리티'란 이야기의 논리성과 통일성의 문제이다. 소설이 소설답지 못하게 되는 것은 인물의 행동이나 사건이 논리성과 통일성을 잃어 리얼리티를 상실하게 되는 때인 것이다.

2. 왜 소설을 쓰는가

삶에 대한 이해를 나누기 위해서

인간이라면 누구나 행복하고 자유롭게 살 권리가 있다. 그런데 나나 가까운 이웃이 그 권리를 침해받거나 억압당했을 때, 우리는 누군가에게 그 억울함을 이야기하고 싶고 동조를 얻고 싶을 것이다. 가능하다면 그 부당한 현실을 바로잡고 싶다는 생각도 할 것이다.

소설가가 소설을 쓰는 것도 자신의 이야기를 다른 사람과 나누고 싶은 욕망 때문이다. 인간이란 이런 존재이며, 삶이란 이런 것이다. 그러므로 우리는 어떻게 살아야 한다는 조망이나 성찰을 다른 이와 함께 나누고자 하는 것이다. 사르트르가 하나하나의 책은 어떤 특수한 소외로부터 어떤 구체적인 해방을 제안한다고 이야기한 것처럼, 하나하나의 소설은 인간의 자유롭지 못한 어떤 상태를 독자에게 보여 주고 이에 대해 함께 생각해 보자면서 손을 내미는 것이라고 할 수 있다.

행복하고 자유로운 삶을 살기 위해서는 삶을 이해해야 하고, 삶의 원리를 파악해야 한다. 세계 속에서 살아가는 나는 세계와 대립하기도 하고 화해하기도 한다. 소설가가 소설을 쓰는 것은 이러한 관계를 이해하고 판단하며, 궁극적으로 세계 속에서 어떻게 살아가야 할 것인가에 대해 다른 이들과 공감대를 형성하려는 시도이다.

소설가가 소설을 쓰는 것은 타인과의 소통, 삶과의 소통을 위한 것이다.

자신의 내부에 풀어내고 싶은 이야기가 있을 때

어떤 소설가는 자신의 삶을 해석하고 받아들이기 위해서 소설을 쓰기도 한다. 자신의 삶에 깃든 어둡고 모호한 어떤 지점을 해명하려고 소설을 쓰는 것이다.

자신에게 무슨 일이 일어났고, 무엇을 느꼈는지를 이해하면서 그것을 드러냄으로써 자신에게 영향을 미치고 있는 그 사건의 의미를 자신의 삶에 통합시키고자 하는 것이다.

사실 기억이란 왜곡되기 쉬우며, 자신의 기억 또한 사실이 아닐 수 있다. 우리가 어떤 일이 일어났다고 생각하며 믿고 있는 것들이 일관성과 정교함을 요구하는 이야기 구조 안에서 더 깊고 복잡한 진실로 발견될 수 있다. 이러한 서사적 진실을 통해 작가는 자신에게 일어났던 일과 자신이 느꼈던 감정을 이해하게 되며, 그 사건의 의미를 자신이 삶에 통합시킬 수 있는 것이다.

이 경우 소설가는 서사적 진실의 구현을 통해 트라우마에서 벗어나고, 자기 삶의 주도권을 얻기 위해서 소설을 쓴다.

소설을 쓰는 즐거움을 위해서

관습적인 눈으로 일상을 아무런 의심 없이 받아들이는 사람에게는 인간의 자유로운 삶을 억압하는 굴레가 전혀 보이지 않을 수도 있다. 반면 소설가는 그 굴레를 민감하게 감지하는 사람이라고 할 수 있다. 그러나 소설가는 그 굴레에 대해 단정적으로 말하는 것을 좋아하지 않는다. '왜?'라는 의문으로 이야기를 시작하여 최대한의 설득력으로 그 의문을 풀어감으로써 자기 이야기의 상대적 진실을 말하는 것이다.

이러한 과정에서 생동감 있는 인물을 창조하고, 생생한 배경을 그려내고, 스토리를 전달하는 다양한 방식을 통해, 자신이 실제로 하고 싶은 이야기가 무엇인지를 펼쳐 나가는 글쓰기의 즐거움이 있다. 많은 작가들은 이러한 소설적 글쓰기의 즐거움 때문에 소설을 쓴다.

3. 소설을 쓰려면

소설은 인간과 세계의 정체성에 대한 탐구이다. 잘못된 확신과 고정관념의 틀을 깨고 삶의 진정성을 드러내기 위해 소설가는 늘 깨어 있어야 하며 자신을 단련시키기를 게을리하지 않아야 한다. 소설을 쓰려면

첫째, '만일 ~한다면?'의 방식으로 생각하라.

일상생활에서 늘 '만일 ~한다면?' 하고 스스로에게 질문하는 습관을 들여라. '만일 ~한다면'에서 생각을 발전시켜 '~하게 될 것이다'까지 나아가게 하라. '만일 ~한다면, ~하게 될 것이다'에서, 왜 그렇게 되는가에 대해 납득할 만한 이야기를 만들어 나가면 그것이 소설이 될 것이다.

둘째, 철저하게 자료 조사를 하라.

소설가는 자신의 이야기에 확신을 지녀야 한다. 확신은 이야기를 풍성하고 활기차게 꾸려나가는 일종의 에너지이다. 확신을 지니고 이야기를 하려면 자신이 다루고 있는 인물이나 사건, 배경 등을 환히 알고 있어야 한다. 이를 위해서는 철저한 자료 조사가 필요하다. 관련된 주제에 대한 책을 읽고, 전문가를 인터뷰하고, 특정 장소에서 특정한 시간대를 살아왔던 사람들을 만나 사실에 입각한 풍부한 세부 사항들을 얻어 내야 한다. 특정 장소와 시간대를 다룬 드라마나 영화를 찾아보는 것도 소설 쓰기의 영감을 얻는 데 도움이 될 것이다. 쓰려는 '무엇'의 전문가가 되지 못하면 독자의 신뢰를

얻어 낼 수 없다. 성공한 소설은 어김없이 그 소설 전체, 아니면 어느 한 부분에서만이라도 독자를 제압하는 전문적인 안목이 작품의 형상화에 기여하고 있다.

셋째, 언어에 대한 열정을 가져라.

소설을 쓰는 이유가 소통을 위해서라면, 소통의 도구는 바로 언어이다. 명료한 소통을 위해서 작가는 언어를 정확하게 사용해야 한다. "당신이 말하고자 하는 것이 무엇이든 간에, 그것을 표현한 올바른 단어는 하나뿐이며, 그것에 움직임을 부여하는 동사도 하나이고, 그것을 한정하는 형용사도 하나입니다. 당신은 그 단어, 그 동사, 그 형용사를 찾아야 합니다"라고 했던 플로베르의 말을 늘 염두에 두어야 한다. 자기가 쓴 작품을 소리 내어 읽어 보는 것은 언어에 대한 감각을 훈련하는 방법이 된다. 균형 잡힌 문장에는 리듬이 있다. 그것은 의미의 전달에 기여할 뿐 아니라 문체에 생기와 아름다움을 더해 준다.

넷째, 버릴 줄 아는 용기를 지녀라.

위대한 소설은 펜이 아니라 칼로 만들어진다는 말이 있다. 소설가는 자신의 재능이 발휘된 아무리 찬란한 구절이라도 이야기에 도움이 되지 않는 것은 단호히 잘라낼 수 있어야 한다. 불필요한 묘사, 작중인물을 설명해 주거나 이야기를 진행시키지 않는 에피소드는 엄격하게 억제해야 한다. 군더더기 말과 관련 없는 에피소드가 모두 사라질 때, 소설은 일관성과 통일성이라는 미학을 얻게 된다.

다섯째, 사물의 구체적인 이름을 부르라.

사물은 이름을 통해서 존재를 드러낸다. 소설의 배경이 되는 장소와 그 공간을 채우는 사물들의 이름을 불러 주고 세부 묘사로써 내려가는 것은 삶의 구체성을 확보하는 중요한 사항이다. '이름 모를 새'라고 하지 말고 콩새, 박새, 휘파람새의 이름을 부르라. '고운 들꽃'이라고 하지 말고 제비꽃, 앵초, 각시붓꽃의 이름을 부르라. '콩새'나 '제비꽃'과 같은 단어 하나가 소설 안에서 특별한 이미지를 만들면서 사물의 존재를 우리 삶의 구체성과 연결시킨다.

여섯째, 메모 노트를 활용하라.

우리의 기억력은 한계가 있고, 아이디어가 반짝 떠올랐을 때의 감동과 가치는 시간 속에서 마모되기 마련이다. 그래서 언제라도 뒤적여 보고 그 순간의 생생한 느낌을 살려낼 수 있는 메모 노트는 소설 쓰기의 중요한 자산이 된다. 지난 밤 꿈의 생생한 장면, 우연히 듣게 된 흥미로운 대화, 인상적인 장소나 사람들에 대한 묘사, 다시 생각해볼 만한 사건들, 공감을 자아내는 문구들, 감동적인 시의 구절 등, 어디든 메모 노트를 가지고 다니면서 자신의 주의를 끄는 것을 묘사하고 기록하고 서술하라. 그렇게 하다 보면 소설 쓰기에 필요한 관찰력과, 중요한 디테일의 포착 능력, 구체적인 묘사의 능력 등을 얻게 된다.

정리와 실습

1. 소설이란 무엇인가에 대해 이야기해 보자.

2. 자신은 왜 소설을 쓰려고 하는지 생각해 보자.

3. '재미있는 소설'과 '가치 있는 소설'에 대해 이야기해 보자.

2강 무엇을 쓸 것인가

1. 소재란 무엇인가

소재란 이야기의 재료이다. 자신을 성장시킨 우연한 사건, 흥미로운 인물, 잊혀지지 않는 기억, 나를 두렵게 하는 어떤 것, 사랑의 고통, 홀로 직면해야 할 무엇 등 작가는 자신이 보고, 듣고, 느낀 것 및 주변에서 진행되는 모든 것을 소재로 삼아 소설을 쓴다. 소설의 소재란 다름 아닌 작가의 체험인 것이다. 작가는 자신이 인식한 삶의 실상을 소설로 표현하고, 독자는 그 소설을 읽으면서 어떤 삶을 체험하게 된다. 그러므로 소재는 작가의 체험이며, 이야기의 재료이며, 독자와 공유하는 삶의 원천이라고 할 수 있다.

2. 어떤 소재를 선택할 것인가

소설의 소재는 우리 주변에 늘 풍부하게 널려 있다. 좋은 소설이란 기이하고 특별한 사건이나 인물의 이야기라기보다는 얼핏 보기에 평범하고 하찮게 보이는 삶 속에 은폐되어 있는 이야기이다. 그러므로 소설가에게 필요한 것은 '특별한 소재'가 아니라 일상적인 체험에서 소재를 골라잡을 수 있는 '특별한 눈'이다. 월터 베선트가 소설가가 가져야 할 두 가지의 특별한 기능이 '관찰'과 '선택'이라고 한 것도 이런 연유에서이다.

우리가 일상생활에서 의문을 품게 되는 것, '왜 저렇게 되었을까?' 아니면 '만약 ~라면 어떻게 되었을까?'라고 여겨지는 것이 있다면, 그것은 소설의 소재가 될 만한 것이다. 왜냐하면 소설이란 인과 관계의 기본 틀이 있어야 하기 때문이다. '왜'에 대해 해명해 나가는 과정이 바로 소설 쓰기인 것이다.

어떤 이야기가 소설의 소재가 될 수 있는지를 판단하는 또 하나의 방법은 그 이야기에 '폭발'의 요소가 있는지 살펴보는 일이다. 이야기의 처음이나 중간이나 마지막 어딘가에 폭발이 있어 현존하는 형태의 전 부분을 해체시켜 버린다면, 그 결과 등장인물의 생활 리듬이 큰 충격을 받으며 그들의 우주에 혼돈이 야기된다면 이는 훌륭한 소재가 된다.[3] 소설 쓰기란 작가가 어떤 사람들이 겪는 어떤 충격적인 경험으로부터 모종의 해결책을 발견하거나 제시하는 것이기 때문이다.

---

3) 핼리 버넷·휘트 버넷, 김경화 옮김, 『소설작법』 II, 청하, 1992, 130쪽.

자신이 잘 알고 있는 것들보다 자신이 흥미롭게 여기는 것들이 더 좋은 소재가 될 수 있다. 너무 익숙한 것들에 대해서는 새로운 시각을 확보하기가 어려울 수 있는 반면, 자신이 호기심을 갖는 대상에 대해 쓰게 될 때는 글쓰기에 활력이 생기기 때문이다. 무연 사회, 고령화, 사회 복지, SNS, 팬데믹 등의 이슈, 잘 알려지지 않은 직업의 세계, 혹은 전문지를 통해 얻은 트렌드의 예견 등 작가가 흥미를 가지고 다룬 소재는 독자의 흥미도 얻기가 쉽다.

그러나 무엇보다도 자신의 내부에서 풀어내고 싶은 절실한 이야기가 있을 때, 그것은 최고의 소재가 된다. 나 자신에 대해 쓰는 것이야말로 독창적인 글쓰기이다. 그러나 그것은 진짜 자신이어야지, 그래야만 한다고 생각하는 자신이어서는 안 된다. 내가 가장 관심을 갖는 것은 무엇인지, 내가 가장 두려워하는 것은 무엇인지 자신의 영혼을 들여다보고 진실하고 정직하게 쓴 자신의 이야기가 독자를 감동시킨다. 제임스 스콧 벨이 "당신이 구상하고 있는 이야기는 당신 내면의 아픈 곳을 건드리는가? 만일 그렇지 않다면 왜 그것을 쓰려고 하는가?"라고 묻는 것도 그런 연유에서이다.

3. 소재를 어떻게 다듬을 것인가

물론 소설의 소재는 작가의 개인적인 체험에서 비롯된다. 그러나 그것이 소설의 소재로서 탄력을 가지는 것은 자신의 삶과 이어진 탯줄을 끊어버리는 순간, 즉 작가가 자신의 삶이 아니라 그냥 삶 자체에 질문을 던지기 시작하는 그 순간부터이다. 질투에 대해 글을 쓰는 소설가는 설사 그가 질투 속에 푹 빠져 있다 할지라도 질투를 개인적인 문제가 아닌 실존적 문제로 이해하지 않으면 안 된다.[4]

초보 작가는 주관성의 함정에 빠지기 쉽다. 경험을 구체화하는 과정에서 자신의 판단이나 가치 기준, 감정 등을 투영하는 것이다. 즉, 자신이 반영되어 있는 인물을 변호하고 합리화하느라 이야기를 객관적으로 전달할 수 없게 되는 것이다.

한 개인의 체험이 모든 사람의 이야기가 되고, 타인의 체험이 나의 이야기가 될 수 있다는 것은 그 이야기들이 인간의 보편적인 삶의 문제에 밀착되었기 때문이다. 나의 이야기면서 동시에 타인의 이야기, 즉 인간의 이야기로서 제 몫을 다할 수 있으려면 이 체험을 객관화해야 한다.

객관화란 체험을 객관적인 입장에서 이해하고 해석하며, 사회적 가치를 고려해서 그것이 세계 진실의 한 면을 밝히거나 새로 해석하거나 그렇게 하는 데 도움을 주는 의미로 발전시켜야 한다는 뜻이다. 소설의 리얼리티란 현실의 실제 국면과 기계적으로 연결시키는 속에서 나타나는 것이 아니라 체험이 충분한 탐구 끝에 숙성하여 하나의 모습으로 구체성을 띨 때 드러나는 것이다. 이때, 체험의 주체는 개인이지만, 그 체험은 모든 사람들의 체험으로 의미를 갖게 된다.[5]

---

4) 밀란 쿤데라, 앞의 글, 8쪽.

5) 현길언, 『소설쓰기의 이론과 실제』, 한길사, 1994, 27쪽.

창작 이야기

친구와 비밀스런 이야기를 나누는 중이었다. 나는 문득 소리에 대한 생각을 했다. 소리라는 게 사라지기에 망정이지, 그렇지 않다면 얼마나 두려운 일이겠는가 싶었다. 세상의 모든 비밀스런 이야기들이 드러나지 않겠는가? 그러다가 또 소리라고 하는 것이 '정말 사라지는 것일까?' 하는 의문이 생겼다. 고등학교 물리 시간에 배운 '에너지 보존의 법칙'이라고 하는 게 떠올랐기 때문이다. 우주에 있어서의 물질과 에너지의 총화는 일정하여 결코 더 이상 조성되거나 소멸되는 일이 없으며, 또한 변하는 것은 형태뿐이고 본질은 변하지 않는다고 하지 않았는가. 소리라고 하는 것도 일종의 에너지라면 소멸되지 않는 것은 아닐까? 형태는 변해 있을지라도 자연계의 어느 곳에 남아 있는 것을 아닐까? 만일 소리가 숨어 있는 그곳을 찾을 수 있다면 어떻게 될까?

내 소설 「www.soriso.com」은 이러한 착상에서 출발했다. 만일 소리가 사라지지 않는다면 어떻게 될까? 내 결론은 인간이 더 불행해질 거라는 거였다. 왜? 나는 이 과정을 밝혀 보는 소설을 쓰기로 했다. 어떤 사내가 소리를 찾으려 하는 이야기를 소설로 쓰기로 한 것이다. 그 사내는 왜 소리를 찾으려 할까? 소리를 찾아내야 할 사연이 있을 것이다. 중년의 사내에게 절실한 문제는 무엇일까? 이 소설을 쓰게 된 당시는 구조 조정으로 인한 실직 사태가 연일

신문을 오르내리는 때였다. 나는 이 중년의 사내가 억울한 구설수에 올라 실직을 당한 상황을 설정했다. 그가 어떠한 방법으로 소리를 찾게 할 것인가? 인터넷을 통해 찾도록 하면 어떨까? 현대의 독자에게는 그 방법이 가장 그럴듯하지 않을까?

문득 떠오른 생각에 고등학교 시절의 기억과, 사회적인 배경과, 인터넷 환경이 결합하여 소설의 소재가 된 것이다. 나는 내가 쓰고자 하는 것을 분명히 하기 위해 이를 한 문장으로 작성해 보았다.

이 소설은 억울하게 실직을 당한 사내가 누명을 벗기 위해 인터넷을 통해 소리를 찾는 이야기이다.

정리와 실습

1. 가족이나 친척 간의 관계 혹은 그 본질을 드러내게 했던 사건을 생각해 보자.

2. 과거에 나를 가장 두렵게 했던 것에 대해 생각해 보자.

3. 주변에 특별한 직업을 가지고 있는 사람이 있는가? 그 직업과 관련된 에피소드들을 살펴보고 소설의 소재로 쓸 수 있는지 생각해 보자.

4. 자신이 쓰려고 하는 소설은 무엇에 대한 이야기인가? 소재에 대한 생각을 분명히 정리하기 위해 '이 소설은'으로 시작하는 한 문장으로 진술해 보자.

3강 아우트라인 작성하기

1. 아우트라인이란 무엇인가

아우트라인이란 소설의 소재에 살을 붙여 대강의 줄거리를 진술한 것이다. 즉, 자신이 구상한 이야기가 일관성 있게 쓰일 수 있도록 대충의 틀을 만드는 것이라고 할 수 있다. 물론 소설 쓰기를 시작하는 방법에 왕도는 없다. 어떤 작가는 하나의 장면이나 분위기 묘사로부터 시작해서 이야기를 끌어오기도 하고, 어떤 작가는 자유연상 기법을 사용해서 자신의 무의식 속에 가라앉은 이야기를 끌어내기도 한다. 그러나 아우트라인을 작성하여 소설 쓰기로 나아가는 것은 많은 작가들이 활용하는 효율적인 방법이다. 이 과정을 거치면서 인물이나 플롯, 주제 등이 구체화되기 때문이다.

2. 아웃라인은 어떻게 작성하는가

자신이 구상한 이야기의 시작, 중간, 끝을 상상하고 아이디어를 다듬으면서 등장인물과 사건을 포함하여 이야기를 확장하면 아웃라인이 된다. 아웃라인을 만들기 위해서 생각 그물을 활용하는 방법도 있다.

1) 생각 그물 만들기

생각 그물은 생각 꺼내기 방법 중의 하나인데, 우선 종이의 중앙에 원을 그리고 그 안에 소재의 핵심적인 내용을 적은 다음, 그것과 연관되어 떠오른 생각들을 차례대로 원 둘레에 적어가는 것이다. 이때, 밀접하게 관련된 생각이라면 작은 가지를 치듯 계속 밖으로 펴 나가게 한다. 이는 머릿속에 들어 있는 생각들을 눈으로 볼 수 있도록 끌어내는 방법인데, 이 생각 그물이 지나치게 발산적으로 확장되는 것을 막고, 이야기 글의 구조에 대한 훈련을 하기 위해서 Harris & Graham이 제시한 이야기 회상에 필요한 7가지 문법 요소6)들을 활용한다.

---

6) W-W-W: What=2: How=2
   (① 이야기의 중심 인물은 누구인가(Who)? ② 이야기 속에 나오는 그 밖의 다른 인물은 누구인가(Who)? ③ 이야기는 언제 일어났는가(When)? ④ 주인공이 하고 싶은 일은 무엇인가(What)? ⑤ 주인공이 그 일을 하려고 할 때 무슨 일이 일어났는가(What)? ⑥ 이야기의 결말은 어떻게 되나(How)? ⑦ 주인공은 어떤 생각을 하는가(How)?)
   최현섭·박태호·이정숙 공저, 『구성주의 작문 교수·학습론』, 박이정, 2000, 96쪽.

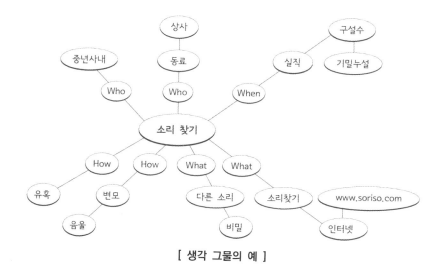

[생각 그물의 예]

2) 아우트라인 작성하기

생각 그물을 통해 아이디어가 생성이 되면 여기에 살을 붙여 이
야기의 아우트라인을 만들어 본다. 이때 아우트라인은 구체적으로
작성할수록 작품의 형상화에 도움이 된다. 그러므로 줄거리를 두리
뭉실하게 작성하지 말고 번호를 매겨가며 구체적인 모티프로 정리
해 보는 것이 좋다. 모티프란 이야기의 최소 단위이다. 이야기를
구성하고 있는 사건이나 에피소드 등을 한 문장으로 요약하여 정리
하면, 이야기의 통일성과 일관성을 한눈에 파악할 수 있고, 메모
노트에 이 목록들을 적어 아이디어가 떠오를 때마다 시간과 장소,
인물 등을 투입해 가면서 이야기를 구체화할 수 있어 편리하다.

창작 이야기

나는 '억울하게 실직을 당한 사내가 누명을 벗기 위해 인터넷을 통해 소리를 찾는 이야기'라는 소재에 살을 붙여 다음과 같이 아우트라인을 작성해 보았다.

① 중년의 사내가 구설수에 올라 실직을 당한다.

② 사내는 누명을 벗기 위해 그 소리를 찾아 해명하고자 한다.

③ 소리에 관한 사이트를 찾아 인터넷을 뒤지던 중 'www.soriso.com'이라는 사이트를 발견한다.

④ 사내는 그 사이트의 주인을 만나 소리를 찾아 떠나기로 한다.

⑤ 유체 이탈을 통해 소리가 모여 있는 장소로 이동한다.

⑥ 자신이 찾고자 했던 소리를 찾는다.

⑦ 다른 소리를 접하게 되고 뜻밖의 비밀을 알게 된다.

⑧ 사내는 어둡고 회의적인 사람으로 변모한다.

⑨ 사내는 다른 사람의 비밀을 알고 싶은 유혹을 느낀다.

정리와 실습

1. 자신의 소재에 살을 붙여 아우트라인을 작성해 보자.

2. 자신이 작성한 아우트라인을 통해 어떠한 주제가 드러나는지 생각해 보자.

4강 소설의 주제 정하기

1. 주제란 무엇인가

주제란 작가가 소재를 통해 드러내려고 하는 '그 무엇(message)'이다.

소설의 주제는 세계에 대한 직시와 세계가 어떠해야 하는가에 대한 도덕적 판단 사이의 교호 관계 속에서 구축된다. 자신이 조망한 인간과 삶에 대한 가치를 확신하고 이를 다른 이와 나누고자 하는 열망이 있을 때 소설 쓰기는 비로소 시작된다고 할 수 있을 것이다.

목표가 분명할 때 하는 일이 자신 있고 즐거워지는 것처럼 소설을 쓸 때도 주제가 먼저 정해져야 확신에 차고 일관성 있는 글의 전개가 가능해진다. 주제가 분명할 때는 그 주제에 걸맞은 허구적 요소들이 자연스럽게 선택이 되니까 좀 더 짜임새 있는 소설이 될 수 있다. 내가 쓰고자 하는 이야기의 궁극적인 가치는 무엇인가,

독자가 내 이야기를 통해서 찾기를 바라는 교훈이나 조망은 무엇인
가? 그것이 바로 내가 쓰고 있는 소설의 주제이다.

2. 주제를 어떻게 설정할 것인가

소설이란 세계에 대한 질문이다. '왜'라고 묻는 데서 주제가 시작
된다. 애매하고 모호한 현실에서 '왜'라고 묻는 것이 소설 쓰기의
출발점이 되며 그 문제의식이 소설을 끌어가는 힘이 되는 것이다.
그러나 문제의식이 곧 주제는 아니다. 문제의식이 어떤 대상에 대
해 관심을 두는 것이라면, 그 관심에 의해 문제점을 자각하고 그리
고 그에 대한 작가의 성찰을 파헤친 결과가 주제[7]인 것이다. 주제
를 설정할 때 유의해야 할 점들은 다음과 같다.

첫째, 주제는 구체적이어야 한다.
그냥 '―에 대하여 쓰겠다'는 수준에 그쳐서는 안 되고, 거기에는
작가로서 자기가 담고 있는 뜻, 혹은 관심과 시각, 의문과 탐색의
결과가 들어있어야 한다. '모자간의 갈등과 화해'에 대해서 쓴 소설
이라고 하면 왜 갈등을 가지게 되었는가? 화해를 하게 된 원인은
무엇인가? 그 화해의 의미에 대한 구체적인 답변이 주제인 것이다.
전상국의 「우상의 눈물」은 폭력적인 문제아 최기표와 이를 길들
이려는 담임과 반장의 암투를 통해 물리적인 폭력과 조작된 이데올

---

7) 조정래, 『소설창작, 나와 세계가 만나는 길』, 한국문화사, 2000, 43쪽.

로기와의 대립에 대해서 이야기한다. 폭력으로 급우들을 장악하고 있던 최기표는 담임과 반장의 치밀한 계략에 밀려 왜소한 인물로 전락하면서 "무섭다, 나는 무서워서 살 수가 없다"는 쪽지를 남기고 사라지고 만다. 작가는 이 이야기를 통해 겉으로 드러난 물리적이고 표면적인 폭력보다 치밀하게 조작된 합법적인 폭력이 더욱 공포스럽다는 것을 보여 주는데, 이것이 이 소설의 주제라고 할 수 있는 것이다.

직접적이든 간접적이든 작품은 독자에게 어떻게 살아야 하며 어떻게 살지 말아야 하는지, 무엇이 옳고 그른지를 이야기한다. 이것이 소설의 주제이다. 흔히 열린 결말의 경우, 작가가 자신의 인물이나 이야기에 대해 중립적 태도를 취하고 있는 것으로 오해한다. 그러나 이는 작가가 독자에게 권위적 태도로 주제를 이야기하지 않겠다는 태도를 보인 것이지, 자신의 이야기에 대해 판단을 하지 않았다는 뜻은 아니다.

둘째, 주제는 논리적으로 나타나야 한다.[8]

주제란 하나의 소설이 스스로를 쌓아 올려가며 도달하게 되는 그 무엇이다. 그것은 인물과 사건에 대한 해석이며, 삶에 대한 보편적이고 통합적인 견해이기도 하다. 소설을 읽는 동안 독자는 작품 속의 인물들이나 여러 가지 사건들에 사로잡힐 수 있다. 그러나 마지막에 이르러서는 언제나 그것들이 의미 있게 매듭지어지기를 바란다. 의미 있는 결론에 이르지 못한 소설을 읽었을 때 독자는

---

8) 클리언스 브룩스·로버트 펜 워렌, 안동림 옮김, 『소설의 분석』, 현암사, 1985, 344~345쪽에서 발췌 요약함.

실망하게 되는데, 그 이유 중의 하나는 사람들이 대부분 모든 것이 질서 정연하게 하나의 완성체로 남기를 바라는 마음을 갖고 있기 때문이다. 즉, 독자는 소설도 스스로 하나의 통일체로 발전해 가는 과정을 보고 싶어 하는 것이다. 독자는 소설에서 인과 관계의 논리를 요구하고 있기 때문에 주제에도 논리가 있어야 한다고 믿고 있으며, 이러한 주제의 논리란 여러 가지 요소가 서로 조화를 이루고 하나의 통일체로 뭉쳐질 수 있는 근거를 뜻한다. 이는 주제의 도덕성을 의미하는 것이 아니라 구조적인 필연성을 의미한다. 만일 주제가 만족할 정도로 논리적인 발전을 해 나가지 못한다면 독자의 관심은 아무리 강렬했다 해도 금방 사라져 버리고 만다. 만일 어떤 소설의 주제가 독자의 반감을 샀다면, 그것은 그러한 주제가 인생과 인간적 가치에 대해 진리라고 믿고 있는 것에 일치하지 않기 때문이라기보다 구조적인 필연성을 통해 독자를 논리적으로 설득해 내지 못했기 때문인 것이다.

셋째, 주제는 시대를 초월할 수 있어야 한다.

소설은 당대의 현실을 반영한다. 소설 안에는 작가가 포착해 낸 그 시대의 특별하고 개별적인 세부 요소들이 섞여 있다. 그러나 소설의 주제는 시대를 초월할 수 있어야 한다. 채만식의 「치숙」과 같은 작품이 오늘날에도 재미있게 읽히는 이유는 도착된 세계관을 가진 인물에 대한 풍자가 여전히 의미 있는 주제가 되기 때문이다. 단순히 그 시대의 산물인 소설보다는 그 시대의 세부 사항을 통해 소설에 활력을 불어넣으면서 시대를 초월하는 주제를 지닌 소설이 더 긴 생명력을 가질 수 있다.

3. 주제를 드러내는 방법

미숙한 작가는 주제를 소설 안에 자연스럽게 녹이지 못하고 생경하게 드러낸다. 이렇게 되면 소설은 설교조가 되어 독자의 흥미를 잃게 된다. 독자가 삶이란 무엇인가, 혹은 어떻게 살아야 하는가에 대해 직접적인 충고를 바란다면 철학이나 윤리에 관한 책을 읽을 것이다. 독자가 소설을 읽는 이유는 작가가 제시한 의문을 함께 풀어 나가다가 자기 스스로 인생에 대한 의미를 찾는 재미 때문이다. 소설의 주제는 숨어 있어야 한다. 작가는 직접적인 진술이 아니라 다음과 같은 소설적 장치를 통해 주제를 드러내야 한다.

첫째, 플롯을 통해 주제를 드러낸다.
플롯을 통해 주제를 드러내는 방법에는 먼저 인물의 성격 변화를 통해서 주제를 드러내는 방식이 있다. 이청준의 「눈길」에서 주인공인 '나'는 어머니와 "서로 주고받을 것이 없는 처지"라고 생각한다. 고등학교 1학년 때 고학을 시작한 이래 지금까지 어머니는 나에게 아무런 도움을 주지 못했으며, 나 또한 자신의 앞가림에 바빠 자식의 도리를 못했기 때문이다. 서로에게 아무런 빚짐이 없으니, 어떠한 빚 갚음도 필요 없다고 생각하는 나는 어머니가 지붕을 고치고 방 한 칸을 더 들였으면 하는 소망이 부담스럽기만 하다. 그러나 잠자는 체하면서 어머니의 애절한 사연을 듣게 된 나는 눈꺼풀 아래로 뜨겁게 차오르는 눈물을 느낀다. 자식이란 부모에게 영원히 사랑이라는 빚을 지고 있는 존재라는 것을 깨닫게 된 것이다.
다음으로 액션(action)을 통해서 주제를 드러내는 방식이 있다.

액션이란 중요하고 통일성 있는 일련의 사건, 소설의 근간을 이루는 스토리를 의미한다. 작중인물이 갈등의 대상에 어떻게 대처하고 반응하고 싸우다가 끝났는가에 대한 것이다. 이 경우, 대개 경이적 결말로 주제를 드러낸다. 모파상의 「목걸이」와 같은 작품이 이러한 예이다.

　"안녕, 쟌느."
　상대방은 그녀를 전혀 알아보지 못하고, 이런 서민층 여자가 그렇게도 정답게 부르는 데에 놀랐다. 그녀가 입 속으로 중얼거렸다.
　"그런데… 부인! …난 모르겠는데… 잘못 보신 것 같군요."
　"아니야. 나 마떨드 르와젤이야."
　그 친구가 소리를 질렀다.
　"어머나! … 가엾은 마떨드, 어떻게 이렇게 변했니!"
　"그래, 너와 헤어진 이후로 참 힘든 나날들이었지. 아주 비참했었어… 너 때문에 그런 거야!"
　"나 때문이라니… 어째서 그래?"
　"너, 국민교육성의 연회에 가기 위해서 내게 빌려 주었던 그 다이아몬드 목걸이 생각날 거야."
　"그래, 그런데?"
　"그런데, 그걸 내가 잃어버렸었어."
　"뭐라구! 넌 그걸 내게 도로 가져왔잖니?"
　"아주 비슷한 것으로 다른 것을 가져다 준 거야. 그리고 우리가 그것을 갚는 데 십 년이 걸렸어. 아무것도 없는 우리로서는 쉬운 일이 아니었다는 것을 너도 알 거야…. 드디어 끝났어. 그래서 몹시 기쁘단다."

포레스띠에 부인이 발걸음을 멈추었다.

"내것을 대신하려고 다이아몬드 목걸이를 샀단 말이니?"

"그래. 넌 그걸 몰랐구나, 그렇지? 아주 비슷했으니까."

그러고는 우쭐거리는 순진한 즐거움으로 미소를 지었다.

포레스띠에 부인은 너무도 감동해서 그녀의 두 손을 잡았다.

"아! 가엾은 마띨드! 내 것은 가짜였단다. 기껏해야 5백 프랑밖에 되지 않는 것인데…!"

— 모파상, 「목걸이」

작가는 결말에서 목걸이가 가짜인 것을 밝힘으로써 주인공이 그동안 바쳐 온 고통과 인내가 한낱 허영에 들뜬 자신의 행위에 대한 대가였다는 의미를 드러내고 있는 것이다.

둘째, 서술자의 신빙성 여부를 통하여 주제를 드러낸다.

신빙성 있는 서술자는 사리 판단이 분명하며, 분별력 있는 목소리로 사건의 의미를 파악하고 전달한다. 이 경우, 소설의 주제는 서술자의 세계에 대한 전망이라고 할 수 있다.

"썩어 넘어진 서까래, 뚤뚤 구르는 주추는 꼭 무덤을 파서 해골을 헐어 젖혀 놓은 것 같더라. 세상에 이런 일도 있는기오? 백여 호 살던 동리가 10년이 못 되어 통 없어지는 수도 있는기오, 후!"

하고 그는 한숨을 쉬며 그때의 광경을 눈앞에 그리는 듯이 멀거니 먼 산을 보다가 내가 따라 준 술을 꿀꺽 들이켜고,

"참! 가슴이 터지더마, 가슴이 터져."

하자마자 굵직한 눈물 두어 방울이 뚝뚝 떨어진다.

나는 그 눈물 가운데 음산하고 비참한 조선의 얼굴을 똑똑히 본 듯싶었다.

— 현진건, 「고향」

이 소설의 서술자인 '나'는 당대의 지식인으로 '그'의 내력을 들으며, 조선의 현실을 재인식하면서 '그'와 공감대를 형성하는 인물이다. 이러한 신빙성 있는 서술자가 "그 눈물 가운데 음산하고 비참한 조선의 얼굴을 똑똑히 본 듯싶었다"고 전망했다면, 이는 소설의 주제와 관련된 말이다. '그'는 곧 식민지 조선의 암울한 처지를 형상화한 인물인 것이다. 그러나 신빙성 없는 서술자는 오히려 사건의 의미를 분열시켜 이야기를 생산적으로 거스르게 한다.

글쎄 아무려면 내가 재갸처럼 다 공부는 못하고 남의 집 고소(小僧) 노릇으로 반또(番頭) 노릇으로 이렇게 굴러먹을값에 이래보여도 표창을 두 번이나 받은 모범 점원이요. 남들이 똑똑하고 재주 있고 얌전하다고 칭찬이 놀랍고, 앞길이 트인 유망한 청년인데, 그래 재갸 눈에는 내가 버린 놈이고 아무짝에도 못쓰게 길이 든 놈으로 보였단 말이지?

하하 오옳지! 거 참 그렇겠군. 재갸는 재갸 하는 짓이 옳으니까 남의 하는 짓은 다 글렀단 말이렷다?

그러니까 나도 재갸처럼 그놈의 것 사회주인지 급살맞을 것인지나 하다가 징역이나 살고 전과자나 되고 폐병이나 앓고 다 그랬더라면 사람 버리지도 않고 아무짝에도 못쓰게 길든 놈도 아니고 그럴 뻔했군그래!

— 채만식, 「치숙」

이 소설의 서술자는 좌익 운동을 하다가 감옥살이를 하고 나온 아저씨를 시종일관 비아냥대고 있다. 그러나 서술자의 무식하고 비루한 말투는 오히려 시대와 불화하는 1930년대 지식인의 좌절과 무위의 생태를 돋보이게 한다. 이러한 신빙성 없는 서술자의 왜곡된 전달은 우리의 감정을 자극하여 스토리 내의 문제점, 혹은 주제를 보다 충실하게 깨우칠 수 있도록[9] 만드는 것이다.

셋째, 어조를 통해서 주제를 드러낸다.

어조란 작품에 나타나 있는 서술자의 태도이다. 즉, 소설 속의 인물이나 사건, 혹은 독자에 대한 서술자의 태도를 의미한다. 어조는 작품 전체를 지배하는 분위기의 형태로 나타나며 소설의 방향을 결정한다. 채만식의 「태평천하」는 풍자적인 어조로 일제에 편승하는 계층의 허위와 전근대성을 비판하는 주제를 효과적으로 드러내고 있는 작품이다.

"…오죽이나 좋은 세상이여? 오죽이나…"

윤직원 영감은 팔을 부르걷은 주먹으로 방바닥을 땅 치면서 성난 황소가 영각을 하듯 고함을 지릅니다.

"화적패가 있너냐아? 부랑당 같은 수령(守令)들이 있너냐?… 재산이 있대야 도적놈의 것이요, 목숨은 파리 목숨 같던 말세(末世)년 다 지내가고오… 자 부아라, 거리거리 순사요, 골골마다 공명헌 정사(政事), 오죽이나 좋은 세상이여… 남은 수십만 명 동병(動兵)을 히여서, 우리 조

---

9) 클리언스 브룩스·로버트 펜 워렌, 위의 책, 211쪽.

선놈 보호히여 주니, 오죽이나 고마운 세상이여? 으응? … 제것 지니고 앉아서 편안허게 살 태평세상, 이걸 태평천하라구 허는 것이여 태평천하! … 그런디 이런 태평천하에 태어난 부자놈의 자식이, 더군다나 왜 지가 떵떵거리구 편안허게 살 것이지, 어찌서 지가 세상 망쳐놀 부랑당패에 참섭을 헌담 말이여, 으응?"

땅 방바닥을 치면서 벌떡 일어섭니다. 그 몸짓이 어떻게도 요란스럽고 괄괄한지, 방금 발광이 되는가 싶습니다. 아닌게아니라 모여선 가권들은 방바닥 치는 소리에도 놀랐지만, 이 어른이 혹시 상성이 되지나 않는가 하는 의구의 빛이 나타남을 가리지 못합니다.

풍자(satire)는 웃음을 수반하지만 대상에 대한 날카로운 비판과 교정을 목표로 하는 문학 행위이다. 서술자는 식민지 치하의 현실을 '태평천하'로 인식하는 윤직원 영감의 행태를 과장되고 희화적인 어조로 전하면서 반민족적이고 전근대적인 행위에 대한 비판이라는 주제를 드러낸다. '-이지요', '-습니다' 등 판소리의 사설체 같은, 독자와 공모한 듯한 느낌을 주면서 작중 상황과 인물에 대해 조소적인 거리를 갖게 하는 말투 역시 주제를 드러내는 데 기여한다.

넷째, 분위기(atmosphere)를 통하여 주제를 드러낸다.

분위기란 배경이나 인물, 주제 등에 의해서 작품이 품게 되는 일반적이며 보편적인 정조이다. 소설의 분위기는 스토리의 상징적인 기반을 조성하여 주제를 드러내는데, 배경은 분위기를 형성하는 가장 중요한 요소이다.

그것은 한 머리 찌그러져 가는 묵은 기와집으로, 지붕 위에는 기와버섯이 퍼렇게 뻗어 올라 역한 흙 냄새를 풍기고 집 주위는 앙상한 돌담이 군데군데 헐린 채 옛성처럼 꼬불꼬불 에워싸고 있었다. 이 돌담이 에워싼 안의 공지같이 넓은 마당에는 수채가 막힌 채, 빗물이 괴는 대로 일년 내 시퍼런 물이끼가 뒤덮여, 늘쟁이, 명아주, 강아지풀 그리고 이름도 모를 여러 가지 잡풀들이 사람의 키도 묻힐 만큼 거멓게 엉키어 있었다. 그 아래로 뱀같이 길게 늘어진 지렁이와 두꺼비같이 늙은 개구리들이 구물거리고 움칠거리며, 항시 밤이 들기를 기다릴 뿐으로, 이미 수십 년 혹은 수백 년 전에 벌써 사람의 자취와는 인연이 끊어진 도깨비굴 같기만 했다.

— 김동리, 「무녀도」

위의 예에서처럼 김동리는 소설의 첫머리에 퇴락하고 음산한 모화의 집을 묘사함으로써 분위기를 조성하고, 독자들에게 연상 작용을 일으켜 주인공으로 대표되는 전통문화의 몰락이라는 비극적 주제를 암시한다.

다섯째, 상징이나 모티프를 통해서 주제를 드러낸다.

상징이란 지시 대상인 사물이 그 자체의 의미를 유지하면서 보다 포괄적이고 관념적인 의미를 내포하는 것을 말한다. 특정한 사물을 이야기의 과정이나, 인물의 말 속에 반복해 보임으로써 주제를 매개하는 도구로 삼을 수 있다.

떠돌이 살림에 다른 가재도구가 없어서도 그랬겠지만, 이 20년 가까

이를 노인이 한사코 함께 간직해 온 옷궤였다. 그만큼 또 나를 언제나 불편스럽게 만들어 온 물건이었다. 노인에게 빚이 없음을 몇 번씩 스스로 다짐하고 있다가도 그 옷궤만 보면 무슨 액면가 없는 빚문서를 만난 듯 기분이 꺼림칙스러워지곤 하던 물건이었다.

― 이청준, 「눈길」

서술자는 어머니인 노인에 대해 '주고받을 것이 없는 사이'라고 생각한다. 서로에게 아무것도 해 준 것이 없기 때문에 '빚'이 없는 사이라는 것이다. 그러나 이 소설에서 자주 등장하는 상징으로서의 옷궤는 어머니에 대한 '액면가 없는 빚문서'이다. 물질적인 무엇인가를 물려받아서가 아니라 자식으로 태어난 것 자체가 '액면가 없는 사랑'을 영원히 빚지고 있는 채무자라는 주제를 드러내고 있는 것이다.

모티프란 문학작품 속에서 반복되는 문구나 이미지를 뜻한다. 월남민의 비극적 삶을 그리고 있는 이범선의 「오발탄」에서는 실성한 어머니의 "가자, 가자"라는 말이 소설 전체에 걸쳐 반복됨으로써 부조리한 삶을 고발하고 변화를 갈망하는 주제를 드러내고 있음을 알 수 있다.

한편, 이미지가 반복되는 다음의 예를 보자.

한수는 그녀에게 천 개의 흉터를 내었을 뿐, 그녀가 그 흉터를 스스로 딛고 일어선 지금에 이르러서 그는 이미 그녀의 맘속으로부터 지나가 버린 그 무엇이었다. 그가 무자비한 칼처럼 그녀에게 낸 상처 하나

하나를 딛고 일어설 때마다, 문자의 정신은 마치 짐을 없고 또 없고 그러는 동안 자기 속에서 그 짐을 이기는 영원한 힘을 이끌어 낸 불사(不死)의 낙타 같았다.

— 서영은, 「먼 그대」

이 소설은 '고통의 사닥다리를 오르는 길'을 통해 자기 구원에 이르려는 주인공 문자의 성격에 대한 이야기다. 문자는 부도덕하고 이기적인 유부남 한수에게 끊임없이 상처를 받으면서도 변함없는 순정을 바친다. 그녀는 한수를 더욱 사랑함으로써 그에게뿐만 아니라 이런 운명을 마련해 놓은 신에게도 멋지게 복수할 거라고 생각하는 것이다. 이 소설에서 반복되는 낙타 이미지는 삶의 고통을 초극하는 절대긍정의 자신감과 정신적인 충일감이라는 주제를 매개한다.

창작 이야기

내가 소설의 아우트라인을 '한 사내가 누명을 벗기 위해 소리를 찾으러 갔다가 뜻밖의 비밀들을 알게 되어 회의적인 사람으로 변한다'라고 잡게 된 것은 나다니엘 호손의 소설 「젊은 굿맨 브라운」을 떠올렸기 때문이다. 인간성의 어두운 측면을 신비하고 섬뜩하게 그려낸 이 소설은 대학 시절에 읽은 것인데, 늘 마음에 남아 있었다. 금지되어 있는 숲으로 가는 길, 뱀 지팡이를 짚고 있는 동반자, 꿈인지 생시인지 모를 마녀의 회합에 자신이 존경하는 목사와 마을의 노인, 가장 사랑하는 아내 페이스가 있는 것을 보고 온 브라운은 슬프고 냉혹하며, 믿음이 없는 비관적인 사람이 되어 버린 것이다. 브라운은 숲에 가지 않을 수도 있었다. 그러나 그는 몇 번의 망설임 끝에 유혹에 떨어진 것이다. 숲에서의 경험이 사실이든지 아니든지 이 소설의 주제는 '죄에 떨어지기 쉬운 인간성의 어두움'이라고 할 수 있을 것이다.

그러나 나는 내 소설의 주제를 이러한 데에 두고 싶지 않았다. 나는 과학의 발달이 자본주의적 전략이나 '효율'이라는 근대적 미신과 결탁하여 개인의 정보를 유출하고 인간의 사적인 영역을 파괴하고 있는 현상에 대해 두려움을 느낄 때가 많았다. 인간의 끝없는 호기심에 대한 의구심도 있었다. 나는 인간의 내면은 언제까지나 개인의 영토로서 남아 있었으면 싶었다. 남의 영혼을 들여다보는 것은 신에게 맡겨 두었으면 했다. 그래서 나는 '인간의 영역 속에서 누리는 행복의 소중함'을 내 소설의 주제로 정했다. 주인공이 회의적인 사람으로 변한다는 결말은 플롯을 통해 주제를 드러내는 소설이 될 것임을 보이고 있다.

정리와 실습

1. 자신의 아우트라인을 동료의 것과 바꾸어 읽어 보자. 서로의
아우트라인에 나타나 있는 주제와 잠재적 주제에 대해서 토론
해 보자.

2. 자신이 쓰려고 하는 소설의 주제를 구체적으로 적어 보자.

5강 아우트라인의 변형과 패턴 설정

1. 아우트라인을 어떻게 변형하는가

앞에서 우리는 소재에 살을 붙여 대강의 줄거리인 아우트라인을 작성해 보았다. 그러나 이 아우트라인대로 소설을 쓰는 것은 아니다. 주제를 정했으면 이 주제에 맞게 모티프를 변형하기도 하고 첨삭하기도 해야 한다. 소재를 다시 해석하고 그것을 바탕으로 상상력을 발휘하여 새로운 세계를 창조해 나가야 하는 것이다.

소설의 주제나 목표에 맞게 아우트라인의 모티프를 변형하거나 첨삭할 때는 두 가지 유용성에 바탕을 둔다. 하나는 줄거리가 전개되어 나가는 데 도움을 주는가 하는 것이고, 또 다른 하나는 이야기에 생생한 사실감을 부여할 수 있는가 하는 것이다.

2. 패턴을 설정하는 방법[10]

패턴(pattern)이란 반복성을 의미하는데. 플롯 안에서의 패턴이란 작품 안에서 중요한 의미를 지니는 반복성을 뜻한다. 작가가 의도하는 효과를 독자에게 전달하기 위해 어떤 사건을 의식적으로 되풀이하게 되면 거기에서 어떤 의미가 파생되는 것이다. 그러므로 이것은 구성을 보다 효과적으로 하려는 의도인 동시에 성격 창조와 주제 표출을 원만하게 이루려는 기술의 문제이기도 하다.

작가는 인물의 심리 상태 혹은 사건의 의미를 강조하여 역점을 두고자 할 때 패턴을 사용한다. 플롯을 구성할 때 발단, 전개, 절정, 결말 등의 평행적인 변화만 꾀하면 플롯도 단조로워지고 그만큼 작품의 효과도 줄어든다. 그래서 플롯을 구성할 때 그것이 평행선상의 균형을 이루면서도 효과적인 굴절을 이루게 하려는 노력의 하나가 패턴이다. 패턴은 플롯의 무늬이며 디자인이고 흥미를 유도하는 수식의 장치이다.

패턴을 만들어 내려고 하는 작가는 플롯 안에서 어떤 특정한 사건을 개입시켜 그것을 효과적으로 반복하면서, 그 반복이 의미 있는 반복이 되도록 변화를 주어야 한다. 에피소드는 점층적으로 발전시켜야 하며 반복의 횟수를 거듭할수록 에피소드의 윤곽이 뚜렷해지도록 패턴을 설정해야 한다.

---

10) 정한숙, 『현대소설 창작법』, 웅동, 2000, 180~189쪽 참조.

"당신, 가는 거요, 안 가는 거요, 이 골치 아픈 영감아! 그걸 말이라고 모는 거요? 채찍을 더 휘두르라고. 가요, 젠장, 어서 가자구. 채찍질을 잘하란 말이오."

이오나는 목 뒤에서 작은 사나이가 흥분하여 목소리가 떨리는 것을 느낀다. 그는 손님들이 내뱉는 욕설을 들으며 그들을 쳐다본다. 그리고 조금씩 조금씩 외로움을 떨쳐 낸다. 곱사등이 사나이는 계속 욕설을 퍼붓는다. 때때로 욕지거리가 막히기도 하고 기침도 해댄다. 호리호리한 사나이들은 나데쟈 페트로브나라는 사람에 관한 얘기를 시작한다. 이오나는 여러 번 그들을 뒤돌아본다. 그는 잠시 침묵을 지키더니 다시 몸을 돌려 중얼거리기 시작한다.

"우리 아들놈이… 이번 주에 죽었습니다요."

"우리는 모두 죽게 마련이오."

한 차례 기침을 하더니 곱사등의 사나이가 입술을 닦아내며 한숨 쉬듯 말한다.

"자, 어서 갑시다. 어서요, 영감. 이런 속도로는 더 이상 못 가겠소. 도대체 언제 데려다 줄 거요?"

"글쎄, 자네 저 영감 목을 조금 찔러 보지 그러나?"

— 안톤 체홉, 「비탄」

이 소설의 주인공 이오나는 아들의 죽음에 대해 이야기하고 싶어 한다. 그러나 마차를 탄 손님들도, 짐꾼도, 나이 어린 동료 마부도 이오나의 슬픔을 알아주려고 하지 않는다. 이오나는 마구간으로 가서 자기의 조그마한 말에게 모든 얘기를 들려주기 시작한다. 목구멍까지 차오르는 슬픈 사연이 있건만 아무도 그 말을 들어 주지

않는 쓸쓸한 상황의 되풀이는 인간 관계의 적막함이라는 주제를
효과적으로 드러내는 것이다.

창작 이야기

「www.soriso.com」의 아우트라인은 다음과 같았다.

① 중년의 사내가 구설수에 올라 실직을 당한다.
② 사내는 누명을 벗기 위해 그 소리를 찾아 해명하고자 한다.
③ 소리에 관한 사이트를 찾아 인터넷을 뒤지던 중 'www.soriso.com'이라는 사이트를 발견한다.
④ 사내는 그 사이트의 주인을 만나 소리를 찾아 떠나기로 한다.
⑤ 유체 이탈을 통해 소리가 모여 있는 장소로 이동한다.
⑥ 자신이 찾고자 했던 소리를 찾는다.
⑦ 다른 소리를 접하게 되고 뜻밖의 비밀을 알게 된다.
⑧ 사내는 어둡고 회의적인 사람으로 변모한다.
⑨ 사내는 다른 사람의 비밀을 알고 싶은 유혹을 느낀다.

소설의 주제 '인간의 영역 속에서 누리는 행복의 소중함'을 강조하기 위해서 나는 ⑦에서 패턴을 사용하기로 했다. 사내가 어둡고 회의적인 사람으로 변모하는 것은 차라리 안 들었더라면 나았을 소리를 들었기 때문이다. 나는 사내를 불행으로 몰고 가는 모티브를 '믿었던 사람에게서 느끼는 배신감'으로 설정하고 세 가지 에피소드를 삽입했다. 신뢰에 대한 배신감의 강도는 점점 높아져야 했기 때문에 나는 동료의 이면을 가장 먼저 알게 하고, 어머니, 아내의 순서로 비밀을 터뜨리기로 했다.

또 중년의 사내를 실직시킬 만한 구설수의 내용과, 사내가 '유체이탈'이라는 모험을 감행할 만한 논리도 보충해야 했다. 모티프의 첨가로 변형된 아우트라인은 다음과 같다.

① 중년의 사내가 회사가 합병되리라는 말을 동창에게 전한다.
② 그 말은 부장에게서 먼저 나왔으나 사내는 회사의 기밀을 누설했다는 누명을 쓰고 실직을 당한다.
③ 사내는 '에너지 보존의 법칙'을 떠올리며 어디엔가 소리가 남아 있지 않을까 생각하게 된다.
④ 사내는 부장의 소리를 찾아 누명을 벗으려고 소리에 관한 사이트를 찾아 인터넷을 뒤진다.
⑤ 'www.soriso.com'이라는 사이트를 발견하고 접속한다.
⑥ 사내는 그 사이트의 운영자를 만나 신과학이라는 연구 분야를 알게 된다.
⑦ 사내는 유체 이탈을 통해 소리가 모여 있는 장소로 이동한다.
⑧ 자신이 찾고자 했던 소리를 찾는다.
⑨ 자신의 편인 줄 알았던 동료들이 자신을 질타하는 소리를 듣는다.
⑩ 어머니에게 전남편의 자식이 있다는 것을 알게 된다.
⑪ 아내에게 사랑하는 사람이 있다는 것을 알게 된다.
⑫ 사내는 어둡고 회의적인 사람으로 변모한다.
⑬ 사내는 다른 사람의 비밀을 알고 싶은 유혹을 느낀다.

정리와 실습

1. 자신이 설정한 주제에 따라 아우트라인을 변형시키고 필요한
   경우에 패턴을 만들어 보자.

6강 누가 이야기할 것인가

    소설 안에는 그 이야기를 독자에게 전달하는 사람(narrator)이 있다. 이 사람을 우리는 서술자 혹은 화자라고 부른다. 시점(point of view)이란 이 서술자가 어떤 위치에서 이야기를 전하느냐 하는 위치의 문제이기도 하고, 소설 속의 인물들 중 누구에게 초점을 맞추느냐 하는 초점의 문제이기도 하며, 인물들의 마음속을 어느 정도 들여다보느냐 하는 능력의 문제이기도 하다.[11] 같은 사건이라도 이야기를 하는 사람에 따라 보고 느끼고 판단하는 것이 다를 것이기 때문에, 시점은 인물과 플롯의 단순한 조합을 뛰어 넘어 의미를 제공하고, 독자에게는 특정한 관점으로 사건을 대리 체험하게 함으로써 익숙한 이야기의 구조를 신선하게 바꾸는 장치라고 할 수 있다.

---

11) 김천혜, 『소설 구조의 이론』, 문학과지성사, 1990, 99쪽.

만일 작가가 시점을 잘 다루고 있다면, 독자는 시점을 의식하지도 못하고 소설에 빠져들게 된다. 그러나 독자가 주인공이 누구인지 모르겠다거나, 인물과의 일체감을 느낄 수 없다거나, 이야기가 너무 비약적이고 이해하기 힘들다고 느낀다면, 이것들은 시점과 관련된 무언가가 잘못되었다는 신호라고 할 수 있다. 시점은 독자에게 최고의 경험을 제공하는 계획으로써 작가가 조절하는 것(author-controlled)이 되어야 한다.12) 같은 이야기라도 누가 이야기하느냐에 따라 이야기의 가치와 흥미가 달라진다.

누가 이야기에 흥미로운 관점을 제공할 수 있는가? 누가 독특한 시각으로 이야기에 색깔을 입힐 수 있는가? 시각 없이 이야기를 전달하는 것은 단조롭고 지루해질 수 있다. 사건에 시각을 가지는 것은—어떤 시각일지라도—인물과 이야기에서 우리에게 광범위한 흥미를 준다. 그리고 그의 시각을 관찰하는 것보다 인물에 대해서 배울 수 있는 더 좋은 방법은 없다.13)

누가 이야기하게 할 것인가? 작가는 먼저 이야기 안의 인물을 서술자로 삼을 것인지 이야기 밖의 인물을 서술자로 삼을 것인지를 결정해야 한다. 이야기 안의 인물이 서술자가 되면 일인칭 소설이 될 것이고 이야기 밖의 인물이 서술자가 되면 삼인칭 소설이 될 것이다. 일인칭 소설은 다시 주인공 시점과 주변인물 시점, 복수시점, 전지 시점 등으로, 삼인칭 소설은 전지 시점, 선택적 전지 시점,

---

12) Alicia Rasley, *The Power of Point of View*, Cincinnati, Ohio: Writer's Digest Books, 2008, p. 40.
13) Noah Lukeman, *The Plot Thickens: 8 Ways To Bring Fiction To Life*, New York: St. Martin's Press, 2002, p. 55.

객관 시점 등으로 나누어 볼 수 있다.

한편, 최근 많은 작가들이 관심을 보이고 있는 이인칭 소설은 서술자가 이야기 안에 있을 수도 있고, 이야기 밖에 있을 수도 있다. 즉, 이인칭 소설은 일인칭 소설과 삼인칭 소설에서 구사되는 시점들을 모두 활용할 수 있는 것이다.

이 강에서는 각각의 시점을 선택함에 따르는 장점과 단점, 자유로움과 한계를 밝히고, 이러한 시점들을 활용할 때 유의해야 할 점을 살펴봄으로써 소설을 창작하는 이가 적합한 서술자와 시점을 선택하는 데 도움을 주고자 한다.

1. 이야기 안의 서술자 시점: 일인칭 소설

초보 작가로서 소설을 쓸 때는 일인칭 소설에서부터 시작하는 것이 좋다. 처음 쓰는 소설에는 자신의 경험에 바탕을 둔 이야기가 많기도 하지만, 생활 속에서 우리는 늘 일인칭으로 대화를 나누므로 일인칭의 문법적 형태를 쉽게 다룰 수 있다는 것이 중요한 이유이다.

일인칭 서술자를 선택하게 되면 강력한 목소리에 결합하는 자유로움으로 독자의 공감과 신뢰를 얻어 내기 쉬운 반면, 서술하는 문체가 반드시 서술자의 성격과 일치해야 한다는 부담을 안게 된다. 서술자라는 특정한 인물의 직업이나 계층, 나이, 교육 정도, 관점 등에 부합되는 지식과 어법의 수준에 언어의 사용이 제한되어야 하기 때문이다.

일인칭 시점의 가장 큰 위험은 작가인 '나'가 느끼는 방식으로 서술자인 '나'를 그려내기 쉽다는 점이다. 작가는 서술자인 '나'를 독립적인 인물로 인식하고 그 인물의 입장에서 이야기를 전달할 수 있어야 한다.

1) 주인공 시점

일인칭 주인공의 시점은 서술자가 '나'이면서 주인공인 경우이다. 이 시점은 등장인물의 내면세계를 제시해야 하는 소설에 사용하는 것이 적합하다. 주인공이 순간순간 느끼고 번민하는 것을 구애받지 않고 자유롭게 진술할 수 있기 때문이다.

> 나는 금세 어디서 묵은 빚문서라도 불쑥 불거져 나올 것 같은 조마조마한 기분이었다.
> 애초의 허물은 그 빌어먹게 비좁고 음습한 단칸 오두막 때문이었다. 묵은 빚이 불거져 나올 것 같은 불편스런 기분이 들게 해오는 것도 그랬고, 처음 예정을 뒤바꿔 하루 만에 다시 길을 되돌아갈 작정을 내리게 한 것 역시 그러했다. 하지만 내게 빚은 없었다. 노인에 대해선 처음부터 빚이 있을 수 없는 떳떳한 처지였다.
> 노인도 물론 그 점에 대해선 나를 완전히 신용하고 있었다.
> — 이청준, 「눈길」

이 시점은 주인공이 직접 자기의 경험을 이야기하므로 다른 서술 방법보다도 '사실이라는 환상(illusion of reality)'을 제공하며, 주인공의 깊숙한 내부에 있는 사고, 감정 및 태도에 공감하게 하여 독자로 하여금 주인공과 동일한 입장에서 사물을 대하게 한다.

이 시점의 단점은 '나'의 틀을 벗어나는 이야기를 할 수 없으므로, 독자에게 줄 수 있는 정보량이 적어 독자가 사건을 입체적으로 볼 수 없다는 점이다. 서술자는 어떤 시기에 반드시 한 장소에만 있어야 하며, 자신을 스스로 묘사할 수 없다.

일인칭 주인공 시점의 장점을 살리면서 단점을 보완한 방법으로 '회상 시점'과 '다중 시점'을 생각해 볼 수 있다.

2) 회상 시점

일인칭 회상 시점이란 현재의 '서술하는 나'와 과거의 '경험하는 나'를 분리해서 시간 간격의 독특한 효과를 볼 수 있는 시점이다.

(가) "어이, 한병태, 넌 왜 왔어?"

눈치 빠른 녀석 하나가 그렇게 쏘아붙인 걸 시작으로 아이들이 나를 몰아대기 시작했다.

"정말, 언제 끼여들었지?"

"임마, 누가 너보고 응원해 달랬어?"

나는 갑자기 콧등이 시큰하며 눈물이 핑 돌았다. (나) 뚜렷하지는 않지만 나는 그때 이미 소외된 자의 서러움 또는 그 쓰디쓴 외로움을 맛보고 있었던 것이나 아니었던지.

하지만 주먹싸움의 등수가 터무니없이 뒤로 밀리거나 아이들로부터 소외되는 것 못잖게 괴로운 것은 합법적이고도 공공연한 박해였다. 앞서 내비친 적이 있듯, 어른들의 세계에서와 마찬가지로 아이들의 세계에도 지켜야 할 규범이 있게 마련이고, 또한 어른들이 그 누구도 그걸 다 지키며 살아가지는 못하듯 아이들 역시 그 모든 걸 지켜내기는 어렵다.

— 이문열, 「우리들의 일그러진 영웅」

위의 예문에서 (가)는 어린 시절의 '나'의 시점에서 서술된 것이라면 (나)는 어른이 된 '나'의 시점에서 서술된 것이라고 할 수 있다. 이처럼 회상 시점을 활용하면 일인칭 서술자가 현재의 눈으로 과거의 행동이나 사건을 돌아보고 의미를 판단할 수 있다. '서술하는 나'의 성숙한 세계관은 독자에게 공감과 성찰의 즐거움을 줄 수 있다.

3) 다중 시점

일인칭 다중 시점은 두 명 이상의 작중인물이 각각 자기 입장에서 사건을 서술하여 일인칭 서술자의 한계를 극복하고 사건을 입체적으로 볼 수 있게 하는 방식이다.

(가) 이 짜식 좀 봐라!

순간 발길이 날아왔고, 나는 콘크리트 바닥에 개구리처럼 아무렇게나 쓰러진다. 이내 내 몸뚱이 위로 다투어 덮쳐오는 사내들. 무수히 쏟아지는 발길질과 주먹 그리고 몽둥이… 등허리와 허벅지, 옆구리 엉덩이 할 것 없이 몽둥이가 떨어져 내릴 때마다 나는 컥컥 숨이 막혀 비명조차 지를 수 없다.

(나) 가소로운 녀석, 제까짓게 뻗대봐야 얼마나 견딜 것 같애? 나는 눈을 지그시 뜨고 빙긋이 웃음을 흘리며, 녀석의 얼굴이 금방 흙빛으로 변해가고 있음을 지켜 본다. 알몸뚱이로 뒹굴며 고통스러워 하는 꼬락서니가 천박해 보이기도 하고 우스꽝스럽기도 하다. 짜아식. 피골이 상접한 녀석이 버틸 게 뭐 있다구. 쯧쯧.

— 임철우, 「붉은 방」

이 소설에서는 고문을 당하는 피해자와 고문을 주도하는 가해자가 번갈아 서술자로 등장한다. 폭력을 당하는 자와 폭력을 가하는 자의 입장을 동시에 서술함으로써 독자에게 이야기를 입체적으로 전달하고, 이들이 실은 둘 다 거대한 시대적 폭력의 희생자였음을 보여 주는 것이다.

일인칭 다중 시점은 뛰어난 솜씨를 요구한다. 서술자의 서로 다른 관점을 통해 사건을 입체적으로 보여 줄 수 있지만, 서술자가 자주 바뀌게 되면 스토리 전달에 장애가 되고 독자들의 감정이입이 어려워질 수 있기 때문이다. 이 시점을 효과적으로 구사하기 위해서는 서로 다른 서술자의 목소리가 구별되어야 하며, 인물들 사이의 심연이 선명한 차이를 보일 수 있어야 한다.

4) 주변인물 시점

일인칭 주변인물의 시점은 '나'인 서술자가 사건에 참여하되, 주인공은 아닌 경우이다.

매사 이런 식이었다. 단순히 노인네가 이따금씩 버릇처럼 구시렁거리는 투정이 아니었다. 어이없게도 그는 우리집 식구들 위에 군림하려 들었다. 당당하게 가슴을 펴고 응접실 소파에 거만스럽게 기대앉아 재를 아무데나 떨어 버리며 그 지독한 담배를 피웠다. 안방에도 기척 없이 문을 열고 들어와 우리 내외를 당황하게 만들었다. TV의 채널은 그 할아버지의 취향에 맞게 돌려지고 있었다. 그는 항상 우리 식구들의 말은 귀가 어두워 못 알아 듣는 양 시치밀 뗀 다음 일방적으로 자기 의견만 내세웠다. 이렇게저렇게 하라는 지시를 사뭇 위엄 있는 목소리로 말하곤 했다. 필요에 따라서는 언성을 높이기도 했다.

— 전상국, 「외딴 길」

이 시점을 사용하면, 서술자는 일인칭 주인공 시점보다 훨씬 자유롭게 이야기를 할 수 있다. 서술자는 주인공을 묘사할 수도 있고, 주인공이 모르는 인물의 이야기도 덧붙일 수 있다. 무엇보다도 서술자가 사건의 당사자가 아니기 때문에 이야기에 감성적으로 섞이지 않는, 중심 사건과의 일정한 거리를 두고 서술할 수 있다는 것이 이 시점의 힘이다. 주인공이 죽은 이후에도 이야기를 계속 이어나갈 수 있고, 후일담을 전해 줄 수도 있다. 또한 보다 많은 비밀스러운 상태를 유지할 수 있어서 주인공의 신비스러움에 기여할 수 있다.

이 시점의 단점이라면, 서술자가 관찰할 수 있는 범위 내에서만 이야기가 서술되기 때문에 극적인 장면에서 주인공의 내면 심리를 포착할 수 없어서 흥미와 감동을 생생하게 전할 수 없다는 점이다. 일인칭 주인공 시점에 비해 독자가 주인공과 일체감을 느낄 수 없는 이유이기도 하다.

　이 시점을 사용할 때 특히 유의해야 할 점은 서술자의 관찰자로서의 경험이 결과적으로 스토리에 적절한가를 검토하는 것이다. 주제와는 별도의 사건을 이야기하게 만들어서 초점을 흐리게 해서도 안 되며, 단일성을 저해하는 장면을 장황하게 말하게 해서도 안 된다.14)

5) 신빙성 없는 서술자 시점

　대체로 독자는 일인칭 서술자가 말하는 것을 진실로 받아들인다. 신빙성 없는 서술자 시점도 이러한 전제에서 출발한다. 그러다가 스토리가 전개되면서, 서술자가 우매하거나, 잘못된 세계관을 가지고 있음이 드러날 때, 독자는 점차 서술자가 말했던 것과는 다른 것을 보게 되는 것이다. 지금까지의 이야기를 뒤집는, 반전의 진실은 독자에게 신선한 놀라움과 깨달음을 제공한다.

　처음 오신 손님이시죠? 한 번도 뵌 적이 없는 것 같아요. 아무쪼록 이곳에서 재미있게 지내시길 바랍니다. 제가 늘 하는 말이지만, 뉴욕이나 시카고 같지는 않지만 말입니다. 그래도 꽤 재미있는 일이 많답니다. 하지만 짐 켄들이 죽은 후로는 전같이 재미있지는 않습죠. 그가 살았을 때는 그하고 핫 메여즈하고 둘이서 온 시내를 시끌시끌하게 해놓곤 했습죠. 아마 온 미국 내의 이만한 크기의 도시치고 우리만큼

---

14) 정한숙, 앞의 책, 129쪽.

많이 웃고 사는 도시도 없었을 겁니다. (…중략…)

　나 같으면, 한 배에 타고 있는 사람이 총을 잘 다룰 줄 알기 전에는 총을 쓰게 하지 않지요. 짐이 초심자에게, 더구나 반편에게, 총을 빌려 준 것이 어리석은 짓이었죠. 어떻게 생각하면 짐이 당한 것은 인과응보입죠. 그러나 그가 없는 것은 섭섭한 일이랍니다. 그는 확실히 괴짜였어요! 물을 발라 빗어드릴깝쇼, 그냥 빗어드릴깝쇼?

— 링 라드너, 「이발」

　이 소설에서 서술자는 '짐 켄들'이라는 인물이 유쾌하고 재미있는 사람이었다고 이야기를 시작한다. 그러나 독자는 서술자가 전하는 재미있는 사건들을 듣는 동안, 짐이 벌였던 장난들이 자신의 도덕의식과 충돌하는 것을 느끼게 된다. 이때 독자는 서술자를 의심하게 되고, 사건의 의미를 다시 생각하게 되는 것이다.

　만일 신빙성 없는 서술자의 시점으로 이야기를 쓰고 싶다면, 독자가 소설의 어느 지점에서 서술자가 신빙성이 없다는 것을 깨달을 수 있도록 스토리를 설정해야 한다. 그렇지 않다면 스토리는 제 역할을 하지 못할 것이다. 이것은 독자가 서술자의 신빙성을 거부할 수 있는 기반을 가지도록 서술자의 이야기가 충분한 모순, 과장 혹은 변칙들을 포함해야 한다는 의미이다.[15] 혹은, 스토리 안의 신빙성 있는 인물로 하여금 서술자와 상이한 견해를 말하게 하며 독자의 판단을 유도하는 기법을 쓸 수도 있을 것이다.

---

15) Nancy Kress, *Characters, Emotions & Viewpoint*, Writer's Digest Books, 2005, p. 181 참조.

6) 복수 시점

이 시점은 일인칭 복수인 '우리'가 서술자인 경우이다. 인간은 개인으로 존재할 때는 도덕적이지만, 집단 속의 일원이 되고 보면 그 익명성으로 말미암아 일탈적인 존재가 되기 쉽다. 개인의 전문성을 인정하지 않고, 다른 집단과 교류하지 않는 폐쇄적인 집단은 현실 원칙에서 금지된 이기심을 마음껏 누리는 거대한 에로스다.16) 모파상은 "사람이 혼자 있을 때는 지성적이지만, 군중과 섞이게 되면 그의 지적인 창의력, 자유 의지, 분별 있는 성찰력, 심지어는 통찰력 등이 사라져 버린다"라고 했다. 인간의 정신 단계를 상상계와 상징계로 나눈 라캉에 의하면, 거울 단계라고도 불리는 유아기적 상상계는 어머니와 자신을 한 몸으로 생각하는, 본질적으로 이기적인 '자아 보존 본능'의 단계로서 쾌감 원칙의 지배를 받으며, 언어의 질서 속으로 편입되는 상징계는 법과 억압과 아버지를 인식하며 현실 원칙의 지배를 받게 된다.

1인칭 복수 서술자인 '우리'는 '주인공으로서의 우리'와 '주변인물로서의 우리'로 나누어 생각할 수 있다. '주인공으로서의 우리'는 인물의 상상계적인 행동을 이야기하는 데에 적합한 서술자이다. 이 시점은 대중심리에 휩쓸려 행동하는 집단의 폭력성을 다루거나, 상징계로 진입하기 위한 통과의례를 겪는 성장소설에 활용하는 것이 효과적이다.

---

16) 권택영, 『감각의 제국: 라캉으로 영화 읽기』, 민음사, 2001, 72쪽.

우리는 그가 소매치기임에 틀림없다는 심증을 굳힌 뒤로는 되도록 자주 그의 외출을 허락했었다. 허락할 뿐만 아니라 나중에는 종용하다시피 했다. 그러면 그는 귀대할 적마다 풍성한 향응으로 우리를 기쁘게 해주곤 했던 것이다. 심지어 우리는 그러한 향응이 우리의 기대에 미흡할 경우에는 엉뚱한 트집을 잡아 전 내무반에 비상(非常)(우리는 이 말이 평상(平常) 혹은 일상(日常)이라는 말의 반대말이라는 것에까지는 생각이 미치지 못했으나 이 말이 갖는 절대적 권위와 효력, 그 삼엄한 구속력(拘束力)에 대해서는 잘 알고 있었으므로 졸병들에 대한 사적 제재의 수단으로 종종 애용하곤 했다)을 걸기도 했다. 그리고는 여러 가지 잔인한 방법으로 멘드롱 따또를 괴롭히곤 했다. 예컨대 그는 방독면을 쓰고 구보하라는 우리의 명령을 가장 두려워하였다. 그는 체구(동체는 크고 하체는 부실한)의 탓으로 유난히 구보에는 괴로운 빛을 감추지 못했는데 그것이 방독면을 착용한 채로일 경우에는 더 말할 수 없이 고통스러워했다. 판초 우의(雨衣)를 착용한 채로의 포복, 엎드려 몸통받치기, 쪼그려뛰기, 식기 물고 토끼걸음걷기, 소총 이빨로 물고 서 있기 같은 것들을 그는 또한 두려워 했는데, 우리는 그러한 것들을 교묘히 안배하여 그를 괴롭히곤 했다.

— 조해일, 「멘드롱 따또」

이 소설에서 '우리'는 군대 내무반의 동료들이다. 이들은 전입병이 단지 신체적으로 다른 사람들보다 거구라는 점 때문에 집단 폭력을 행사하는 상상계적인 인물들이라고 할 수 있다.

그러나 서술자가 '주변인물로서의 우리'인 경우에는 우리가 오히려 법과 질서 속에 사는 다수로서 상징계적인 인물이며, 이러한

'우리'가 이야기하는 대상인 주인공이 상상계적인 인물인 경우가 많다. 독특하고 개성적인 인물을 창조하려고 할 때는 이 시점이 효과적이다.

> 다음날 우리는 모두 '그 여자 자살할 거야'라고 말했다. 그리고 그 여자를 위해서는 그것이 최선의 방법일 거라고 말했었다. 그녀가 호머 배런과 데이트하는 것을 처음 보았을 때 우리는 그녀가 그와 결혼할 것이라고 말한 적이 있었다. 그러나 그 후 우리는 그녀가 그를 설득하고 있을 거라고 말한 적도 있었다. 왜냐하면 호머 배런은 남자들, 특히 젊은 남자들과 어울려 엘크의 선술집에서 술을 마시며, 자신은 결혼 같은 것을 생각하는 사람이 아니라고 말했다는 소문이 떠돌았기 때문이다. 그 후 우리는 에밀리를 보고 '불쌍한 에밀리'라고 부르기 시작했다. (…중략…)
>
> 사나이는 침대에 누워 있었다.
>
> 한참 동안 우리는 움직이지 않고 그 자리에 서서 살점이라고는 붙어 있지 않은 채 싱긋이 그윽한 웃음을 짓고 있는 얼굴을 내려다보았다. 시체는 한때 포옹의 자세로 누워 있었던 것이 분명했다. (…중략…) 그리고 우리는 제 2의 베개에 움푹 들어간 머리 자국이 있음을 발견했다. 희미한 채 잘 보이지 않는 먼지의 건조하고 매운 냄새로 콧구멍이 막히는 것을 무릅쓰고 한 사람이 그 베개에서 무엇인가를 집어들어 앞으로 몸을 굽혔을 때 우리는 그것이 기다란 철회색의 머리카락 한 올임을 알았다.
>
> ─ 윌리엄 포크너, 「에밀리를 위한 장미」

이 소설에서 '우리'는 마을 사람들이다. 주인공 에밀리는 아버지를 여읜 후에도 마을의 영주적 존재로서 그리어슨가의 권위를 고집하며 세금도 거부하고 폐쇄적인 생활을 한다. 동정과 관심의 대상이면서 마을의 기념비적 존재이기도 했던 에밀리는 자신을 배반한 연인을 영원히 붙잡아 두기 위해 그를 살해하고 30년 동안을 함께 지냈던 것이다. '주변인물인 우리'는 사랑에 대한 집착과 소유욕을 그로테스크하게 보여 주는 상상계적 인물인 주인공의 행위를 전하는 적합한 서술자라고 할 수 있다.

7) 전지 시점

이 시점은 일인칭의 서술자가 인간적 한계를 넘어 신적인 위치에 서는 경우이다. 일인칭 서술자가 다른 인물의 마음속을 들여다보거나 자기가 없는 곳에서 일어난 일에 대해서 아는 것이다. 이러한 월권 현상이 생기는 것은 일인칭 서술자가 보고 듣고 체험한 것만 가지고는 정보의 부족으로 작가가 표현에 옹색함과 한계를 느끼기 때문이다.17) 시점의 한계를 벗어나 다양한 시각과 시야를 확보하고자 하는 현대소설에서 일인칭 전지 시점은 액자소설, 메타소설 등에서 폭넓게 활용되고 있다.

(1) 액자소설
일인칭 전지 시점이 가장 먼저 활용되기 시작한 것은 액자소설에서였다. 다음의 예를 보자.

---

17) 김천혜, 앞의 책, 115쪽.

소녀가 남기고 간 그림—이것을 할아버지께서는 '무녀도(巫女圖)'라 불렀지만—과 함께 내가 할아버지로부터 전해들은 이야기는 다음과 같다.

경주읍에서 성밖으로 오 리쯤 나가서 조그만 마을이 있었다. 여민촌 혹은 잡성촌이라 불리는 마을이었다.

이 마을 한구석에 모화(毛火)라는 무당이 살고 있었다. 모화서 들어온 사람이라 하여 모화라 부르는 것이었다. 그러나 그녀가 살고 있는 집은 마을의 어느 여염집과도 딴판이었다. (…중략…)

낭이도 그때에야 이 청년이 욱이인 것을 진정으로 깨닫는 모양이었다. 처음 혼자 방에 있는데 어떤 낯선 청년이 와서 방문을 열기에 너무도 놀라고 간이 뛰어 말—표정으로라도—한마디도 못하고 방구석에 서서 오들오들 떨고만 있었던 것이다. 이제 낭이는 그 어머니가 욱이를 얼싸안고, '내 아들아, 내 아들아'하며 우는 것을 보고 어쩌면 저도 눈물이 날 것 같았다(낭이는 그 어머니에게도 이렇게 인정이 있다는 것을 보자 형언할 수 없는 즐거움을 깨달았다).

— 김동리, 「무녀도」

이 소설에서 중심 이야기의 바깥에는 할아버지로부터 전해 들은 이야기를 전하는 일인칭 서술자가 등장한다. 그런데 이 서술자는 이야기를 전개함에 있어 자신이 만난 일이 없는 작중인물들의 마음속을 환하게 들여다보면서 서술하고 있다. 인간의 한계를 넘어서는, 가히 신의 전지적 능력을 가지고서야 할 수 있는 서술이다. 그런 의미에서 이 작품의 중심 이야기인 안(內) 이야기는 일인칭 전지 시점으로 씌어졌다고 할 수 있다.[18]

(2) 메타소설

현대소설에서 일인칭 전지 시점은 메타소설이라는 새로운 형식에 접목되어 더욱 발전하고 있다. 메타소설이란 소설 제작의 과정 자체를 노출시키면서 소설의 인공적 성격을 드러내고, 소설 혹은 소설을 쓰는 일에 대해 탐구하는 장르이다.

> 코브는 원시적이면서도 복잡하고, 거대하면서도 섬세하며, 헨리 무어나 미켈란젤로의 조각처럼 미묘한 굴곡과 양감으로 가득 차 있다. 순수하고 깨끗하고 소금기에 절어 있는 코브는 거의 완벽한 형태를 갖춘 한 덩어리의 금강석이었다. 내가 과장하고 있을까? 그럴지도 모른다. 하지만 내가 이 소설의 시대적 배경으로 삼은 연대 이래로 코브는 거의 변하지 않았으므로, 내 말이 맞는지 틀린지 직접 찾아가서 확인해 봐도 좋다. 그렇기는 하지만 라임 읍은 많은 변화를 겪었기 때문에, 육지 쪽을 바라보는 것은 공정한 관찰이 아닐 것이다.
> 그러나 1867년에 여러분이 그날 그 남자처럼 북쪽으로, 그러니까 육지 쪽으로 눈길을 돌렸다면, 그 전망은 그야말로 조화의 극치였을 것이다.
> ─ 존 파울즈, 『프랑스 중위의 여자』

「학교 친구들」 그는 유년 시절, 방황하며 지나가 버린 시간, 고아처럼 버려진 슬픈 시간의 향기(거의 느껴지지 않는 미약한!)를 맡으려 천천히 낮은 목소리로 발음해 본다. 그러나 이레나가 프랑스 지방 도시에서 느꼈던 것과는 정반대로, 그는 문득 나타나는 이 과거에 대해 아

---

18) 위의 책, 117쪽.

무런 애정도 느끼지 못했다. 돌아가고 싶은 어떠한 욕구도. 무관심밖에
는 다른 어떤 감정도 느끼지 못했다.

　만약 내가 의사라면 그의 경우 다음과 같은 진단을 내릴 것이다. 〈이
환자는 향수병 결핍이라는 병을 앓고 있다.〉

— 밀란 쿤데라, 『향수』

위의 예문들에서 보는 것처럼 메타소설에서는 스토리의 전개와
는 별도로 생각을 하고 의문을 제기하는 서술자인 '나'가 등장하여
등장인물을 분석하기도 하고 설명하기도 하면서 어떤 문제나 행동
의 본질을 규명해 간다. 이때의 서술자는 명석하고 해박해야 한다.
때로는 유머 감각도 필요하다. 소설을 읽다가 불쑥불쑥 고개를 들
이미는 서술자를 독자가 허용할 수 있을 만큼 철학적이고 지적인
역량이 있어야 한다.

2. 이야기 밖의 서술자 시점: 삼인칭 소설

이야기 밖의 서술자 시점은 서술자에게 인물이 볼 수 있는 것을
넘어서 볼 수 있게 한다. 이 서술자를 선택하여 삼인칭 소설을 쓰게
되면 작가는 이야기를 자유롭게 구사할 수 있는 능력을 얻게 된다.
또 일인칭 소설에 비해 어휘의 선택도 구속을 덜 받기 때문에 자신
의 언어적 역량을 마음껏 과시할 수도 있다.

단편 소설에서는 이야기의 단일한 효과를 위해 한 종류의 시점을
사용하는 것이 일반적이지만, 삼인칭 소설에서는 전지, 선택적 전

지, 관찰자의 시점이 반드시 분리되어 존재하지 않는다. 이는 서술자가 이야기의 밖에 있기 때문에 스토리의 전달 효과를 고려해서 어떠한 시점도 사용할 수 있기 때문이다. 삼인칭 소설의 매력은 이러한 시점 활용의 다양함에 있고 표면상으로는 제한 없는 효과와 그러한 조망으로 작가가 그의 주제를 탐험하도록 해 주는 색깔의 농담[19])에 있다. 그러나 한 장면에서는 한 시점을 유지하는 것이 작품의 긴밀성을 확보하고 스토리를 전달하는 데 도움이 된다. 시점의 전환이 필요할 경우, 새 장으로 시작하거나 전환의 신호로 행간의 여백을 두어야 한다.

삼인칭 시점은 서술자가 지니고 있는 정보량에 따라 다음과 같이 세분화될 수 있다.

1) 전지 시점

삼인칭 전지 시점은 서술자가 모든 것을 알고 있는 경우이다. 모든 작중인물들의 심리 상태와 감정, 행동 등을 서술할 수 있고, 환경 및 사건에 관한 정보를 자유롭게 다룰 수 있기 때문에 가장 융통성이 있고, 탄력적인 시점이라고 할 수 있다.

그의 머리칼 위에 얹힌 큼직큼직한 비듬들을 바라보고 있던 옆엣사람이 역시 창 밖으로 시선을 던진다. 목소리가 굵다. 그는 멋내는 것을 좋아하는 모양이다. 하얀 목도리가 밤색 잠바 속으로 그의 목을 감싸

---

19) Tom Bailey, *A Short Story Writer's Companion*, New York: Oxford University Press, 2001, pp. 51~52.

넣어 주고 있다. 귀 앞 머리 끝에는 면도 자국이 신선하다. 그는 눈발 빗발 섞여 내리는 창 밖에 차츰 관심을 모으기 시작한다. 버스는 이미 떠날 시간이 지났는데도 태연하기만 하다.

"뭐? 아, 진눈깨비! 참 그렇군."

그들 등 뒤에는 털실로 짠 감색 고깔모자를 귀밑에까지 푹 눌러 쓴 대단히 실용적인 사람이 창문 쪽에 앉은 살찐 젊은 여자에게 몸을 기댄다. 그녀는 검은 얼굴에 분을 허옇게 바르고 있다. 그는 창문 유리에 이마라도 대야 되겠다는 듯이 목을 쑥 뽑고 창 밖을 내다본다. 여자는 가슴이 답답하다. 남자의 왼쪽 어깻죽지가 그녀의 앞가슴께를 짓누르고 있다. 그러나 남자는 별로 불편한 기색이 없다. 여자도 잘 참는다.

— 서정인, 「강」

이 시점은 서술상 어떠한 제한도 받지 않아 다양한 전략을 구사할 수 있기 때문에 서술자는 스토리의 사건을 객관적으로 보고할 수도 있고, 인물의 마음속을 들여다보거나. 인물의 외양이나 행위를 묘사할 수도 있다. 때로는 독자에게 역사적이거나 거시적, 미시적 조망을 제공하기 위해 시간과 공간을 자유롭게 이동하기도 하고, 판단이나 소견을 제공하기도 하면서 자유자재로 스토리를 끌어갈 수 있다.

이 시점의 단점은 서술자가 개입함으로써 독자의 스토리 몰입을 방해하고, 독자와 인물 간의 거리가 멀어짐으로써 인물에 대한 친밀감이 감소된다는 점이다. 그러므로 이 시점을 쓰려면, 이러한 약점들을 보완할 수 있을 만큼 작가의 글쓰기가 산문적인 층위에서 흥미로워야 한다. 서술자의 개입 없이 스토리가 잘 전달될 경우,

문체의 빈약함은 크게 문제되지 않을 수 있다. 그러나 서술자가 개입해서 스토리를 단편화시킬 때는 독자가 작가의 스타일이나 태도를 즐길 수 있을 만큼 훌륭한 글쓰기가 요구되는 것이다.

전지 시점을 사용하기로 결정했으면, 이야기 전체를 통해 서술자의 능력을 충분히 보이는 편이 낫다. 만일 어쩌다 한 번씩 서술자의 논평이 나타난다면 그것은 마치 시점 운용의 실수처럼 여겨지게 될 것이기 때문이다.

2) 선택적 전지 시점

삼인칭 선택적 전지 시점은 전지 시점이 누리는 자유 가운데 일부만을 사용한다. 가장 일반적으로 사용되는 방식은 서술자가 사건들을 객관적으로 볼 수 있고, 한 인물의 마음에만 출입하는 경우이다.

> 후배를 들인 다음 날, 그녀는 까치발을 선 채 조심스럽게 옷을 입고 화장을 했다. 후배는 죽은 듯 누워 있었다. 그녀는 핸드백을 들고, 후배를 한참 동안 바라보다 그대로 집을 나섰다. 잠든 사람을 나가라고 하는 것만큼 야박한 일도 없을 듯싶었다. 그녀는 어수선한 마음으로 강의를 하고, 회의를 마친 뒤 집에 돌아 왔다. 그녀가 현관문을 열었을 때 깨끗하게 정리된 원룸 안에는, 후배가 자신의 가방과 함께 언제 어디로든 배달될 수 있는 택배처럼 오도카니 앉아 있었다. 안 계셔서, 인사하고 가려고요. 그녀는 신발장 앞에서 어정쩡하게 고개를 끄덕였다. 그러나 그 다음에 무엇을 어떻게 해야 할지 몰랐다. 그래, 그럼 잘 가라고 해야 하나?
> ― 김애란, 「침이 고인다」

'나'라는 대명사가 주는 확신과 친밀감을 제외하고는 일인칭 주인공 시점의 장점을 모두 지니고 있어서 독자가 쉽게 초점인물과의 동일시를 느낄 수 있게 하면서도 일인칭 주인공의 시점에서는 할 수 없는 주인공의 묘사나, 주인공이 모르고 있는 정보를 제공할 수 있는 것이 이 시점의 장점이다. 일인칭의 강렬함과 전지의 유연함을 결합한 삼인칭 선택적 전지 시점은 현대 단편소설에서 가장 많이 선택되는 효율적인 시점이다.

이 시점에서 서술자가 철저하게 인물의 내부에서만 이야기하게 되면, 모든 것이 한 인물의 지각을 통해 서술되기 때문에, 소설은 간결성과 통일성을 지니게 된다. 이 경우, 다음 예에서 보는 것처럼 시점인물인 '그' 대신 '나'를 넣어도 전혀 변화가 없을 정도로 구조 면에서 일인칭 주인공의 시점과 일치한다. 다음의 예를 보자.

그는 한 시간 뒤 보통 때처럼 집을 나섰다. 날씨가 추웠다. 남 먼저 일찍 출근하면 여러 가지가 좋았다. 조용하고 한갓지고 상쾌하고 사람이 없었다. 늙은 수위는 그를 아는 체를 했고, 젊은 놈은 모른 체했다. 그를 알 듯 말 듯한지, 모른 체하는 품이 자연스럽지 못하고, 좋게 말하면 불안하고 나쁘게 말하면 건방졌다. 인사 하나 못 받았다고 어디 덧나냐. 그는 대범한 체, 속 넓은 체했다.

— 서정인, 「잠적」

나는 한 시간 뒤 보통 때처럼 집을 나섰다. 날씨가 추웠다. 남 먼저 일찍 출근하면 여러 가지가 좋았다. 조용하고 한갓지고 상쾌하고 사람이 없었다. 늙은 수위는 나를 아는 체를 했고, 젊은 놈은 모른 체했다.

나를 알 듯 말 듯한지, 모른 체하는 품이 자연스럽지 못하고, 좋게 말하면 불안하고 나쁘게 말하면 건방졌다. 인사 하나 못 받았다고 어디 덧나냐. 나는 대범한 체, 속넓은 체했다.

위의 예에서 보는 것처럼 구조의 면에서 거의 일치하는 삼인칭 선택적 전지 시점과 일인칭 주인공 시점은 어느 것이 더 나을까? 그 선택은 작가가 그의 서술로 얻고자 하는 효과가 무엇인지에 달려 있다. 스토리를 전달함에 있어서, 작가가 독자에게 자신의 초점인물과 강한 동일시를 느끼며 세상을 바라보기를 원한다면 일인칭 시점이 보다 생생할 것이다. 그러나 만일 작가가 스토리를 전달함에 있어서 인물로부터 물러나서, 인물을 묘사하거나 객관적인 정보를 제공할 필요를 느낀다면 삼인칭 선택적 전지 시점이 더 유용할 것이다.

3) 다중 시점

삼인칭 다중 시점은 두 명 이상의 삼인칭 초점인물이 각각 자신의 방식으로 사건을 보게 함으로써 독자로 하여금 사건을 입체적으로 파악할 수 있게 하는 방식이다.

(가) 대학원생 중에는 때마다 박 조교에게 제과점 쿠키나 화장품 세트, 중저가 액세서리 따위를 선물하는 축들이 있었다. 그런데 박 조교가 하필 그녀를 따로 불러 이 일을 맡아달라고 제안했을 때 그녀는 호의로 포장된 일거리 속에 무언가 치명적인 함정이 도사리고 있지나 않나 하는 두려움을 느꼈다. 이러한 과도한 예민함이 아마 그녀가 주변

사람들과 멀어진 이유이며 삶과도 멀어진 이유일지 몰랐다.

(나) 김 교수는 휠체어를 문 가까이 밀고 가 문을 살짝 열고 거실 쪽을 내다보았다. 아들 둘은 거실 오른편 탁자에 앉아 술을 마시고 있었다. 매주 금요일 저녁이면 두 놈은 그렇게 마주앉아, 그가 제자들로부터 받아 모아두었으나 이제는 입에 댈 수 없게 된 어여쁜 위스키 병을 강간하듯 하나씩 따서 마시며 여자 대학원생 윤 양을 기다리곤 했다.

(다) 순천댁은 약콩을 씻어 채반에 받쳐놓으며 혼잣말을 했다.
"으째 그랬을까?"
여학생이 사고를 당해 김 교수 짝이 날지 모르게 돼버렸다는 얘기를 전해 듣고부터 순천댁의 혀끝엔 이 의문이 아교로 붙인 듯 딱 붙어버렸다. 서재에서는 아무 소리도 들려오지 않았다. 여학생이 오던 때에는 한두 번씩 김 교수의 격앙된 목소리가 파들파들 들려오곤 했는데 어찌된 일인지 남학생이 오고부터 조용했다.

— 권여선, 「약콩이 끓는 동안」

(가)에서는 '그녀'가, (나)에서는 '김 교수'가, (다)에서는 '순천댁'이 초점인물이다. 스토리 안에 많은 인물들과 장소들이 포함될 때는 삼인칭 다중 시점이 일인칭 다중 시점에 비해 유용하다. 인물들이나 사건, 객관적인 정보에 대해 설명할 경우가 더 많아지기 때문이다.

4) 객관 시점

삼인칭 객관 시점은 서술자가 자신의 주관을 철저히 배제하고 오직 관찰을 통하여 등장인물의 실체를 제시하고 인생의 단면을 표출하기 위해 극적인 방식으로 서술하는 경우이다.

여자의 목에 얼굴을 묻고 있던 남자가 등뒤로 여자를 안고 창가에서 천천히 물러난다. 남자가 몸을 돌린다. 남자의 머리에 놓여 있는 여자의 두 손이 카메라 렌즈에 확대되어 보인다. 카메라 찰칵거리는 소리는 그들에게 전혀 들리지 않는다. 손의 모습은 더 이상 보이지 않는다. 방은 이쪽에 비해 훨씬 높은 곳에 있고, 창문 아래 벽은 방 아래쪽을 볼 수 없게 만든다. 카메라 렌즈가 방 안을 수차례 돌고 돌지만 카메라 앵글에는 천장에 달려 있는 화려한 등과 천장과 벽이 만나는 모서리의 화려한 장식 무늬밖에는 더 이상 아무것도 보이지 않는다. (…중략…)

남자가 핸드폰을 귀에다 갖다 댄다. 남자는 한참을 기다린다. 남자는 무슨 말을 하는 것 같지가 않다. 아마 아무도 그의 전화를 받지 않는 것 같다. 남자가 핸드폰을 귀에서 떼고 전화기를 든 손의 손가락을 움직여 숫자를 누른 뒤 다시 귀에 갖다 댄다. 고개는 여전히 방 쪽으로 향해 있다. 그가 몇 번 고개를 끄덕이더니 전화기를 귀에서 뗀다. 그가 담배를 급하게 연거푸 빨아 연기를 창 밖으로 뿜어낸다. 그리고 남자는 창가에서 사라진다.

— 김이소, 「외출」

이 소설은 남편의 외도를 알아챈 한 여자가 남편과 그 애인과의 밀회 현장을 카메라로 촬영하는 과정에 따라 전개된다. 출장을 핑계로 하룻밤을 묵어 오곤 했던 남편은 습관인 양 집에 확인 전화를 하곤 했다. 이 소설에서 서술자는 촬영을 하는 여자의 심리도, 집에 전화가 안 되는 남편의 심리도 말해 주지 않는다. 즉, 서술자는 작중인물의 내면 속으로 들어가지 않고 단지 보이고 들리는 것만을 서술한다. 그러므로 독자는 작중인물이 무슨 생각을 하고 있는지 알 수가 없다. 독자는 영화나 연극의 관객처럼 그저 겉으로 드러나는 것만으로 상황을 파악해야 한다. 이 시점은 고도로 훈련된 작가의 눈을 필요로 한다. 어느 장면을 작가가 제시하는가 하는 선택의 문제는 바로 이러한 작가의 눈이 결정해 주기 때문이다.

서술자가 카메라 렌즈와 같은 즉물적인 시선으로 인물과 사건을 관찰하는 이 시점은 생생한 묘사와 선명한 표현을 할 수 있고, 독자가 소설의 의미를 스스로 발견하는 기쁨을 줄 수 있는 반면에, 서술의 한계 때문에 단조롭고 평면적이어서 독자를 지루하게 만들 위험이 있다.[20]

3. 이야기 안 / 이야기 밖의 서술자 시점: 이인칭 소설[21]

이인칭 소설이란 주인공 혹은 주인물이 '너/당신'[22]으로 불리면

---

20) 정한숙, 앞의 책, 131~133쪽 참조.
21) 이미란, 「이인칭 서사의 시점 연구」, 『현대문학이론연구』 제86집, 2021, 85~103쪽 발췌 요약.
22) '너/당신' 이외에도 '그대', '자네' 등과 복수형인 '너희', '당신들'도 해당이 되지만, 여기에서는 진술의 편의상 이인칭 소설에 자주 쓰이는 이인칭 대명사 '너/당신'으로

서 서사의 대상이 되는 소설의 양식이다. 스토리가 이야기 안의 서술자 시점으로 전달되는 서사를 일인칭 소설이라고 하고, 이야기 밖의 서술자 시점으로 전달되는 서사를 삼인칭 소설이라고 할 때, 이인칭 소설의 서술자는 이야기의 어디에 위치하는 것일까? 이인칭 소설의 서술자는 이야기 안에 있을 수도 있고 이야기 밖에 있을 수도 있다.

이는 서사에서 '인칭'이란 개념이 서술의 주체가 아니라 서술의 대상[23]이라는 점을 생각해 본다면, 납득할 만한 일이다.

1) 이야기 안의 서술자 시점

(1) 주인공 시점

이 유형은 서술자인 '나'가 자신을 '너'로 부르면서 자기 스토리를 말하는 경우이다. 서술자가 자신을 '너'라고 부르면서 자기의 행위와 사고로부터 거리를 두고 자신을 묘사하는 것은 자기를 감추거나 숨긴 자전적 서술자의 '자기 성찰을 위한 거리 두기' 전략이라고 할 수 있다.

사용한다.

[23] 즈네뜨는 "서술자는 (발화된 진술에서 발화의 모든 주체처럼) 오직 '일인칭'으로서만 존재"(제라르 즈네뜨, 권택영 옮김, 『서사담론』, 교보문고, 1992, 234쪽)한다고 말한다. 이를 부연하여 데니스 스코필드는 "서술 인칭의 적절한 대상은 서술자가 아니라 서술자가 말하는 대상"이라고 말한다. (Dennis Schofield, Summary, p. 2/10, "The Second Person: A point of View? The Function of Second-Person Pronoun in Narrative Prose Fiction", Deakin University, Australia, 1998, http//members.westnet.com.au/ emmas/2p/thesis/Oc.Htm)

데니스 스코필드는 서술자가 자신을 '너'라고 부르면서 스스로의 행위와 사고로부터 다소간 거리를 두고 자신을 묘사하는 것은 자기를 감추거나 숨긴 자전적 서술자에게 '자기혐오의 상황'으로부터의 거리, '너'의 외부에 위치하면서 '너'를 꾸짖는 위치를 제공하는 전략이라고 말한다. 신경숙의 장편소설 『엄마를 부탁해』는 네 개의 장과 에필로그로 구성되어 있는데, 그 중 1장과 에필로그가 이 유형의 이인칭 소설로 되어 있다.

너는 석양빛을 받으며 너의 무릎에 얹힌 엄마의 얼굴을 마치 처음 보는 사람처럼 응시했다. 엄마가 두통을 앓았었나? 울 수조차 없을 정도로? 곧 송아지를 낳을 암소처럼 빛나고 둥글던 엄마의 검은 눈은 주름 속에 거의 감춰져 작아져 있었다. 붉은 기가 사라진 두툼한 입술은 건조한 채 부르터 있었다. 너는 이모의 죽음 앞에서도 울 수 없을 만큼 엄마가 극심한 두통을 앓고 있다는 것을 알지 못했다. 너는 평상에 홀로 떨어져 있는 엄마의 외로운 팔을 들어 배에 얹어 주었다. 일생을 노동에 찌든 엄마의 손등에 퍼진 검버섯을 물끄러미 바라보았다. 너는 더 이상 엄마를 안다고 말할 수 없게 되었다는 생각을 했다.
(…중략…) 너는 늘 짧게 대답하곤 했다. 엄마가 더 물으면 귀찮아져서 나중에 얘기해 줄게, 엄마! 그랬다. 너희 모녀에게 나중에 다시 그런 얘기를 나눌 기회는 없었다. 네 앞에는 늘 다른 일이 놓여 있었으므로. 너는 비행기 좌석에 몸을 누이고 깊은 숨을 내쉬었다. 너에게 아주 먼 곳에 나가 살라고 한 사람은 엄마였다. 너를 태생지에서 가장 먼 도시로 내보내 준 이도 엄마였다. 그때의 엄마. 너를 도시에 데려다주고 다시 시골집으로 돌아가는 밤기차를 탔던 그때의 엄마의 나이

가 지금 네 나이와 같다는 것을 너는 아프게 깨달았다. 한 여자. 태어
난 기쁨도 어린 시절도 소녀시절도 꿈도 잊은 채 초경이 시작되기도
전에 결혼을 해 다섯 아이를 낳고 그 자식들이 성장하는 동안 점점
사라진 여인. 자식을 위해서는 그 무엇에 놀라지도 흔들리지도 않은
여인. 일생이 희생으로 점철되다 실종당한 여인.

— 신경숙, 『엄마를 부탁해』

　위의 예문들에서 '너'는 '나'로 바꾸어 읽어도 서술의 구조 면에
서 전혀 변화가 없다. 즉, 서술자는 자기 자신을 꾸짖기 위해 자신을
'너'라고 호명하며 책망하고 있는 것이다. 신경숙의『엄마를 부탁해
』는 가족에 대한 헌신과 배려의 고단한 노동으로 점철된 평생을
살아오다 실종된 엄마의 존재에 대한 깨달음과 죄책감을 "가혹하
게 고발당하고 심문받기 위해"[24] 이인칭 소설의 형식을 선택했다
고 할 수 있을 것이다.
　이 시점의 경우, '서술하는 나'와 '경험하는 나'를 분리해서 시간
간격의 독특한 효과를 볼 수 있는 회상의 구조 역시 가능하다.

　고등학교 막바지, 너는 가출을 시도한 적이 있었다. 누구나 그 시절에
는 아무 이유나 대고 가출하고 싶어하며 모든 이유가 당사자에게는 정당해
보인다. 그 당시의 가능한 세상의 끝은 바다였는데, 인천은 세상의 끝
이라고 하기에는 너무 가까웠고, 남해는 너무 멀었다. 횡단하기 알맞은
세상의 끝은 그러므로 동해, 기차에 오르고 저녁 나절에 춘천에 도착.

---

24) 정홍수, 「피에타, 그 영원한 귀환」, 신경숙, 『엄마를 부탁해』, 창비, 2008, 284쪽.

춘천에서 기차에 내려 걸어다니다가 너는 한 책방에 들어갔다. 너의 시선에 맨 처음 잡힌 것은 김지하의 「황토」. 한 여관의 백열등 밑에서 혹시 괴한이 겁탈하러 들어올 것이 두려워 ─ 이런 용감한 여행에서조차 여자임을 두려워해야 한다는 것은 얼마나 화나고 폼이 안 나는 일이던가─ 돈은 속옷 속에다 감추고 너는 소리내어 삼십 편의 시들을 낭송했다. 너는 그의 시를…… 그즈음, 몸의 시로 이해했다.

─ 최윤, 「집,방,문,벽,들,장,몸,길,물」

이 소설에서 '서술하는 나'는 고교 시절의 자신을 '너'라고 부르면서 그때의 경험을 제시하고 있다. 그러면서 어른인 서술자의 언어로써 "누구나 그 시절에는 아무 이유나 대고 가출하고 싶어하며 모든 이유가 당사자에게는 정당해 보인다"라든가 "너는 그의 시를…… 그즈음, 몸의 시로 이해했다"라는 등의 주석적 판단을 하고 있는 것이다.

(2) 주변인물 시점

이 유형은 일인칭 소설의 주변인물 시점과 같다. 서술자는 스토리 안의 주변인물 '나'이며 주인공인 '너/당신'에 대해 이야기한다.

"내가 인생역전하려면 어디를 고쳐야 될까?"
네가 말한다. 나는 고칠 필요 없다는 대답을 하려 했지만, 너의 질문은 질문이 아니라 하고 싶은 말을 질문 형식으로 시작한 것뿐이다. 너의 소망은 길고 복잡하다. (……) 머리 크기를 줄이는 수술이 있으면 좋을 텐데. 어깨도 넓으면 좋겠어. 나는 왜 어깨가 좁을까? 목도 팔다리도 짧고. 다리는 진짜 왜 이렇게 짧지? 다리 늘이는 수술도 있어. (……) 배랑 허리의 살도 빼고 싶어. 지방흡입수술도 좋지만 요즘은 초음파로 제거가 가능하대. (……)

"그렇게 다 고치고 나면 너는 뭐가 남아?"

"다음 세상에서 새로 태어날 수 있다면 나는 조시 하트넷으로 태어나고 싶어." 그것 역시 대답이 아니라 그냥 네가 하고 싶은 말이다. "인류는 아름다움을 추구해 왔어. 그리스 신화 속의 신과 21세기의 셀리브리티는 같은 거야. 아름답고 동경과 질투의 대상이 되고 영원히 살지. 나도 그런 욕망이 있는 거야."

— 김이환, 「너의 변신」

이 소설은 주변인물인 '나'의 시점으로 '너'의 이야기를 전한다. '너'는 '나'의 과거의 연인이다. '너'는 육체적 아름다움에 대한 욕망에서 출발하여, 성형 수술과 신체 이식 수술로 점점 "완벽한 몸"을 갖게 된다. '너'는 나아가 자신의 성정체성을 구현하고 완벽한 쾌락을 추구하기 위해 아름다운 남성의 몸에 여성의 성기를 가진 사람이 되었다가, 결국 몸을 버리고, "먹지도 자지도 않으니 하루 종일 오르가즘만 추구"하는 플라스틱 봉지 안의 "액체 상태"로의 변신을 선택한다. 이 소설은 주변인물의 시점이기 때문에 '너'가 스스로 이야기를 할 수 없는 상태, 즉 몸을 잃은 이후(대부분의 소설에서는 주인공의 죽음 이후)의 이야기를 독자에게 전할 수 있다.

이 경우는 서술의 구조가 일인칭 주변인물의 시점과 같다. 서술자는 '너'의 주변인물일 수밖에 없으므로 '너'의 이야기를 하는 가운데 서로에게 관련된 어떤 상황을 묘사하지 않을 수 없게 된다. 서술자가 '너'를 부르면서 끝까지 '나'를 드러내지 않는 것이 전혀 불가능한 것은 아니지만, 이 유형에서는 '나'라는 서술자가 자연스럽게 등장할 수밖에 없다고 하겠다.

2) 이야기 밖의 서술자 시점

(1) 전지 시점

삼인칭 소설에서 서술자가 모든 것을 알고 있으며, 따라서 인물보다 더 많은 정보를 가지고 있는 경우가 전지 시점이다. 이인칭 소설에서도 이와 같은 서술이 가능하다.

> 선생은 연구 계획서뿐만 아니라 상담 팁과 토론 주제, 방향도 만들어주었고 결과 보고서도 손봐주었다. 너는 선생과 함께 분석한 촉법소년 관련 기획기사들을 참고해서 소논문을 작성했다. 너는 불행한 아이들이 많다는 것을 그때 처음 알았다. 불행한 아이들을 불쌍하게 여겨서는 안 된다는 것도 알게 되었다. 생활기록부와 너의 마음이 함께 만들어졌다. 너는 다른 아이들처럼 수시에 지원했고 자기소개서에서부터 면접에 이르기까지 선생의 관리를 받았다.
>
> — 박민정, 「청순한 마음」

이 소설에서 초점인물인 '너'는 '금수저를 물고' 태어나 미국에서 자랐지만, 수재들만 모인 국제고에 진학해서 열등생처럼 생활한다.

'너'는 죽음까지 생각하던 고3 때, '컨설팅 아카데미'에서 '이수지 선생'을 만나 관리를 받으면서 대학에 진학한다. '너'는 선생을 '너의 마음'을 만들어준 사람으로 추앙하며 그녀의 학벌과 외모, 지성을 선망하고 동경한다. 서술자는 초점인물 '너'의 시각에서 우상화된 선생의 모습을 이야기하다가, '너'가 모르는 선생에 대한 정보를 삽입한다.

> 당시 선생이 얼마나 가난했는지, 얼마나 병들어 있었는지 너는 여전히 알지 못한다. 당시 선생은 스물아홉의 박사과정 재학생이었다. 가족은 진작 뿔뿔이 흩어졌고, 선생에게는 보증금 몇백과 대학생인 남동생이 있었다. 선생은 월세로 얻은 원룸에 남동생과 함께 살았다. 석사과정 때 연구 조교로 일하고 받은 장학금을 교수의 강요로 반납한 후 고리로 빌린 학자금을 갚고 있었다.
>
> ― 박민정, 「청순한 마음」

이 소설은 부유하게 자라나 자신이 강자라는 인식 자체가 없는 젊은 보수층인 '너'의 "폭력적인 무지"[25]를 비판한 작품이다. 이 소설은 서술자가 인물보다 많은 정보를 가지고 있는 전지 시점이라고 할 수 있다.

---

25) 강지희, 「키클롭스의 외눈과 불협화음의 형식」, 위의 책, 284쪽.

(2) 선택적 전지 시점

삼인칭 소설에서 선택적 전지 시점은 전지 시점이 누리는 자유 가운데 일부만을 사용한다. 가장 일반적인 방식은 서술자가 사건들을 객관적으로 볼 수 있고, 초점인물의 마음에만 출입하는 경우이다. 이인칭 소설에서도 이와 같은 서술이 가능하다.

> 정적 속에 십여 분의 시간이 흘렀을 때, 군인들의 대열에서 2인 1조로 이십여 명이 걸어나왔다. 앞쪽에 쓰러진 사람들을 신속하게 끌고 가기 시작했다. 그때를 기다린 듯, 옆 골목과 맞은편 골목에서도 여남은 명이 달려나가 뒤쪽에 쓰러진 사람들을 들쳐업었다. 이번엔 옥상에서 총을 쏘지 않았다. 하지만 너는 정대를 향해 그들처럼 달려가지 않았다. 네 곁에 있는 아저씨들은 숨이 끊어진 일행을 업고 서둘러 골목 사이로 사라졌다. 갑자기 혼자 남은 너는 겁에 질려, 저격수의 눈에 띄지 않을 곳이 어디일까만을 생각하며 벽에 바싹 몸을 붙인 채 광장을 등지고 빠르게 걸었다.
>
> ─ 한강, 『소년이 온다』

이 소설에서 '너'는 초점인물이다. 서술자는 이야기의 밖에서 '너'의 눈을 통해서 5·18의 현장을 기술하면서, 때로 '너'의 행동을 설명하거나, '너'의 마음을 들여다보기도 한다.

또한 서술자가 철저히 인물의 내부에서만 이야기하는 삼인칭 소설은 독자에게 일인칭 주인공 시점처럼 인물에게 동일시를 느끼게 하는 효과가 있는데, 이는 이인칭 소설에서도 마찬가지이다.

실직한 후, 네 직장이 있던 종로3가역에서 내리기란 쉽지 않았다. 많은 용기가 필요했다. 행여 옛 동료라도 만나게 될까 두렵기도 했고, 누군가 너의 일거수일투족을 낱낱이 보고 있는 기분이기도 했다. 너는 어쩐지 너의 모습에 신경이 쓰여, 지하철 정지 바 앞의 대형 거울에 네 모습을 비춰 보았다. 겁먹은 듯한 얼굴만 빼면 너의 모습은 여느 샐러리맨들과 다를 바가 없었다. 아내가 골라 준 진달래 빛 넥타이는 이 봄날과 매우 잘 어울렸다.

— 정영희, 「낮술」

위의 예문에서 보듯이 이인칭 소설에서도 서술자가 인물의 내부에서만 이야기하면 독자가 인물에게 동일시를 느끼게 하는 효과가 있다.

(3) 객관 시점

삼인칭 소설에서 서술자가 인물의 내면을 들여다보지 않고, 말과 행동만을 극적으로 보여주는 경우를 객관 시점이라고 한다. 이인칭 소설에서도 이와 같은 서술이 가능하다. 권정현의 「수(繡)」는 전체적으로는 선택적 전지 시점이지만 초점인물인 '당신'의 내면을 들여다보는 서술보다 객관 시점을 활용한 서술이 많다.

당신은 수를 놓는다. 얇은 모슬린 위다. 목어의 눈에 마지막 바늘땀을 넣은 후 실을 끊어 낸다. 비로소 천 위에 완전한 모습의 목어가 떠오른다. 천의 양쪽을 팽팽히 당겨 본다. 어디선가 목어의 맑은 울음소리가 들려오는 듯하다. 첫서리가 내린 날 그는 벗어 두었던 승복을 걸치고 다시 인도행 비행기에 올랐다. 개심사를 내려온 지 불과 보름 만이었다. 방 안은 깨끗이 정리되어 있었다. 그가 쓰던 물건은 무엇 하나 남아 있지 않았다. (……)

당신은 휠체어 손잡이에 매달고 왔던 종이 가방을 끌러 온다. 남자의 시선이 당신의 손을 향한다. 당신은 남자에게 가방을 내민다. 남자의 손에 얇은 모슬린 한 장이 쥐어진다. 남자는 놀란 눈으로 그것을 펼쳐 본다. 손가락 마디 사이로 목어 한 마리가 잡힌다. 목어가 남자의 손아귀에서 가볍게 펄럭인다. 목어예요. 제게 더는 필요 없어진 물건이죠. 왜, 왜, 왜, 이걸? 남자의 동공이 초점을 잡기 위해 애쓰며 당신을 향한다. 오래전부터 이 주변을 서성이는 걸 봤어요. 저는 저기 앉아 목어를 수놓고 있었죠. 봄이 올 때까지 내내 겨울을 견딘 걸요. 당신은 손을 들어 앉아 있곤 하던 베란다를 가리킨다.

— 권정현, 「수(繡)」

이 소설은 "그의 공간에 하나의 존재가 되기 위해 몸부림쳤지만 당신이 찌른 곳은 허방이었으며 무엇도 존재하지 않는 바람 속"이었다는 것을 깨닫고 사랑이라는 집착에서 풀려나는 '당신'에 관한 이야기다. 초점인물의 내면을 들여다보는 감성적인 서술을 제한하고 객관 시점을 구사함으로써 이 소설은 '목어'라는 소재와 걸맞는 담담한 격조를 얻어냈다고 할 수 있다.

서술자가 스토리 안에 있는 이인칭 소설은 일인칭 소설과, 서술자가 스토리 밖에 있는 이인칭 소설은 삼인칭 소설과 시점의 구조와 유형이 동일한데도, 1990년대 이후에 이인칭 소설이 빈번하게 등장하게 된 연유는 무엇일까? 먼저, '포스트모더니즘'이라는 문화적 영향을 생각해 볼 수 있다. 모니카 플루더닉은 이인칭 텍스트들이 포스트모던 글쓰기의 전형적인 예로 간주된다고 말했는데, 이는 일인칭의 '나'와 삼인칭의 '그/그녀'가 고정되고 확정된 대상인 데비해, 이인칭 소설의 서술 대상인 '너/당신'의 정체성은 극화된 인물, 서술자, 독자, 심지어는 작가에게까지 이르는 다중의 지시 대상을 가질 수 있는 '탈권위, 탈중심'의 세계를 표현하고 있기 때문으로 보인다.

다음으로는 '너/당신'이라는 이인칭 대명사의 관계 지향적이며 돈호적 특성이 새로운 서사 전략의 가능성을 작가에게 열어 주었기 때문이라고 생각해 볼 수 있다. '너/당신'이라는 이인칭 대명사의 발화는 불가피하게 어떤 '나'와의 관계를 드러내는 상호주체적인 관계의 표지일 수밖에 없기 때문이다. '너/당신'이라는 지칭은 독자를 수화자처럼 느끼게 하고 독자에게 개인적 책임감을 부여한다. 특히 현재 시제를 사용할 경우, 독자는 이야기의 '현재'에 초대되어 '너/당신'의 감정에 빨려 들어갈 수 있는 것이다. 독서의 '상호주체적' 경험을 만들어 낼 수 있는 이인칭 소설은 작가에게 새로운 가능성의 영토일 수 있는 것이다.

창작 이야기

메타소설 같은 경우 소설이 허구임을 드러내는 시도를 하고 있지만, 나는 아직 현실을 재현하는 소설을 쓰고 싶다. 독자가 생생한 현장감을 느끼면서 소설 속의 인물에 공감하고 심리적 유대를 맺는 그런 소설을 쓰고 싶다. 그래서 나는 서술자가 전면적으로 드러나는 전지 시점보다는 삼인칭 선택적 전지 시점이나 일인칭 주인공의 시점을 선호한다. 그 중에서도 특별히 주인공의 내면 의식에 중점을 두는 소설이 아니라면, 아무래도 서술에 제한이 많은 일인칭 주인공의 시점보다는 삼인칭 선택적 전지 시점을 선호한다. 서술자의 시각이 인물의 시각과 겹치기도 하고 분리되기도 하면서 다양한 서술의 효과를 낼 수 있기 때문이다.

「www.soriso.com」은 한 사내가 인간의 영역을 벗어난 신비한 체험을 하고 난 후 변모하는 이야기다. 주인공이 인간의 영역 속에서 누리는 행복의 소중함을 깨닫게 되는 성찰의 과정을 다루려 한다면 일인칭 주인공 시점이 적당할 것이다. 그러나 나는 이 소설에서 주인공이 불행해진 모습을 통해 '인간의 영역 안에서 누리는 행복의 소중함'을 보여 주려고 했기 때문에 주인공의 모습을 묘사할 수 있는 시점을 택해야 했다. 역시 삼인칭 선택적 전지 시점이 되었다.

정리와 실습

1. 자신이 선택하지 않은 인물로부터 이야기가 말해진다면 어떨지
생각해 보자. 이야기는 더 흥미로워지는가? 의미는 어떻게 달라
지는가?

2. 자신의 소설에 적합한 시점을 선택하고 그 이유에 대해 말해
보자.

7강 플롯 짜기

1. 플롯이란 무엇인가

플롯(plot)이란 주제를 효과적으로 전달하기 위하여 모티프들을 재배열하는 것이다. 아우트라인이 앞으로 이러이러한 집을 짓겠다는 희망이 담긴 청사진이나 조감도라면 플롯은 집을 짓기 위한 실제 구조를 전문가가 구체적으로 도면화한 설계도라고 할 수 있다. 아우트라인 작성 과정에서 미처 고려되지 못한, 사건과 사건이 연계되는 필연성이나 연속성이 인과관계를 뼈대로 하여 집중적·세부적으로 검토되고 계획되는 모든 요소들이 유기적으로 집합되어 하나의 완전한 구조를 지향하는 작업26)인 것이다.

우리가 아우트라인이라고 부른 소설의 줄거리, 즉 스토리와 플롯

---

26) 전상국, 『당신도 소설을 쓸 수 있다』, 문학사상사, 1991, 121쪽.

의 차이에 대해서 가장 많이 인용되는 E. M. 포스터의 견해에 따르면 스토리는 시간적 사건의 서술이지만 플롯은 인과 관계에 중점을 둔다. "왕이 죽고 왕비가 죽었다"고 하는 것은 스토리이지만 "왕이 죽자 왕비도 슬퍼서 죽었다"는 것은 플롯이다. 시간적 순서는 마찬가지이지만 인과의 감각이 첨가된 것이다. 또 "왕비가 죽었다. 그러나 왕이 죽은 슬픔 때문이라고 알게 될 때까지는 아무도 그 원인을 알 수 없었다"라고 한다면 이것은 신비를 간직한 플롯이며 고도의 발전이 가능한 형식이다. 그것은 시간의 맥락을 끊고 그 한계가 허락하는 한 스토리에서 비약하고 있다. 왕비의 죽음을 생각할 때 만일 스토리의 경우라면 '그리고는?' 하고 물을 것이며, 플롯의 경우에는 '왜?'라고 묻게 될 것이다. 이것이야말로 소설이 지닌 두 가지 양상에 의한 기본적인 차이이다. 스토리는 '그래서, 그리고 그 다음에는…'만으로 호기심만을 공급할 수 있다. 그러나 플롯은 지력과 기억력을 아울러 요구한다.[27]

왕의 죽음에 대해 왕비의 슬픔이 너무 커서 그녀가 죽었다는 것은 인물의 감정적 전개이다. 여기서 주제적 의의를 찾아낸다면, 그것은 사랑으로 인해 죽었다는 것이다. 플롯은 주제적 의의를 만들어 내고 인물의 감정적 전개를 심화시키는 긴장과 갈등으로 가득 찬 극적인 행동을 만들기 위해 원인과 결과에 의해 의도적으로 배열된 일련의 장면이다.[28]

작품을 읽을 때 독자는 하나의 사건이 또 다른 무엇을 야기한다

---

27) E. M. 포스터, 이성호 옮김, 『소설의 이해』, 문예출판사, 1975, 96~97쪽.
28) Martha Alderson, *Blockbuster Plots Pure and Simple*, Los Gatos, Califonia: Illusion Press, 2004, p. 110.

는 점을 예상하게 된다. 만일 이 사건과 다른 무엇 사이에 합당한 연관이 없을 경우에 혹은 그 연관 사이에 '논리'가 결여되어 있을 경우에 독자는 흥미를 잃어버리게 된다. 여기서 사건이란 인간적인 사건이다. 즉, 사건들 속에는 변화해 가는 상황에 대처하는 인간의 반응이 내재되어 있으며 또한 현재의 상황을 깨뜨리기 위하여 다른 행동을 취할 수도 있는 가능성까지를 포함하고 있다는 말이다. 작품의 논리 속에 비인간적인 요소들이 들어올 수 있더라도 결국 우리가 관심을 가지게 되는 가장 중심적인 논리는 인간적인 동기 부여이다.[29] 이 동기 부여의 논리로 스토리 안의 모든 사건들을 하나의 통일성 안에 묶어야 하는 것이다. 왜를 알고자 하는 인간의 욕망은 다음에 무엇이 일어났는지를 알고자 하는 욕망만큼이나 강력하다. 그리고 그것은 더 높은 차원의 질서에 대한 욕망이다. 한번 우리가 사실들을 알게 되면 우리는 필연적으로 그들 사이의 연결을 찾게 되고 그런 연결을 발견했을 때만이 우리는 '이해한다'라는 것에 만족한다.[30] 플롯의 일반적인 원칙이란 처음에는 모든 게 가능(possible)하고, 중간에는 모든 게 개연적(probable)이며, 끝에는 모든 게 필연적(necessary)이어야 한다는 것이다.

---

29) 클리언스 브룩스·로버트 펜 워렌, 앞의 책, 95~96쪽.
30) Janet Burroway·Elizabeth Stuckey French, *Writing Fiction: A Guide to Narrative Craft*, Pearson Longman, 2007, pp. 259~295 참조.

2. 플롯의 조건31)

작가가 소설을 쓴다는 것은 스토리의 힘을 통해 사람들을 변모시키거나 움직이고자 기대하는 것이다. 플롯이란 이런 일들이 일어날 수 있도록 독자를 이야기 속으로 끌어들이는 힘이다.

강력한 플롯은 흥미 있는 주인공으로부터 시작한다. 이는 주인공이 반드시 전적으로 공감이 가는 인물이어야 한다는 뜻은 아니다. 공감이 가지는 않더라도 독자의 관심을 불러일으키는 매력이 있어야 한다.

또한 주인공은 목표가 있어야 한다. 주인공의 목표는 소설을 끌고 가는 힘이다. 그것이 주인공을 평범한 상태로부터 특별한 행동을 야기시킨다. 주인공의 목표는 자신의 안녕을 위해 필수적인 것이어야 한다. 만일 주인공이 목표를 성취하지 못한다면, 주인공의 삶은 나락으로 떨어질 만한 것이 되어야 한다. 그래야만 독자가 주인공의 행동에 관심을 가질 것이다.

그리고 목표를 성취하기 위해 행동에 나선 주인공에게는 장애물이 있어야 한다. 그것은 가족이나 친구, 연인일 수도 있고, 자연 재해일 수도 있으며, 사회적 제도나 문화, 혹은 자신의 다른 자아일 수도 있다. 장애물과의 대결은 갈등을 야기하며, 이것이 이야기를 더욱 흥미진진하게 만든다. 독자들은 주인공과 강한 감정적 연루를 유지하면서 그가 목표를 성취할 수 있을지의 여부를 마음 조이면서 보고 싶어 하기 때문이다.

---

31) James Scott Bell, *Plot & Structure*, Writer's Digest Books, 2004, pp. 9~12 참조.

갈등이란 의지적인 두 성격의 대립 현상을 의미한다. 인간과 외부적인 힘과의 싸움은 가장 단순한 투쟁의 한 종류이며 또한 가장 흥미가 적은 갈등이기도 하다. 순수하게 인간과 외부적인 힘과의 갈등만을 다룬 작품은 별로 없다. 가장 크고 전형적인 갈등은 한 인간과 또 다른 인간이 벌이는 갈등이다. 인간 대 인간의 갈등을 다룬 작품 안에서 독자는 보다 깊은 감수성을 느낄 수 있다. 인간은 선악을 동시에 소유하고 있는 존재이기 때문에 자주 그러한 양면성의 사이에서 고민하고 갈등을 느끼게 된다.[32] 톨스토이는 이 아이디어를 더 완벽하게 부연하였다. "가장 좋은 이야기는 좋은 편과 나쁜 편을 대립시켜서 나오지 않는다. 좋은 편과 좋은 편이 맞붙어야 좋은 이야기가 된다."「크레이머 대 크레이머」는 '좋은 편 대 좋은 편'이 부닥치는 이야기다. 그리고 '좋은 편 대 좋은 편'을 사로잡는 비결은 서로 대립하는 입장의 자질에 놓여 있다.[33]

이야기의 구조는 대부분 어떤 목표를 성취하려는 주인공이 장애물을 만나 그것과 대결하고 갈등하며, 그 목표를 성취하거나 성취하지 못하는 것이다. 장애물 없이는 이야기가 될 수 없다. 장애물에서 야기되는 갈등이야말로 독자의 흥미를 높이고 주인공을 어쩔 수 없는 상황 속으로 몰고 감으로써 긴장을 유발시키는 것이기 때문이다. 알프레드 히치콕은 "드라마는 모든 지루한 부분을 잘라낸 삶이다"라고 말했다. 극적 긴장감은 플롯 구성의 중요한 조건이다. 갈등을 만들기 위해서 먼저 생각해야 할 두 가지 질문은 '주인공이

---

32) 클리언스 브룩스·로버트 펜 워렌, 앞의 책, 237~238쪽 요약.

33) 로널드 B. 토비아스, 김석만 옮김, 『인간의 마음을 사로잡는 스무가지 플롯』, 풀빛, 2005, 89쪽.

간절히 원하는 것은 무엇인가?'와 '주인공에게 보다 큰 좌절감을 느끼게 할 장애물은 과연 무엇인가?'하는 것이다.

3. 플롯의 구조

갈등에 따라 전개되는 플롯은 일반적으로 발단, 전개, 절정, 결말의 네 단계로 구성된다. 어떻게 발단에서 전개로, 그리고 전개에서 절정 및 결말 단계로 이행할 수 있을 것인가? 이러한 이행의 지점을 플롯 포인트라고 하는데, 제임스 스콧 벨은 이를 '돌아갈 수 없는 문'이라는 개념으로 설명한다.[34]

'돌아갈 수 없는 문'이란 인물을 사건 속으로 떠미는 어떤 지점이다. 우리가 일상의 변화를 두려워하는 것처럼 소설 속의 인물들도 그러하다. 그래서 주인공을 다음 단계로 이끌어 갈 불가피한 무엇인가가 필요하다. 주인공이 일상에서 벗어나서 그 문을 통과할 수밖에 없는 사건을 만들어야 하는 것이다. 일단 문을 통과하면, 주인공은 사건 안으로 들어간다. 장애물과의 대결은 전개 부분을 거치는 동안 일어난다. 이야기가 결말로 가기 위해서는 되돌아갈 수 없는 두 번째 문이 있어야 한다. 이는 갈등 안에서 충돌하고 있는 주인공을 결정적인 결말(절정을 포함하여)로 이끌어 낼 만한 사건을 만들어 내야 한다는 뜻이다.

현대소설에서 구성 단계의 비율이라고 하는 것이 정해져 있는

---

34) James Scott Bell, op. cit., pp. 28~33 참조.

것은 아니지만, 첫 번째 문은 대략 소설의 5분의 1 지점 이전에 위치하는 것이 좋다. 그렇지 않으면 이야기가 질질 끄는 것처럼 느껴질 것이다. 그리고 두 번째 문은 결말에 가깝게 위치하게 되는데, 대략 소설의 4분의 3 이후의 지점이 좋은 위치라고 할 수 있겠다.

1) 발단

소설의 발단은 이야기를 품고 있는 문장으로부터 시작해야 한다. 이는 등장인물을 소개하거나 배경을 설정하면서 갈등의 조짐을 제시하거나 암시해야 한다는 말이다.

소설은 누군가에 관한 이야기이기 때문에 작가는 먼저 인물의 이름을 알려주는 등, 독자들이 주인공과 연결될 수 있도록 한 다음, 이 인물의 정상적인 삶을 깨뜨리는 사건이 일어나거나 일어날 수 있다는 느낌을 주도록 써야만 독자의 관심을 끌 수 있다.

2) 전개

발단에서 제시되거나 암시된 갈등을 구체화하고 상승시키는 단계이다. 이 부분에서는 첫 번째 문을 통과해 온 주인공이 두 번째 문을 향해 나아가게 해야 하는데, 납득이 될 만한 방식으로 팽팽한 긴장감이 유지되면서 위기가 고조되어야 한다.

외부로부터 주인공에게 가해지는 육체적, 정신적 위협, 주인공의 내면적 위기, 혹은 인물에게 영향을 미치는 사회적 위기 등 위기의 고조는 갈등의 증폭만큼이나 독자를 이야기에 몰입하게 한다.

작가는 글을 쓰면서 왜 주인공과 반동 인물이 행동을 멈출 수 없는지 그 이유에 대해 이해해야 한다. 만약 적대자가 주인공을 육체적으로, 심리적으로, 혹은 직업적으로 제거할 만한 충분히 강력한 이유가 있다면, 그것은 자동적으로 이야기의 결속력(adhesive)을 만든다. 직업적인 의무나 도덕적인 의무, 혹은 집착과 같은 요인들도 주인공과 적대자들의 행동에 결속력을 생성하고 위기를 고조시키는 강력한 동기들이다.[35]

3) 절정

갈등이 최고의 긴장 상태에 이르러 폭발하는 단계이며, 결말의 방향이 제시된다. 이때 주인공은 행동의 중심에 있어야 한다.

4) 결말

소설의 중요한 매듭이 모두 풀리며, 이야기의 해결점이 제시되는 단계이다. 성공적인 작품의 결말은 독자에게 신선한 충격을 주면서 독자로 하여금 작품 자체의 가장 기본적인 가치를 깨달을 수 있게 해 준다.

결말의 양상은 주인공이 그의 목표를 획득하는 긍정적인 결말이거나, 목표 획득에 실패하는 부정적인 결말, 혹은 바라는 것을 얻을 수 있을지 알 수 없는 열린 결말이 있을 수 있다. 혹은 주인공이

---

35) Ibid., pp. 79~81 참조.

원하는 것을 얻지만 그 대가로 소중한 것을 잃게 되거나, 반대로 원하는 것을 잃지만 더 좋은 것을 얻는, 좀 더 복합적인 의미를 갖는 결말을 생각해 볼 수도 있다.

4. 어떤 플롯을 선택할 것인가

플롯은 크게 단선적 플롯과 복선적 플롯으로 나눌 수 있다.

단선적 플롯은 하나의 사건, 혹은 한 인물의 이야기를 곁가지 없이 집중적으로 전개해 나가는 방식이다. 이는 단일한 인상으로 확실한 결말을 지향하는 효과가 있다.

복선적 플롯은 두 개 이상의 이야기를 평면적, 혹은 입체적으로 진행시키는 방식이다. 한 이야기를 끝내고 다음 이야기를 시작하는 연속 배열 방식, 두 개 이상의 이야기를 동시적으로 전개하되 한 가지 이야기를 잠시 중단하고, 다음 이야기를 계속하는 식으로 이끌어 가는 교차식 배열 방식, 이야기 속에다 다른 이야기를 박아 넣는 액자소설의 방식 등을 들 수 있다. 이러한 특수한 기법들은 소설가에게 다양한 각도로 주제를 개발할 수 있는 기회를 주며 소설의 세계를 확장하고 심화한다. 그런데 이러한 복선적 플롯을 사용하려고 하는 작가는 자신의 서로 다른 이야기들이 무엇을 공통점으로 갖는가를 신중하게 고려해야 한다. 전체적인 소설 속에서 그 이야기들이 어디까지 나란히 진행되다가 어느 부분에서 결합되고, 또 어디에서 각각의 명확한 주제를 강화할 것인가 하는 것들은 소설의 통일성에 중요한 역할을 한다. 소설 전체를 관통하는 주제를

먼저 생각하고, 이야기들을 적절하게 배치해야 할 것이다.[36)

최근에는 도입부에서 독자의 흥미를 강력히 사로잡기 위한 티저 플롯도 활용되고 있다. 이는 영화의 예고편처럼 이야기 전체를 통해 비중이 높고 흥미로운 장면을 맨 앞에 배치한 다음 플롯을 진행시키는 것이다. 이야기가 전개되면서 첫 장면이 재개되는 시점에서는 앞의 것과 똑같이 표현하거나, 약간 변화를 주며 표현할 수도 있다.

전통적인 플롯은 발단-전개-절정-결말의 단계를 거치는 선형적 플롯이라고 할 수 있다. 그런데, 다양한 관점에서 인물이나 사건을 보여 주기 위해 플롯의 공식을 해체하고 시간을 재배열하여 예측 불가능한 방식으로 이야기를 전달하는 비선형적 플롯이 있다. 그러나 이 경우에도 각각의 이야기들은 전체적으로 보았을 때, 구체적인 의미를 형성하는 관계를 창출할 수 있도록 결속력 있는 서사가 되어야 한다. 오슨 웰스의 영화 「시민 케인」은 이러한 비선형적 플롯으로 성공한 작품이다. 기자인 톰슨은 언론 재벌 케인이 죽어가면서 남긴 한 마디 '로즈버드'의 수수께끼를 풀기 위해 케인의 주변인물들을 취재한다. 서로 다른 관점에서 케인을 회상하며 들려주는 이야기를 통해 케인의 일대기가 퍼즐 조각 맞추듯 재구성되며 로즈버드의 의미가 드러나는 것이다.

---

36) Robie Macauley·George Lanning, *Techique in Fiction*, New York: Harper & Row, 1964, pp. 228~229.

5. 플롯을 심화하는 캐릭터 아크(Character Arc)

위대한 플롯에는 위대한 인물들이 있다. 진정으로 플롯을 기억할 만하도록 만드는 것은 액션 그 자체가 아니라, 그 액션이 인물에게 무엇을 했느냐는 것이다. 플롯은 결국 변화된 인물, 이야기 속의 시련을 견디어 내고 마지막에 이르러 다른 사람이 되어 나오는 사람을 통해 주제를 드러낸다. 인물의 변화는 플롯을 심화하고 주제를 표현하는 방법[37]이다.

캐릭터 아크는 우리가 인물을 만나고 그의 의식의 지층[38]에 대해 눈치를 채는 지점, 대부분 마지못해서이지만, 인물이 반드시 통과해야만 하는 문, 의식의 층들에 충격을 주는 사건들, 심화되는 혼란, (때때로 에피파니를 통한) 변화의 순간, 그 결과 등으로 이루어진 구조(build)가 있어야 한다. 그렇지 않으면 인물의 변화는 납득이 가지 않을 것이기 때문이다.[39]

Noah Lukeman은 인물이 변화되는 이러한 과정을 내면 여행 (profound journeys)이라고 부른다. 인물은 내면 여행을 통해 타인에 대해, 자신에 대해 깨달음을 얻을 수 있고, 그 깨달음에 기반하여 행동을 할 수도 있고, 도덕적인 딜레마에 처할 수도 있을 것이다.

---

37) James Scott Bell, op. cit., p. 141.

38) James Scott Bell은 우리는 핵심 자아(core self)를 가지고 있고, 사람들은 전반적으로 변화를 원치 않기 때문에 우리는 의식의 핵심부를 본질적인 자아와 어우러지는 층들 (layers)로 에워싼다고 이야기한다. 외부에서 작용하고 있는 이러한 층들은 핵심에서 가까운 순서로 (1) 신념, (2) 가치, (3) 지배적인 사고방식, (4) 견해 등인데, 의식의 바깥층일수록 변화하기 쉽고, 층들이 변화를 경험할 때는 항상 '파급 효과'가 따르게 된다고 설명한다.

39) James Scott Bell, op. cit., p. 142.

이러한 여행이 없이는 독자를 심리적, 철학적으로 만족시킬 수 없다. 인물의 내면 여행을 통해서 독자는 자신의 삶에 대한 영감과 대리만족의 카타르시스, 자유 의지의 긍정, 그리고 목적의 감각 등을 얻을 수 있기 때문이다.[40]

6. 시간 전환의 기법[41]

현대소설의 가장 큰 특징 중의 하나는 시간의 흐름을 넘나든다는 것이다. 그것은 마르셀 프루스트가 "우리를 과거로부터 분리할 수 없음"이라고 불렀던 것에서 기인한다. 과거의 무엇인가는 항상 현재에 존재하여 새로운 순간에 매번 영향을 미친다는 생각이다. 그러므로 소설가는 그의 이야기에 과거의 현재성을 보여 줄 기법을 찾지 않으면 안 되었다.

시간 전환(time-shift)이란 서로 다른 시간의 흐름을 연결시키는 기법이다. 현재에서 과거로, 과거에서 현재로 시간을 바꿔야 할 때 초보 작가들은 어려움을 느낀다.

시간 전환의 가장 원시적인 형식은 '플래시백(flashback)'이라고 불리는 장치이다. 과거를 회상해야 할 시점에서 서술자는 멈춰서 독자에게 신호를 보낸다.

---

40) Noah Lukeman, op. cit., pp. 82~90, 114~116 참조.
41) Robie Macauley·George Lanning, op. cit., pp. 152~157 참조.

그 사진을 보았을 때, 그의 마음은 스무살 적 여름으로 돌아가 있었다.

서술자가 개입된 과거의 연결은 인물 속에 몰입되어 있는 독자를 깨어나게 한다. 소설의 허구성을 문득 깨닫게 되는 것이다. 어떤 소설에서 이런 기법들이 가끔 등장한다면 별 문제가 없겠지만, 현재 이야기에 수많은 다양한 과거를 삽입하고자 하는 작가의 경우에는 이런 단순한 플래시백은 점점 더 어색해지고 눈에 띄게 된다. 시간 전환의 보다 섬세하고 자연스러운 방법은 외적 장면으로부터 인물의 의식으로 들어가는 것이다. 작가는 독자의 관심을 현재의 장면에서 인물의 의식으로 조심스럽게 돌린다. 그리고 이 의식은 대체로 적절한 일반화의 형식을 취한다. 그 일반화는 방금 일어났던 장면에서 비롯된 것이며, 그 추상적 진술이 시간의 또 다른 시기로 이야기를 이끌며, 독자는 똑같은 시간이 적용되는 다른 장면으로 들어왔음을 발견하는 것이다.

저녁상을 물리고 난 후, 부엌에서부터 들려 오던 그릇 달그락거리는 소리, 수돗물 소리가 그친 지도 오래되었는데도 아내는 방으로 들어오는 기척이 없었다.
겨드랑이께에 베개를 괴고 비스듬히 누워 텔레비젼의 뉴스 프로를 보면서도 내 귀는 간혹 마루를 밟는 가벼운 발소리, 무엇을 찾는가 장식장의 서랍을 여닫는 소리로 아내의 존재를 확인하곤 했다. (현재의 장면)
'아내가 집으로 돌아왔다' 그러나 그것은 이미 안도감이나 푸근함, 혹은 또 다른 위기감 따위 새삼스럽거나 특별한 느낌이 아니었다. (인

물의 의식으로 전환)

　아내가 또다시 시작한 가출에서 돌아온 것은 불과 닷새 전이었다.

　아내가 집을 비웠던 일주일 동안 쥐구멍이라도 찾는 듯 잔뜩 주눅이 들어 집안일을 보아 주던 장모는, 이제 나는 손 털었네, 죽이든 내쫓든 자네 마음 돌아가는 대로 하게, 한마디 남기고는 늦은 밤인데도 아내와 엇비끼다시피 황황히 돌아가 버렸다. (과거 이야기)

— 오정희, 「바람의 넋」

　과거의 제시가 끝나고 다시 현재로 돌아올 때도 인물의 의식으로 전환한 다음, 현재의 장면을 제시하는 과정을 밟는다.

　"일년에 두어 차례 여행을 보내는 방법으로 선수를 치는 게 어떨까."

　매형은 말했지만 나는 이미 그런 여유를 가질 수 없을 만큼 아내에 대한 마음이 굳어져 있었다. (과거 이야기)

　내 아버지는 '8할이 바람이었다'는 시 구절처럼 젊은날을 정처없는 방랑으로 보냈고, 끝내 객사를 할 때까지 어머니는 수굿이 집을 지키며 자식들을 키웠지만, 나는 그럴 수 없었다.

　길을 막고 물어 보아라. 빈번히 자행되는, 아내의 명분 없는 출분을 참아 낼 사내가 이 세상 천지 어디에 있겠는가. (인물의 의식으로 전환)

　나는 새삼스럽게 끓어오르는 울화에 소리라도 지를 기세로 벌떡 일어나 앉았다. 그 통에 내 무릎을 올려 세우고 들락날락 빠져 다니며 기차놀이를 하던 승일이가 투정을 부렸다.

　"아빠, 굴 무너져. 굴다리 해줘." (현재의 장면)

— 오정희, 「바람의 넋」

그런데 작가가 시간 전환을 하는 데 있어서 명심해야 할 점은, 과거의 제시라고 하는 것은 늘 현재를 조명하기 위한 수단이 되어야 한다는 것이다. 소설의 현재란 시간 전환이 출발하고 불가피하게 돌아와야 하는 연속성의 지점이며, 작가는 이 지점이 그의 이야기의 주요선상이라는 것을 잊어서는 안 된다. 과거의 제시가 현재 이야기의 의도를 무력하게 해서는 안 되는 것이다. 만약 초보 작가가 지금 쓰고 있는 소설의 과거 부분이 소설의 현재보다 더 풍부하고 흥미롭다는 것을 발견한다면 이는 이야기를 잘못하고 있는 것일 수 있다.

　또, 시간 전환을 통해 과거에서 한꺼번에 많은 것을 밝히려고 해서도 안 된다. 현재 시간이 너무 오랫동안 행동 없이 정지해 있게 되면 독자의 흥미를 잃게 되는 수가 있고, 이야기가 진행되는 페이스의 감각을 훼손할 수도 있기 때문이다. 과거 사건을 몇 개의 단위로 분리하여 이것들을 현재의 이야기 속에서 적절하게 작용하게 하는 것이 과거 제시의 가장 좋은 방법이다.

　플래시백이 적절하게 사용되지 않으면 독자는 지루함을 느끼거나, 스토리 이해에 어려움을 겪게 된다. 플래시백을 정보 더미가 아닌 극적인 행동의 단위로서 활용하라. 또한 독자에게 이야기가 과거로 돌아간다는 분명한 신호를 주어야 한다. 감각적인 세부 사항을 사용하여 과거로 돌아간 다음 다시 그것을 언급하며 현재로 빠져 나오는 것도 독자의 시간 감각을 일깨우는 방법이 될 수 있다. 그리고 현재의 스토리가 현재형으로 진행된다면 플래시백은 과거형으로 쓰고, 현재의 스토리가 과거형으로 진행된다면 플래시백에서는 독자를 과거로 끌어들이기 위해서 '-았/었었다'를 한두 번 사용한 후 과거 시제를 쓰는 게 좋다.

창작 이야기

소설 「www.soriso.com」은 '소리'라고 하는 것이 완전히 사라지지 않고 자연계의 어딘가에는 남아 있는 것이 아닐까 하는 착상에서 비롯된 것이다. 이러한 상상이 어느 정도 개연성이 있는 것인지의 여부를 알아보기 위해 나는 '소리'를 전공하는 분과 이야기를 나누어 보았다. 내가 쓰려는 소설의 줄거리를 듣고 난 그분은 고개를 끄덕이며 그것은 가능성이 있는 일이며, 만일 소리가 남아 있다면 그것은 인간의 뇌일 것이라고 조언해 주었다. 그분의 조언이 아니었더라면 이 소설은 환상적인 이야기에 머물 뻔했다. 나는 「젊은 굿맨 브라운」이 악마적인 체험을 하게 되는 숲처럼, 소리가 모여 있는 가상의 장소를 설정하려고 했던 것이다.

그런데 소리가 남아 있는 장소를 '뇌'라고 바꾸게 되자, 논리적인 문제에 부딪쳤다. 가상의 장소에 소리가 모여 있다면, 사내는 여기서 남의 소리를 듣고 비밀을 알아낼 수 있지만, 자신의 뇌에 모여 있는 소리라는 것은 자신의 귀로 들은 소리여야 하는 것이다. 이미 자신이 들었던 소리에서 새삼스럽게 무슨 비밀이 밝혀질 수 있다는 말인가?

소리에 관한 책을 뒤적이고 뒤적이던 나는 드디어 '소리의 가면 현상'이라는 것을 찾아냈다. 우리는 좀 더 큰 소리, 좀 더 가까운 소리 때문에 상대적으로 작은 소리나 먼 소리를 듣기 어려운 '소리의 가면 현상'을 겪는다는 것이다. 문제는 해결되었다. 사실은 우리가 인식하지 못했던 미세한 소리들이 다 귀를 통해 뇌에 들어와 있었던 것이다. 뇌에서 소리의 가면이 없어지면, 현실에서는 듣지 못했던 소리들을 찾아낼 수 있지 않겠는가!

나는 플롯을 짜면서 주제를 강요하는 결말이 되지 않게 하기 위해 모티프를 첨가하기로 했다. 인간은 자신의 영역을 지킬 때 행복할 수 있음에도 불구하고 끊임없이 그 한계를 넘어서고자 하는 욕망에 사로잡힌다는 것을 보여 주면서 끝내기로 한 것이다. 소리가 뇌에 남아 있을 수 있다는 정보는 여기에서도 중요한 상상의 단서가 되었다. 소리가 귀를 통해 들어와 뇌에 저장되는 것이라면, 뇌를 통한 생각은 소리로 발화되어 입으로 나가지 않는가? 발화되지 않은 소리를 찾아낼 수 있다면 타인의 생각을 모두 검색해 볼 수 있지 않을까?

앞에서 작성한 「www.soriso.com」의 아우트라인에 인과 관계와 필연성을 보충(엽서체 문장 참조)하여 작성한 플롯은 다음과 같다.

발단

'사내는 소리를 찾아낼 수 없을까?' 하는 생각을 한다.

① 중년의 사내가 회사가 합병되리라는 말을 동창에게 전한다.

② 그 말은 부장에게서 먼저 나왔으나 사내는 회사의 기밀을 누설했다는 누명을 쓰고 실직을 당한다.

③ 사내는 '에너지 보존의 법칙'을 떠올리며 어디엔가 소리가 남아 있지 않을까 생각하게 된다.

④ 사내는 부장의 소리를 찾아 누명을 벗으려고 소리에 관한 사이트를 찾아

인터넷을 뒤진다.

전개

⑤ 'www.soriso.com'라는 사이트를 발견하고 접속한다.

　사이트의 관리자와 이메일을 주고받는다.

⑥ 사내는 그 사이트의 관리자를 만나 신과학이라는 연구 분야를 알게 된다.

⑦ 사내는 유체 이탈을 통해 소리가 모여 있는 장소로 이동한다. (자신의 뇌)

⑨ 자신의 편인 줄 알았던 동료들이 자신을 질타하는 소리를 듣는다. (해고되면서 동료들을 끌어들이려는 비겁한 인간)

⑧ 자신이 찾고자 했던 소리를 찾는다. (술자리에서 부장의 말)

　우울해 하는 사내에게 관리자는 고향의 소리를 찾아보라고 권한다.

　어머니의 그리운 음성을 듣는다.

⑩ 어머니에게 전 남편의 자식이 있다는 것을 알게 된다. (어머니의 장례식날, 동네 사람들의 말)

　사내는 극도의 피곤을 느끼며 이곳에서 빠져 나가고 싶어 한다.

절정

　아내의 기도 소리에 위안을 느낀다. (가정을 위한 기도)

⑪ 아내에게 사랑하는 사람이 있다는 것을 알게 된다. (아내와 아내 친구의 전화 통화)

결말

⑫ 사내는 어둡고 회의적인 사람으로 변모한다.

　발화되지 않은 소리를 찾지 않겠냐는 메일이 도착한다.

정리와 실습

1. 자신의 주인공이 겪게 될 일들을 정리해 보자. 그는 어떤 인물인 가? 돌아갈 수 없는 첫 번째 문은? 어떤 장애물이 기다리고 있는 가? 중요한 갈등은?

2. 자신의 주인공이 지녔던 신념과 가치, 사고방식이나 견해가 어 떻게 도전을 받거나 변화되어 갈 것인지 생각해 보자.

3. 자신의 소설에서 과거의 장면이 삽입된 대목을 찾아 시간 전환 이 자연스러운지 살펴보자.

8강 어떻게 이야기할 것인가

　서술자가 이야기를 어떻게 서술하여 독자에게 전달할 것인가 하는 것은 시간의 문제와 밀접한 관련이 있다. 서술자는 이야기의 어떤 부분에서는 그 사건이 실제로 진행될 만한 속도로 세부 내용을 일일이 제시하는가 하면, 어떤 부분에서는 단지 사건의 결말만을 이야기하면서 시간을 훌쩍 뛰어 넘어 빨리 지나가기도 한다. 자세하게 서술하여 서술 시간이 실제의 시간과 같거나 느리면 '장면 제시(scene)'이고, 간략하게 압축하여 서술 시간이 실제의 시간보다 빠르면 '요약(summary)'인데 그 중간 단계가 무수히 존재할 수 있다. 퍼시 러보크의 '장면중심적' 제시 방법과 '파노라마적' 제시 방법, 웨인 부드의 '보여 주기'와 '말하기'도 이와 같은 분류이다.

1. 장면 제시와 요약의 방법[42]

장면 제시는 눈에 보이는 외면적인 행동을 보여 준다. 그러므로 필연적으로 대화와 행동의 묘사가 그 내용을 이루게 된다.

발로 차도 그 보람이 없는 걸 보자 남편은 아내의 머리맡으로 달려들어 그야말로 까치집 같은 화자의 머리를 꺼들어 흔들며
"이년아 말을 해, 말을! 입이 붙었어, 이 오라질 년!"
"······"
"으응, 이것 봐, 아무 말이 없네."
"······"
"이년아, 죽었단 말이냐, 왜 말이 없어."
"······"
"으응, 또 대답이 없네. 정말 죽었나 버이."
이러다가 누운 이의 흰 창을 덮은 위로 치뜬 눈을 알아보자마자,
"이 눈깔! 이 눈깔! 왜 나를 바라보지 못하고 천정만 보느냐, 응."
하는 말 끝엔 목이 메였다. 그러자 산 사람의 눈에서 떨어진 닭의 똥 같은 눈물이 죽은 이의 빳빳한 얼굴을 어룽어룽 적시었다. 문득 김첨지는 미칠 듯이 제 얼굴을 죽은 이의 얼굴에 한데 비비대며 중얼거렸다.
"설렁탕을 사다 놓았는데 왜 먹지를 못하니, 왜 먹지를 못하니… 괴상하게도 오늘은! 운수가 좋더니만······"

— 현진건 「운수 좋은 날」

---

42) Ibid., pp. 140~152와 김천혜, 앞의 책, 131~136쪽 참조.

위의 예에서 보는 것처럼 장면 제시는 독자에게 자세하고 생동감 있게 사건을 보여 줄 수 있다. 또한 독자는 자신이 목격한 이 장면을 근거로 인물이나 사건에 대해 판단하고 예측하게 된다. 그러므로 장면 제시는 독자로 하여금 상상력을 발휘하여 이야기의 진행 과정에 참여할 수 있도록 해 준다.

효과적인 장면 제시는 소설의 흥미와 예술성을 더해 준다. 성공적인 현대소설의 대부분은 이 서술 방법에 의존한다고 해도 과언이 아니다. 그러나 이야기 전체와 관련이 있는 부차적인 사건들을 요약하여 서술하는 부분이 장면과 장면 사이에 적절히 배치되지 않는다면 소설을 구성하기 힘들다. 또한 소설에서 장면 제시만 많다고 좋은 것은 아니다. 요약은 간결성과 경제성을 가지고 있기 때문에 필요한 곳에 적절히 사용하면 소설의 구성에 변화와 균형을 줄 수 있다. 적절한 요약이 없으면 독자는 전체를 개관하거나 사건을 거시적으로 바라보지 못해 답답함을 느낀다. 그리고 때로는 느린 진행 속도에 지루함을 느낄 수도 있다.

요약은 단순히 여러 가지 정보를 전해 주거나 다양한 상황들을 이어주거나 이야기 서술이라는 시각에서 볼 때 별로 중요하지 않다고 여겨지는 사실들을 건너뛰어 버리고자 할 때, 미래를 앞당겨 이야기하거나 있을 수도 있는 일들을 가상해 볼 때 적절한 역할을 할 수가 있다. 서술자는 또한 요약 속에 자신의 주석을 삽입하거나 작중인물에 대한 자신의 비판을 끼워 넣을 수도 있다.[43]

---

43) 롤랑 부르뇌프·레알 윌레, 김화영 편역, 『현대소설론』, 현대문학, 1996, 110쪽.

그의 아내가 기침으로 쿨룩거리기는 벌써 달포가 넘었다. 조밥도 굶기를 먹다시피 하는 형편이니 물론 약 한 첩 써본 일이 없다. 구태여 쓰려면 못 쓸 바도 아니로되 그는 병이란 놈에게 약을 주어 보내면 재미를 붙여서 자꾸 온다는 자기의 신조(信條)에 어디까지나 충실하였다. 따라서 의사에게 보인 적이 없으니 무슨 병인지는 알 수 없으되 반듯이 누워 가지고 일어나기는 세로 모로도 못 눕는 걸 보면 중증은 중증인 듯. 병이 이대도록 심해지기는 열흘 전에 조밥을 먹고 체한 때문이다. 그때도 김첨지가 오래간만에 돈을 얻어서 좁쌀 한 되와 십 전짜리 나무 한 단을 사다 주었더니 김첨지의 말에 의지하면 그 오라질 년이 천방지축으로 냄비에 대고 끓였다. 마음은 급하고 불길은 달지 않아 채 익지도 않은 것을 그 오라질 년이 숟가락은 고만 두고 손으로 움켜서 두 뺨에 주먹덩이 같은 혹이 불거지도록 누가 빼앗을 듯이 처박질하더니만 그날 저녁부터 가슴이 땡긴다, 배가 켕긴다고 눈을 흡뜨고 지랄병을 하였다.

— 현진건, 「운수 좋은 날」

위의 예에서처럼 요약은 많은 것을 간단하게 압축하고 줄이는 역할과 요점만을 독자에게 제시하는 보고의 역할을 한다. 요약을 너무 많이 사용하면 이야기는 현재성이 없어 희미하고 간접적이 된다. 그러므로 소설의 서술은 장면 제시와 요약이 적절히 안배되어야 한다. 장면 제시와 요약을 적절히 배합하는 요령은 작가가 갖추어야 할 필수적 능력이다.

어느 부분을 장면 제시로, 어느 부분을 요약으로 서술할 것인가에 대해서는 오래된 전통이 있다. 다음의 예에서 보는 것처럼 인물들의 행위에 대해 중요한 것들을 보여 주거나 사건을 드라마틱하게 만들기 위한 것은 장면 제시의 방법으로, 이야기의 전개에 부차적인 일련의 기간 혹은 사건은 요약의 방법으로 서술한다는 것이다.

정사장은 아들이 좌익에 미친 것은 악귀가 씌운 탓이라며 굿을 요구해 왔었다. 소화는 오랜 정리 때문에 차마 거절하지를 못하고 굿을 하기는 했지만 그 굿이 제대로 되었을 리가 없었다. 그때 굿을 했다기보다는 자신은 정하섭이란 남자를 그리워하고, 그가 무사하기만을 빌었던 것이다. 자신의 머릿속에는 몇 년 전 통학열차에서 만났던 기억만이 그리움의 눈물과 체념의 아픔으로 가득차 있었다. (요약)

무당이 되고 얼마 지나지 않아 순천에서 넘어오다가 정하섭과 마주치게 되었던 것이다. 검은 학생복을 단정하게 입은 정하섭은 눈길이 마주친 순간 멈칫하는 것 같다가 이내 똑바로 다가왔다. 자신은 금방 숨이 막히는 것만 같아 고개를 숙였다. 얼굴이 뜨겁게 달아오르고 가슴이 쿵쿵 울리고 있었다.

"이렇게 만나다니 반갑소. 일행이 있소?"

굵은 듯하면서도 밝은 소리였다. 자신은 고개만 저었다.

"잘됐소. 저쪽으로 갑시다."

끌리기라도 하듯 정하섭의 뒤를 따라갔다. (장면 제시)

— 조정래, 『태백산맥』

장면 제시는 소설 속에서 특히 강조된 어떤 한순간을 서술하는 방식이다. 즉, 이 장면 속에서 어떤 중요한 행동이 이루어지고 인물들의 인격이 드러나고 지배적 감정이나 갈등이 폭발[44]하는 것이다. 그러므로 위기나 클라이맥스와 같은 중요한 장면은 장면 제시로 서술하는 것이 좋다고 하겠다.

요약은 이야기에서 어떤 새로운 방향을 지향할 수 있다. 경제와 통일성을 위해 아주 유용한 장치로서도 작용한다. 이때 중요한 것은 긴 시간의 처리에 있어서 중요한 사실과 그 기간 사이의 본질적 사항을 놓치지 않아야 한다는 것이다. 단순한 요약은 다음의 중요한 장면에 도달하기 위해 독자들을 재빨리 일련의 시간과 공간을 뛰어 넘도록 할 뿐이지만, 기술적인 요약은 다음 장면을 예비하기 위한 재료나 분위기를 제공한다. 순수한 사실의 요약이 아니라, 삶에 대한 느낌까지 존재하는 요약이 될 때, 구체적인 장면 묘사와 균형을 이루게 된다. 모파상의 「목걸이」에서 그 좋은 예를 볼 수 있다.

그녀는 고된 가사일과 지겨운 부엌일을 알게 되었다. 그녀는 설거지를 하고, 기름때가 묻은 사기 그릇과 남비 밑바닥을 닦느라고 분홍빛 손톱이 다 닳았다. 그녀는 더러운 속옷과 셔츠 그리고 걸레를 비누로 빨아서 줄에다 말렸다. 그녀는 매일 아침 쓰레기를 가지고 행길로 내려갔고, 물을 들고 올라갔는데, 숨을 돌리느라고 층계마다 쉬곤 하였다. 그녀는 서민층의 여자처럼 옷을 입고 바구니를 팔에 걸고서, 채소 가게와 식료품 가게 그리고 푸주에 갔는데 값을 깎느라고 욕을 얻어 먹으면서도 작은 돈을 조금씩 절약해 나갔다. (……)

르와젤 부인은 이제는 늙어 보였다.

그녀는 가난한 살림 탓에 튼튼하고, 억세고, 거친 여자가 되었다. 빗질도 잘 하지 않고, 치마는 비뚜름하게 입고, 손은 빨개지고, 큰소리로

---

44) 롤랑 부르뇌프·레알 월레, 위의 책, 112쪽.

말하고, 마룻바닥을 물을 흠뻑 써서 닦아내곤 하였다.

　허영심 가득했던 주인공이 거칠지만 꿋꿋하고 근면한 주부로 변모하는 10년 동안의 생활을 구체적인 터치의 묘사로 요약45)하면서 밀도 있게 처리하고 있는 예라고 하겠다. 감각적인 세부 항목의 묘사는 요약에 직접성과 활기를 불어넣는다.

　미숙한 작가들이 저지르기 쉬운 실수 중의 하나는 똑같은 것을 말하면서 이 두 가지 서술 방법을 함께 쓰는 장황함이다. 장면을 제시한 후 독자가 분명히 알아차렸을 내용을 서사적 일반화로 요약한다든가, 한 인물의 성격을 평한 다음 그가 평한 대로 살아가는 모습을 보여 주는 장면이 계속된다든가 하는 것은 치명적이다. 그것은 작가가 독자에 대한, 그리고 자신에 대한 신뢰가 부족하다는 것을 고백하는 것과 같다. 그는 자신이 독자에게 보여 줄 수 있다는 것을 믿지 못하는 것이다.

　장면 제시와 요약의 효과적인 서술을 위해 소설 전체에서 장면들의 패턴을 도출해 보는 것도 좋을 것이다. 한 장면 뒤에 다른 종류의 대조적인 장면이 따라 나오고, 일련의 발전적 장면들이 결론적인 장면으로 향하게 하는 계획을 만들어 보는 것이다. 이는 작가가 부적절하거나 중복된 장면을 쓰는 것을, 그리고 어떤 장면을 명백히 잘못된 곳에 배치하는 것을 막아 주는 하나의 전략이다. 그것은 작가에게 그의 소설이 어떤 곳에서는 급속히 진행되다가 어떤 곳에서는 지나치게 느리게 전개되는 것으로 보이지 않게 하기 위해 소

---

45) 클리언스 브룩스·로버트 펜 워렌, 앞의 책, 151쪽.

설의 페이스를 조절하는 감각을 준다. 그리고 무엇보다도 소설의 전경에 나타나게 될 모든 것에 상상력을 집중할 수 있게 한다.

2. 서술과 묘사

소설의 지문을 구성하는 서술과 묘사는 전통적으로 대립되는 것으로 여겨지고 있다. 서술은 행동과 사건을 기술하는 것으로 이야기의 시간적이고 극적인 국면을 강조하며, 묘사는 동시성 속에서 간주된 사물과 존재들에 관심을 보이는 것으로 이야기를 공간 속에 펼쳐 놓는다. 전자는 행동적인 기술 양식이며 후자는 관조적인 기술 양식이라고 할 수 있다.[46] 그러나 소설에서 서술과 묘사는 구별하기 어려운 경우가 많다.

가령 '그 남자는 탁자로 다가가서 칼을 집어 들었다'라는 문장은 서술이라고 할 수 있으면서도 두 개의 동사와 더불어 세 개의 실체를 나타내는 명사들을 포함하고 있는데, 그 명사들은 비록 아무런 수식이 없는 것이긴 하지만 생명이 있건 없건 어떤 존재들을 지시하고 있다는 사실만으로도 벌써 묘사로 간주될 가능성이 있는 것이다. 심지어 동사도 많거나 적거나 간에 묘사적인 면이 있다. 어떠한 동사도 그것이 행동의 광경을 분명히 해 준다는 점에서는 묘사적인 요소를 완전히 제거하지 못한다.[47] 사실

---

46) 롤랑 부르뇌프·레알 윌레, 앞의 책, 198~199쪽.
47) 위의 책, 197~198쪽.

아래의 예문에서 보는 바와 같이 서술과 묘사는 상호보완적 관계로서 작가가 적절한 표현 방법을 찾는 과정에서 거의 무의식적으로 기술되는 것[48]이라고 할 수 있다.

그는 일찌감치 결혼을 했다. 일찌감치 결혼을 할 수 있었던 형편이어서라기보단, 순전히 내 생각일 뿐이지만, 오히려 그 반대였다. 입밖으로 걱정을 드러내지는 않았지만 그를 보는 사람들은 누구나 그의 눈을 염려했다. 지독한 근시였다. 과장을 조금도 보태지 않아도 그의 안경은 소주잔 밑둥가리였다.(서술) 무거운 안경이 언제나 그의 작은 콧등에 매달려 있었다.(묘사)

그가 대학을 가지 않은 것도, 군대엘 가지 않았던 것도 다 그 눈 때문이었다. 그는 20분 이상 책을 읽지 못했다.(서술) 책을 읽는 그의 모습은 마치 책으로 얼굴을 덮고 자는 사람 같았다. 책장을 넘기려면 책갈피 속에 깊이 파묻었던 얼굴을 꺼내야만 했다. 그렇지 않으면 책장이 뺨에 걸려 넘어가질 않았다.(묘사)

― 구효서, 「포천에는 시지프스가 산다」

서술은 서술자가 직접 독자에게 정보를 주는 설명·요약적인 서술과 사건이나 인물의 행동을 좀 더 박진감 있게 표현하기 위한 극적 서술이 있다. 앞에서 제시한 「목걸이」의 예문이 설명·요약적인 서술이라면 극적 서술의 예는 다음과 같다.

---

48) 전상국, 앞의 책, 206쪽.

나는 허겁지겁 옷을 주워 입고는 깔고 잔 요 밑에 넣어두었던 옆방 문 열쇠를 찾아들고 방을 나간다. 장현삼 씨의 침실문은 열쇠로 열어야 열린다. 방에는 환하게 불이 켜져 있다. 장현삼 씨의 침대 머리맡 벽에는 몇 개의 스위치가 장치되어 있다. 나는 침대 곁에 가 서서 지시를 기다린다. 장현삼 씨의 방광이 팅팅 부풀어 있을 것이다. 내가 해야 할 일이 무엇인지 알고 있었지만 나는 지시를 기다린다.

"오줌."

장현삼 씨가 말한다. 나는 요강 뚜껑을 열어 놓고, 장현삼 씨의 잠옷 바지를 까내리고 장현삼 씨를 안아다가 요강 위에 앉히고, 배설이 끝나기를 기다려 침대 위로 다시 옮겨다 눕히고, 요강 뚜껑을 닫고는 침대 곁 먼저 자리로 돌아가 선다. 정원을 산책할 차례였다. 그래도 나는 다음 지시를 기다리며 묵묵히 서 있다.

— 유재용, 「관계」

어떤 형태의 서술이든 그 이야기를 감동적으로 재생시키기 위해서는 독자로부터 신뢰를 얻어 내지 않으면 안 된다. 그 신뢰를 얻기 위해서 보다 실감나게, 보다 박진감 있게, 보다 진실되게 서술하는 방법을 터득해야 할 것이다. 독자의 상상력을 부추기는 생동감 있는 서술이 되어야 하는 것이다. 특히 설명·요약적인 서술에서는 정보를 주고 사건과 인물에 대한 이해를 깊게 하고자 하는 의도가 독자를 지루하게 하거나 상상력을 위축시키지 않도록 주의해야 한다.[49]

한편 묘사는 독자의 감각에 호소한다. 묘사는 독자에게 감정적

---

49) 위의 책, 213~214쪽.

반응을 일으켜 소설의 인물과 배경을 생생하게 느끼게 한다. 예를 들어 주인공이 밀물이 들어오는 것도 모르고 바다낚시에 열중한 나머지 바위 위에서 고립되었다는 내용을 서술한다면 독자의 반응은 서술 상황을 이해하는 정도에 그친다. 그러나 작가가 묘사를 사용한다면 독자는 주인공을 대신하여 경험해 볼 수 있다. 묘사는 독자에게 시시각각 차오르는 바닷물의 색깔과 형태를 묘사할 수 있으며, 바위를 치는 파도 소리를 듣게 할 수 있고, 해조 내음과 포말의 짭짤한 맛을 느끼게 할 수도 있는 것이다. 묘사를 통해 작가는 작중인물, 배경, 장소 및 사물과 사건에 형체를 부여할 수 있다. 정확한 묘사적 용어 한마디가 묘사성이 없는 용어들을 사용한 한 단락보다 훨씬 가치가 있다. 묘사를 할 때 유의할 점은 다음과 같다.

첫째, 간결하고 정확해야 한다.

길고 지루한 묘사는 독자들을 견딜 수 없게 한다. 작가는 간결하고 효과적인 묘사를 해야 한다. 정확성 역시 감각적 이미지를 선택하는 데 있어 깊이 고려해 보아야 할 요소이다. 작가가 독자의 감각에 호소하려 한다면 그는 자신의 감각 기능을 고도로 정밀하게 발휘해야 한다. 영상보다 탁월한 묘사가 돋보이는 다음 예문을 보자.

버려진 섬마다 꽃이 피었다. 꽃피는 숲에 저녁 노을이 비치어, 구름처럼 부풀어오른 섬들은 바다에 결박된 사슬을 풀고 어두워지는 수평선 너머로 흘러가는 듯싶었다. 뭍으로 건너온 새들이 저무는 섬으로 돌아갈 때, 물 위에 깔린 노을은 수평선 쪽으로 몰려가서 소멸했다. 저녁이면 먼 섬들이 박모(薄暮) 속으로 불려가고, 아침에 떠오르는 해가 먼 섬으로부터 다시 세상에 돌려보내는 것이어서, 바다에서는 늘 먼 섬이 먼저 소멸하고 먼 섬이 먼저 떠올랐다.

— 김훈, 『칼의 노래』

둘째, 두드러진 인상만 묘사하라.

어떤 사람, 배경, 장소, 사물, 또는 사건의 두드러진 인상이란 보는 사람의 주의를 이끄는 한 가지 독특한 모습이거나, 그 모습이 야기하는 가장 중대한 분위기, 또는 주가 되는 느낌 등을 말한다.[50] 지나친 세부 묘사는 오히려 작가가 전달하고자 하는 의미를 퇴색시킨다.

대답이 없다. 야위다 못해 막가지처럼 뻣뻣하게 뻗어난 손가락들이 징그럽다. 쭈그리고 앉아 바싹 마른 몸뚱이의 중간에 이 달이 산월이라는, 분묘를 연상케 하는 불룩한 배가 흉하게 두 무릎과 가슴패기 사이에 끼여서 색색 괴로워하는 어머니는, 또 십 분을 제대로 배기지 못해 자주 풀밭에 누워서 숨을 돌리곤 한다.

— 최일남, 「쑥 이야기」

셋째, 의미 있는 묘사가 되게 하라.

서술자가 어떤 세부적인 사항을 선택해서 실감나게 묘사를 하고 있는 것은 반드시 어떤 의미를 인상 깊게 전하기 위함[51]이라는 것을 기억하라. 작품의 의미와 관련이 없는 공들인 세부 묘사는

---

50) J. 피츠제럴드·R. 메레디트, 김경화 옮김, 『소설작법』, 청하, 1982, 117쪽.
51) 전상국, 앞의 책, 217쪽.

독자를 잘못 인도하는 지표가 된다.

> 혁대들은 뱀들처럼 집안 곳곳에 널려 있었다. 안방에서도 마루에서
> 도 자식들의 방에서도 부엌에서도 혁대들이 온통 우글거렸다. 어머니
> 가 혁대를 붙이는 동안 아버지는 죽음처럼 깊은 잠에 들어 있었다. 잠
> 을 자거나 콧속의 길게 자란 털을 자르거나 식빵에 소금과 설탕을 골고
> 루 뿌리는 것밖에는, 아버지가 마땅히 할 일이 없었다. 혁대들은 잠든
> 아버지의 발쪽으로 우르르 몰려갔다. 아버지의 발목과 허벅지의 등짝
> 을 친친 휘감아갔다. 겨드랑이와 목까지 휘감아 숨통을 조였다. 아버지
> 는 버둥거리다 단말마 같은 숨을 겨우 토하며 잠에서 깨어났다. 본드의
> 독성이 퍼지며 어머니의 손가락들은 푸른빛을 띠기 시작했다.
>
> — 김숨, 「트럭」

이 예문에서 집안의 생계를 책임져 주는 혁대는 뱀으로 묘사되어
아버지를 친친 휘감는다. 이는 가난과 생계의 곤란이 아버지의 무
의식을 옭매고 있으며, 가장으로서의 책임감이 아버지에게 얼마나
무겁고 숨 막히는 것인가를 보여 준다. 이 묘사는 이후 아버지가
트럭을 사고 이삿짐을 나르는 일을 시작하는 중심 사건과 연결되어
의미를 더하게 된다.

3. 시적 산문

시적 산문이란 시적인 특성을 가진 산문이다. 산문이면서도 시의

특징이라고 할 수 있는 함축적 언어의 사용, 리듬과 운율, 비유와 상징, 이미지 등의 활용으로 서정성을 높인 글을 시적 산문이라고 한다. 전통 산문에 비해 유연한 형식도 시적 산문의 특징이라고 하겠다.

> 어두운 숲이었어. 아무도 없었어. 뾰족한 잎이 돋은 나무들을 헤치 느라고 얼굴에, 팔에 상처가 났어. 분명 일행과 함께였던 것 같은데, 혼자 길을 잃었나봐. 무서웠어. 추웠어. 얼어붙은 계곡을 하나 건너서, 헛간 같은 밝은 건물을 발견했어. 거적때기를 걷고 들어간 순간 봤어.
> 수백개의, 커다랗고 시뻘건 고깃덩어리들이 기다란 대막대들에 매 달려 있는 걸. 어떤 덩어리에선 아직 마르지 않은 붉은 피가 떨어져내 리고 있었어. 끝없이 고깃덩어리들을 헤치고 나아갔지만 반대쪽 출구 는 나타나지 않았어. 입고 있던 흰옷이 온통 피에 젖었어.
>
> —한강, 『채식주의자』

위의 예문에서 보여주고 있는 것처럼 구어의 호흡이 살아있는 간결하고 리듬감 있는 문장은 독자가 읊조리듯 읽게 하여 독자를 감정적으로 반응하게 한다. 또한 '기다란 대막대들에 매달려 있는, 붉은 피가 떨어져내리고 있는 시뻘건 고깃덩어리'와 같은 상징이 보여주는 강한 이미지의 감각적 효과는 독자로 하여금 인물의 감정 과 정서를 생생하게 느끼게 한다. 시적 산문은 독자에게 깊은 감정 적 경험을 제공함으로써, 인물과 독자의 감정적 연대를 형성하는 문체적 효과가 있다.

창작 이야기

「www.soriso.com」에서 가장 중요한 행동은 주인공이 평소에는 들을 수 없었던 동료들의 말, 어머니에 관한 말, 아내의 말을 듣게 되는 것이다. 이 부분은 당연히 장면 제시로 서술되어야 할 대목이다. 그리고 이러한 장면과 인과 관계의 고리를 보여 주는 부분도 장면 제시로 서술되어야 할 것이다. 특히 결말 부분을 요약으로 끝맺게 되면 주제가 직접적으로 드러나는 경향이 있으므로, 독자가 삶에 대한 판단을 직접 모색해 보도록 하기 위해 장면 제시로 서술하기로 했다.

「www.soriso.com」의 장면 제시에 대한 계획은 다음과 같다.

발단

‘사내는 소리를 찾아낼 수 없을까?’ 하는 생각을 한다.

전개

⑤ ‘www.soriso.com’이라는 사이트를 발견하고 접속한다.

⑥ 사내는 그 사이트의 관리자를 만나 신과학이라는 연구 분야를 알게 된다.

⑨ 자신의 편인 줄 알았던 동료들이 자신을 질타하는 소리를 듣는다.
  (해고되면서 동료들을 끌어들이려는 비겁한 인간)

⑩ 어머니에게 전 남편의 자식이 있다는 것을 알게 된다.
  (어머니의 장례식날, 동네 사람들의 말)

절정

⑪ 아내에게 사랑하는 사람이 있다는 것을 알게 된다.
  (아내와 아내 친구의 전화 통화)

대단원

발화되지 않은 소리를 찾지 않겠느냐는 메일이 도착한다.

정리와 실습

1. 모파상의 「목걸이」를 읽고 장면 제시와 요약의 효과에 대해 이야
기해 보자.

2. 자신의 소설에서 장면 제시로 서술할 부분을 정리해 보자. 일련
의 발전적인 장면들이 주제를 드러내고 있는가?

3. 시적 산문의 방식으로 인물의 내면을 표현해 보자.

9강 소설의 시작하기와 끝맺기

　소설의 발단과 결말은 소설의 외피를 형성한다. 좋은 소설은 독자가 결말을 읽었을 때 발단의 중요성을 이해하게 하며 이때, 발단과 결말은 서로를 강화해 준다.[52]

　독자는 작가가 발단에서 제공한 흥미와 궁금증에 의해 등장인물의 행동을 주시하며 필연적인 결말을 기대한다. 소설의 첫머리는 최종적인 결말의 실마리를 가져야 한다. 그러므로 소설을 시작할 때는 마무리를 어떻게 지을 것인지 미리 계획하고 시작해야 한다. 어떤 사건이 그렇게 끝나게 되는 원인이 발단에서 이미 암시되어야 하는 것이다. 그러므로 이야기가 진행되는 과정의 고리들을 이해하는 근거가 발단과 결말에 나타나게 해야 한다.

---

[52] Robie Macauley·George Lanning, op. cit., p. 25.

1. 소설의 시작하기

소설의 첫머리는 우선 흥미가 있어야 한다. 소설을 쓰는 것은 결국 독자의 흥미를 얻고, 이야기할 동안 그 흥미를 유지하며, 발생한 것을 독자가 보게 하는 문제[53]이다. 흥미롭고 인상적인 첫머리는 작품을 읽는 동안 내내 독자의 머릿속에 남아 있게 된다. 그리고 그것은 독자에게 이야기의 수수께끼를 푸는 실마리를 제공하여 지적인 즐거움을 준다. 그러므로 소설의 첫머리는 반드시 주의를 끌어야 한다. 첫머리가 명확하지 않거나 말이 너무 많으면 독자는 시작하기도 전에 피곤해진다. 더욱 나쁜 것은 정보를 놓칠 수도 있다는 것이다.

대부분의 좋은 소설들은 중요한 실마리를 간결하고 압축된 방식으로 드러내며 소설을 시작한다. 그러므로 초보 작가는 소설의 첫머리에 너무 많은 것을 집어넣으려는 유혹을 피해야 한다. 소설의 첫머리에 시간이나 장소, 인물, 그리고 전개에 대한 암시 등이 필수적인 것은 맞지만 그것들이 모두 똑같은 무게와 가치를 지니는 것은 아니다. 인물이든 행동이든 그들 사이의 관계든 작가는 자기 이야기의 특성을 가장 잘 표현할 수 있는 요소들 중 하나를 선택하여 명확하게 시작해야 한다.[54] 소설을 시작할 때는 독자로 하여금 적절한 관심을 가질 수 있을 만큼의 정보만 주면 된다. 후반의 어느 시점에서 자연스럽게 소개되어도 될 정보들이 독자가 부담을 느낄

---

53) 핼리 버넷·휘트 버넷, 앞의 책, 143쪽.
54) Robie Macauley·George Lanning, op. cit., p. 17.

만큼 첫머리의 몇 문단에 지나치게 쑤셔 넣어져서는 안 된다.

첫머리가 잘 풀린다는 것은 소설을 쓸 모든 준비가 갖추어졌다는 것이다. 만일 첫머리가 잘 풀리지 않으면 다른 방식으로 소설을 시작해 보라. 첫 문장을 새롭게 쓰면, 그 문장은 스스로 다음 문장을 불러 오게 된다.

시작하기의 몇 가지 예를 들어 본다.

1) 돌발적인 사건으로 시작하기

그 시외 버스가 K에 접어들었을 때, 차내는 갑자기 물을 뿌린 듯 고요해졌다.

지방의 소도시답게 단조롭고 깨끗한 K의 거리로 마악 버스가 들어서려는 순간 승객들은 자기들이 탄 버스 안에서 어떤 일이 일어나고 있다는 걸 알아차렸던 것이다.

어떤 법정 전염병의 주의사항이라도 전해지듯 그것은 일시에 그리고 순식간에 그렇게 알아차려졌다. 승객들은 숨을 죽였다. 그리고 그쪽을 바라보지 않으려고 저마다 기를 썼다.

─ 조해일, 「심리학자들」

위의 예에서 보는 것처럼 돌발적인 사건으로 시작하는 첫머리는 독자를 긴장시킨다. 독자는 궁금증을 느끼며 기대에 차서 소설을 읽게 된다.

2) 전문적인 견해로 시작하기

소설을 읽는다는 것은 작가와 함께 새로운 경험의 세계를 찾아 떠나는 여행이다. 독자는 이 여행의 안내자가 탁월한 안목과 뛰어난 말솜씨로 즐겁고 의미 있는 여행으로 이끌어 주기를 기대한다. 해박하고 전문적인 식견으로 시작하는 첫머리는 독자를 압도하며 신뢰감을 준다.

　　나는 이렇게 썼다. "122행의 앞 세 글자는 빠져 있다. 빠진 글자를 순서대로 추정하자면, 121행의 마지막 글자 포捕에서 시작해야 한다. 고대 한어에 '捕'자는 포蒲자와 같은 글자다. 이 글자 다음에 빠진 글자를 추정하려면 123행의 자蔗 자를 고려해야만 한다. '蔗'자 앞에는 희미하게 지워진 글자가 있는데, 남아 있는 형태로 봐서 이 글자는 '감甘'자가 확실하다. 감자甘蔗란 인도에서 나는 사탕수수를 뜻한다. 사탕수수는 작물의 이름이다. 이는 120행의 '土地宜大麥小麥 全無黍粟及稻', 즉 '땅은 보리와 밀에 알맞고, 기장·조·벼는 하나도 없다'라는 문장과 부합한다. 그러니까 120행부터 123행까지는 건타라국(建馱羅國)의 작물을 다루고 있다. 다시 121행의 포(蒲)자로 돌아가면 이 다음에 올 글자는 도(桃)자나 도(陶)자가 거의 확실하다. '포도'라는 단어는 라틴어 'botrus'를 음사해서 만들었다. 이 단어의 자취는 현대 영어에도 'botryoid', 즉 알알이 맺힌 포도송이와 같은 형태를 뜻하는 형용사에 남아 있다. 음사한 탓에 '푸타오'라는 발음에 해당하는 단어들이 번갈아가며 사용됐다. 그래서 초기에는 포도(蒲桃, 蒲陶)가 모두 포도를 지칭하는 단어로 쓰였다."
　　　　　　　　　　　　　　　　 ― 김연수, 「다시 한 달을 가서 설산을 넘으면」

『왕오천축국전』의 해석 과정을 제시하면서 시작하는 이 소설의 첫머리는 전문적인 견해를 보이면서 타인의 마음을 '이해'하는 것 역시 누락된 문자를 사이를 연결하여 해석하는 일처럼 어려움을 암시하고 있다.

3) 대화로 시작하기

대화로 시작하는 첫머리는 그 대화의 내용을 통해 독자들이 어떤 인물이나 사건을 추측케 함으로써 흥미를 갖게 한다.

> "참 혼자 된 마나님이 안 보이네. 슬픔에 겨워서 기함이라도 했남?"
> "기함은, 그 마나님이 그래봬도 보통내기가 아니라던데 제 살 궁리 하기에 바쁘겠지 뭐."
> "쯧쯧, 삼우제나 치르고 제 살 꿍꿍이속 차려도 늦지는 않으련만 누가 당장 내칠 것도 아니고…"
> "뉘 아니래, 삼우까지도 안 바래고 내일 장례 때까지만이라도 의젓하게 마나님 노릇을 해주면 이 집 체면이 서련만…"
> "아 보통사람 수준은 돼야 그런 사람 노릇을 바라지. 내 보기엔 처음부터 그럴 위인이 못 되더구먼. 진태 엄마가 암만 약은 척해도 헛 약았다니까. 잠깐 눈에 뭐가 씌었던지. 그 거렁뱅이 할멈을 어쩌자고 집에다 끌어들여 가지고…"
>
> ― 박완서, 「지 알고 내 알고 하늘이 알건만」

4) 주인공을 소개하면서 시작하기

소설은 결국 인간에 관한 이야기이다. 주인공의 독특한 면모를 간결하게 소개하면서 시작하는 첫머리는 인물에 대한 독자의 관심을 불러일으킨다.

먼지 낀 유리창 너머로 바람이 세차게 몰아치고 있는 거리를 차분히 내다보며, 문자는 장갑을 한쪽 또 한쪽 끼었다.

빨 때마다 오그라들고 털이 뭉쳐 작아질 대로 작아졌기 때문에 그녀는 장갑 낀 손가락 새새를 꼭꼭 눌러 주어야 했다. 몇 년 전 이미 한 차례 유행이 지나간 알록달록한 털장갑을 여태 끼고 다니는 사람은 그녀 주위에 아무도 없었다. 장갑만 구식인 건 아니었다. 소매 끝이 날깃날깃 닳아빠진 외투며, 여름도 겨울도 없이 신어 온 쫄쫄이식 단화, 통은 넓고 기장은 짧아 발목이 껑뚱해 보이는 쥐똥색 바지, 보푸라기가 한 켜나 앉은 투박한 양말, 서랍에서 꺼내어 얼찐거릴 때마다 반찬내를 물씬 풍기는 가방 등, 몸에 걸치고 지닌 것마다 구멍만 뚫리지 않았다 뿐이었다.

— 서영은, 「먼 그대」

5) 인물의 내면 의식에서 시작하기

인물의 내면 의식에서 시작하는 첫머리는 독자에게 문제의 핵심에 바로 접근하게 함으로써 흥미를 불러일으킨다.

그래요, 지금은 반죽의 시간입니다. 분분 흩날리는 밀가루에 물을 한 모금 두어 모금 서너 모금 부어가면서 개어 한 덩어리로 뭉쳐야 하는 시간인 것입니다. 부르튼 발뒤꿈치만 같을 덩어리가 밀크로션을 바른 아이의 얼굴처럼 매끈해질 때까지 이기고 치대야 하는 시간이지요. 여무지게 주물러야 하는……

그저 들기름이 어디 있을까 싱크대를 뒤적이다 우연히 밀가루 봉지를 보았던 것뿐입니다. 노란 고무줄로 감아 입구를 봉한 사 킬로 들이 밀가루 봉지를 보는 순간…… 나는 그만 국수를 한 대접 끓여야겠다는 충동에 사로잡히고 말았지요.

— 김숨, 「국수」

6) 배경 묘사로 시작하기

배경 묘사로 시작하는 첫머리는 독자에게 주제를 암시하는 분위기를 느끼게 함으로써 정서적인 설득력을 발휘한다.

밭에서 완두를 거두어들이고 난 바로 그 이튿날부터 시작된 비가 며칠이고 계속 내렸다. 비는 분말처럼 몽근 알갱이가 되고, 때로는 금방 보꿈이라도 뚫고 쏟아져 내릴 듯한 두려움의 결정체들이 되어 수시로 변덕을 부리면서 칠흑의 밤을 온통 물걸레처럼 질펀히 적시고 있었다.

동구 밖 어디쯤이 될까. 아마 상여를 넣어 두는 빈집이 있는 둑길 근처일 것이다. 어쩐지 거기라면 개도 여우만큼 길고 음산한 울음을 충분히 낼 수 있을 것 같은 생각이 들었다. 그러나 실제로는 그보다 훨씬 더 먼 곳일지도 모른다. 잠시 꺼끔해지는 빗소리를 대신하여 멀리서 개 짖는 소리가 짬을 메우고 있었다. 그것이 저희들끼리의 무슨 군호나 되는 듯이 난리통에 몇 마리 남지 않은 동네 개들이 차례로 짖기 시작했다. 그날 밤따라 개들의 극성이 몹시도 유난했다.

— 윤흥길, 「장마」

7) 상징적인 물체의 언급으로 시작하기

상징적인 물체를 언급하면서 시작하는 첫머리는 인물의 심정이나 관념을 간접적으로 독자에게 전달하면서 주제에 대한 관심을 불러일으킨다.

마지막으로 아내의 방에 들어가 본다.

푸른 빛이 감도는 벽지, 벽을 향해 놓여진 독일식 책상과 창가의 안락의자. 그 사이로 알 수 없는 희미한 향기가 떠다닌다. 그리고 상자들.

아내는 상자를 많이 갖고 있다. 어떤 상자에는 그녀가 한 계절 내내 손가락을 찔려 가며 십자수를 놓은 탁자보가 들어 있고 어떤 상자에는 편지 뭉치가 들어 있다. 편지는 모두 종이색이 누렇게 바래고 잉크가 번진 오래된 것들이다. 최근에 그녀에게 편지가 오는 것을 한 번도 본 일이 없다. 아내가 임신했다는 소식을 듣자마자 호들갑스러운 친구가 사주었다는 하얀 배냇저고리가 든 상자도 있다.

— 은희경, 「아내의 상자」

8) 꿈 또는 꿈에서 깨어나면서 시작하기

인물의 꿈, 또는 인물이 꿈에서 깨어나면서 시작하는 첫머리는 꿈 이야기를 통해 앞으로 전개될 사건이나 작중인물의 심리 상태를 암시함으로써 독자의 흥미를 끌게 한다.

성근 눈이 내리고 있었다.

내가 서 있는 벌판의 한쪽 끝은 야트막한 산으로 이어져 있었는데, 등성이에서부터 이편 아래쪽까지 수천 그루의 검은 통나무들이 심겨 있었다. 여러 연령대의 사람들처럼 조금씩 다른 키에, 철길 침목 정도의 굵기를 가진 나무들이었다. 하지만 침목처럼 곧지 않고 조금씩 기울거나 휘어져 있어서, 마치 수천 명의 남녀들과 야윈 아이들이 어깨를 웅크린 채 눈을 맞고 있는 것 같았다.

묘지가 여기 있었나, 나는 생각했다.

이 나무들이 다 묘비인가.

우듬지가 잘린 단면마다 소금 결정 같은 눈송이들이 내려앉은 검은 나무들과 그 뒤로 엎드린 봉분들 사이를 나는 걸었다. 문득 발을 멈춘 것은 어느 순간부터 운동화 아래로 자작자작 물이 밟혔기 때문이다. 이상하다, 생각하는데 어느 틈에 발등까지 물이 차올랐다. 나는 뒤를 돌아보았다. 믿을 수 없었다. 지평선인 줄 알았던 벌판의 끝은 바다였다. 지금 밀물이 밀려오는 거다.

—한강, 『작별하지 않는다』

9) 떠나는 길에서 시작하기

작중인물이 어떤 사건, 혹은 어떤 인물이나 어떤 장소를 찾아서 떠나는 첫머리는 소설에서 낯익은 구조로서 독자에게 친근감과 낯선 삶에 대한 기대감을 준다.

여기까지 어떻게 왔냐구요? 믿을 수 없겠지만 걸어서 왔습니다. 물론 읍내 터미널에 내려 바로 군내(郡內) 버스로 갈아타면 된다는 것쯤은 저도 알고 있었지요. 그래요, 눈이 내리고 있었어요. 폭설이었죠. 하지만 그 여자가 터미널에서부터 줄곧 여기까지 걸어왔던 거예요. 네, 한 시간도 넘게 걸리더군요. 글쎄요, 제가 왜 그 여자의 뒤를 따라왔는지 아직도 모르겠습니다. 어디로 가는지도 모르고 그냥 무작정 따라온 겁니다. 뭐라구요? 전에 어디서 만난 적이 있는 사람 아니냐구요? 아네요, 생면부지인 여자예요.

— 윤대녕, 「천지간(天地間)」

2. 소설의 효과적인 끝맺기

소설을 시작했으면 그 다음 중요한 것은 끝을 맺는 일이다. 초보 작가들은 소설을 쓰다가 어려움에 부딪치면 그 작품을 포기하고 다른 작품을 시작하곤 한다. 그러나 자기가 쓰는 소설이 아무리 엉망인 것처럼 느껴지더라도 일단 끝을 맺는 것이 좋다. 그래야만 소설 쓰기의 다음 단계로 들어갈 수 있다. 몇 주 후, 혹은 몇 개월

후 그 작품을 다시 읽었을 때, 어떻게 고쳐 써야 한다는 것을 알 수 있는 것이다.

　소설의 결말은 그 동안의 사건과 작중인물들의 행동이 어떤 주제나 의미를 드러내면서 매듭지어져야 한다. 어떤 경우, 작중인물은 이것을 인식하지 못한다 하더라도, 작가는 자신이 이해하고 알아 왔던 모든 것을 이제 밝혀야 한다. 소설의 진행 과정에서 조성된 갈등과 긴장감을 해소시키고 독자를 납득시켜야 한다. 그리고 가능하다면 보다 깊은 사고를 자극해야 한다.[55]

　'소설의 시작하기' 장에서 언급한 소설들 중 몇 가지 끝맺기의 예문을 살펴보자.

　창가 쪽에 앉은 승객들이 우르르 일어섰다. 승객들의 벽에 갇힌 세 사내는 눈치 빠른 짐승들처럼 일시에 자그마해져서 사람들 사이를 뚫어 보려고 했다. 승객들은 그러나 점점 벽을 좁혀 들어갔다. 세 사내의 표정은 당황과 비굴, 그리고 공포의 그것으로 바뀌어 갔다. 그들의 표정은 이제 조금도 관대하지 못했다.

　누군가가 그때,

　"어이 운전수, 스톱!"

하고 외쳤다. 운전수는 어깨를 펴며 차를 세웠다. 그곳이 바로 그 시외버스 종점이었기 때문만은 분명 아니었다.

— 조해일, 「심리학자들」

---

55) 핼리 버넷·휘트 버넷, 앞의 책, 164~165쪽.

한수는 문자가 문 밖에서 배웅하고 있다는 것을 알면서도 곧장 뚜걱 뚜걱 계단 아래로 내려갔다. 그는 언덕을 내려가 잠시 후엔 시야에서 사라졌다.

그러나 문자에겐 그가 자기 시야에서 끝도 없이 멀어지고 있을 뿐인 것으로 느껴졌다. 그는 이미 한 남자라기보다, 그녀에게 더한층 큰 시련을 주기 위해 더 높은 곳으로 멀어지는 신의 등불처럼 여겨졌다. 그리하여 그녀는 그것에 도달하고픈 열렬한 갈망으로 온몸이 또다시 갈기처럼 펄럭였다.

— 서영은, 「먼 그대」

아들에게 아파트 얘기까지 안 하길 참 잘했다. 크게 바랐으면 실망도 크련만 그러지 않았으니 그만한 목돈만 봐도 감지덕지하리라. 다 주진 말고 조금 떼어놨다가 다시 장사를 해야지, 곧 마늘장아찌 철이 될걸. 내 모가지에 마늘 열 접이면 고작인 것을 감히 아파트 한 채를 이고 가려 했으니. 사람이 분수를 모르면 죄를 받는다니까. 그렇지만 아파트 한 채는 지 알고, 내 알고, 하늘까지 아는 일이건만 어쩌면 그렇게 감쪽같이 사람을 속여 넘길 수가 있담. 천벌을 받을 년.

성남댁은 진태 엄마한테만은 더 걸쩍한 욕을 해줘야 속이 후련해질 것 같은데 삼 년 동안 점잖은 집 체면 봐주느라 잊어버린 욕은 쉬 되살아나지 않았다. 그녀는 욕 대신 가래침을 한번 뱉고 나서 걸음을 재촉했다. 욕이야 두고두고 풀어 먹어도 늦을 건 없지만, 그 동안 주리 참듯 참은 아들 며느리 손주새끼 보고 싶은 마음은 걸음을 앞질러 애꿎은 엉덩이짓만 한층 요란하게 했다.

— 박완서, 「지 알고 내 알고 하늘이 알건만」

조해일의 「심리학자들」에서는 공동체의 구성원들이 함께 맞선다면 어떠한 폭력이라도 대결해 낼 수 있음을, 서영은의 「먼 그대」에서는 절대 긍정을 통한 정신적 충일감을, 그리고 박완서의 「지 알고 내 알고 하늘이 알건만」에서는 중산층의 허위의식과 속물근성에 대비하여 서민층의 건강한 생명력을 드러내면서 소설이 매듭지어지고 있다.

그런데 이야기 속의 모든 문제가 완벽히 해결되는 결말은 좋지 않다. 그런 결말에 이르면 독자는 그저 고개를 끄덕이며 책을 덮을 것이다. 독자가 궁금해 하는 것을 한꺼번에 다 풀어버리지 말고 암시적으로 끝내는 것이 좋다. 고조된 감정의 이완을 통해 독자가 냉정을 되찾아 사태를 처음부터 다시 되짚어보는 기회를 주도록 하는 것도 결말의 역할이다. 소설의 시작하기가 독자를 유인하는 덫이라면 끝맺기는 그 덫에 치인 자가 스스로 그 덫을 풀고 나올 상상력 주기의 열쇠 만들기 같은 것이다.[56]

끝맺기가 완성되었으면, 시작하기 부분과 비교하면서 읽어 보라. 시작하기에서 암시된 문제들이 해결되고, 거기에 새로운 문제까지 제기되었다면 일단 성공적인 마무리라고 할 수 있을 것이다.

---

[56] 전상국, 앞의 책, 357쪽.

창작 이야기

    나는 소설에서 단도직입적으로 문제에 접근하는 첫머리 방식을 즐겨 쓴다. 그래서 내 소설은 돌발적인 사건이나 문제를 제기하는 주인공의 내면의식에서부터 시작하는 것이 대부분이고, 장면 제시의 서술 방식으로 출발하게 된다.

    앞 장에서 장면을 설정할 때, 「www.soriso.com」의 첫머리를 주인공이 해고되는 데서 시작할 것인가, 내면 의식으로부터 시작할 것인가를 두고 망설였다. 주인공의 해고는 사건 발생의 계기는 되지만 주제와 결부시켜 볼 때 그렇게 중요한 일은 아니다. 이 부분을 장면으로 처리할 경우, 문제에 접근하기까지 시간이 지연되므로 소설의 긴장감이 떨어질 우려가 있었다. 그리고 세상에서 흔히 벌어지는 해고 장면보다는 '소리를 찾아낼 수 없을까?'하는 엉뚱한 발상을 제시하는 것이 독자에게 흥미를 불러일으킬 수 있지 않을까 싶어서 내면 의식의 제시를 첫머리로 삼았다. 이 소설의 첫머리는 다음과 같다.

    소리를 찾아낼 수는 없을까?
    불현듯 떠오른 생각이었다. 소리만 찾아낸다면, 누명을 벗을 수 있지 않은가 말이다. 그가 해고보다 더 견딜 수 없는 건 회사의 기밀을 누설했다는 누명이었다. 자신은 그것이 공공연한 비밀인 줄 알았다.

그룹 내의 비슷한 계열의 회사들이 합병되는 것은 요즘 들어 흔한 일이었다. 망년회의 2차 술자리에서 부장이 그 말을 끄집어내었을 때, 모두들 우리 회사도 올 것이 왔구나 하는 얼굴로 받아들이지 않았던가. 만일 그것이 보안을 요하는 기밀 사항이었다면 누설의 책임은 부장이 져야 했다. 사표를 요구하는 국장에게 그는 항의했다. 그러나 그날 2차 술자리에 참석했던 그 누구도 그에게 동조해 주지 않았다. 부장이 그런 말을 한 적이 없다는 거였다.

이 소설의 마지막 장면은 발화되지 않는 소리를 찾아보지 않겠느냐는 이메일이 도착하는 것이다. 독자에게 주제를 강요하지 않는 열린 결말을 위해서는 역시 요약보다 장면으로 끝내는 것이 바람직했다. 첫머리가 '소리를 찾아낼 수 없을까?'라는 물음으로 시작했으니 결말에서는 '인간의 영역을 벗어날 때 행복은 지킬 수 없다'는 해답을 제시하면서, 그럼에도 불구하고 자신의 영역을 벗어나려는 인간의 끝없는 욕망을 새로운 문제로 제기하면서 끝맺기로 했다. 「www.soriso.com」의 결말은 다음과 같다.

그를 가장 고통스럽게 한 것은 아내에 대한 의심이었다. 이성적으로는 아내가 그럴 여자가 아니라고 판단하면서도 타는 듯한 질투의 감정은 제어가 되지 않았다. 서재에 앉아 컴퓨터를 들여다보고 있으면서도 그는 설거지를 하는, TV를 보는, 기도를 하는 아내의 마음을 생각했다. 가능하기만 하다면 아내의 마음을 읽고 감시할 수 있는 투시경이라도 나타났으면 싶었다.
땅.

컴퓨터에서 이메일이 도착했다는 신호음이 울렸다. 검색하고 있는 화면 아래로 글자가 차르르 지나갔다.

webmaster@soriso.com에서 새 메시지가 도착했습니다.

그는 긴장을 느끼며 이메일을 열었다.

1011번 고객님께
안녕하십니까?
저희 회사에서는 꾸준한 연구 끝에
아직 발화되지 않은 소리를 찾아내는 데 성공했습니다.
관심이 있으시면 연락 주십시오.

그는 등줄기에 식은땀이 흐르는 것을 느꼈다. 잠자리에 든 아내가 아이들을 데리고 기도하는 소리가 어렴풋이 들리고 있었다.

정리와 실습

1. 첫머리나 끝맺기가 인상적이었던 소설에 대해 이야기해 보자.

2. 자신이 쓰고 있는 소설의 첫머리를 세 가지 정도의 다른 방식으로 시작해 보자. 어느 것이 가장 효과적인가? 그 이유는 무엇인가?

10강 소설의 인물과 성격화의 방법

1. 소설의 인물

소설의 목적은 궁극적으로 인간성의 탐구에 있다. 헨리 제임스가 이야기한 것처럼 소설 속의 사건이라는 것도 인물의 설명에 다름 아니다. 우리가 어떤 소설을 재미있게 읽었다면 그 소설 속에는 반드시 육신을 갖춘 듯한 생생한 인물이 창조되어 있다. 독자의 기억 속에 살아남아 지워지지 않는 인물을 창조하느냐, 창조하지 못하느냐 하는 것이 작품의 성패를 결정한다고 해도 지나친 말은 아니다.

소설의 인물(character)은 리얼리티가 있어야 한다. 이는 창조된 인물을 독자가 믿을 수 있게 해야 한다는 것이다. 소설에서의 인물은 비정상적인 인물일 수도 있고 부조리한 인물일 수도 있다. 그러나 그 인물의 사고나 행동은 궁극적으로 일관성이 있어야 한다.

이는 인물의 사고나 행동이 사건의 전개 과정과 부합되는 필연성을 갖추어야 한다는 뜻이다.

　리얼리티가 있는 인물, 독자가 믿을 수 있는 인물을 창조하기 위해서 작가는 현실 속의 인간들처럼 이름이나 특성으로 그 신원을 밝힐 수 있어야만 한다. 작가는 또한 그들의 배경을 알아야 하며, 어떤 결정적인 삶의 순간에 처한 그들을 상상해 볼 수 있어야 한다. 인물이 작가의 마음에 뚜렷이 자리 잡게 하기 위해 인물 일지를 활용하는 것도 좋은 방법이다. 인물 일지를 만들어 등장인물이 하는 일, 생각하는 것, 기억하는 일, 좋아하는 것과 싫어하는 것, 그리고 그의 성격을 형성하는 데 영향을 끼친 것들—나이, 직업, 출생지, 교육, 종교 등을 구체적으로 생각해 보는 가운데 자기 인물의 존재를 그려낼 수 있을 것이다.

　E. M. 포스터가 말했듯이, 소설가가 인물에 관하여 모든 것을 알고 있을 때 그 인물은 진실성을 얻을 수 있으며 독자를 설득할 수 있다. 현실 속의 인물은 정체를 파악하기가 어렵지만 소설 속의 인물은 완전히 알 수 있는 인물이어야 한다. 소설은 좀 더 이해할 수 있고, 따라서 다룰 수 있는 인간을 우리에게 넌지시 보여 주며 인간성에 대한 통찰을 경험할 수 있게 하는 것이다.

　인물 창조에 있어서 리얼리티 못지않게 중요한 것은 독자가 감정적 유대를 느낄 수 있는 인물이어야 한다는 점이다. 독자를 스토리 안으로 끌어들이는 것은 인물과의 유대감이다. 독자가 쉽게 동일시할 수 있는 인물, 완벽하지 않고, 설령 부정적인 특성을 지녔더라도 공감이 가는 인물, 내면의 갈등이 있는 인물 등 독자 자신의 많은 것을 상기시키는 인물이 독자의 감정을 움직인다.

2. 어떤 인물을 창조할 것인가

1) 평면적 인물과 입체적 인물

E. M. 포스터는 소설의 인물을 평면적 인물(flat character)과 입체적 인물(round character)로 나눈다. 평면적 인물은 단일한 사고나 성질을 가진 단순한 성격의 인물이고, 입체적 인물은 복잡하고 다면적인 성격의 인물이다.

평면적 인물은 작가가 한 번 뚜렷한 인상으로 성격화(characterization)한 다음부터는 스스로 분위기를 조성하기 때문에 독자가 언제나 쉽게 알아볼 수 있고 쉽게 기억할 수 있다는 장점이 있다. 이런 인물은 사건이 진행되어 끝날 때까지 성격이 변하지 않고 고정되어 있기 때문에 정적(靜的) 인물이라고도 한다. 대개 소설 속에서 부차적인 인물로 등장하여 주인물을 부각시키는 역할을 한다. 소설이란 아주 복잡해서 입체적인 인물뿐만 아니라 평면적인 인물을 종종 필요로 하고, 두 인물의 충돌이 더 정확하게 인생을 묘사57)하기도 하는 것이다.

그런데 작가가 평면적 인물을 창조할 때는 상투적 인물이 되지 않도록 주의해야 한다. 상투적(stereotype) 인물이란 그 특성이 소설 작품들 속에서 변화 없이 무한하게 재생되어 온 인물을 말한다. 예를 들면, 권위적인 교사나 의사라든지 수다스러운 미용사와 같은 인물들이다. 상투적 인물로 표현되는 것을 피하기 위해서 실제 생

---

57) E. M. 포스터, 앞의 책, 79쪽.

활에서 자신이 알고 있는 주변의 인물들을 이용하는 것이 좋다. 자신이 가장 잘 기억해 낼 수 있는 교사, 의사, 미용사 등을 떠올리고 왜 그를 다른 사람보다 잘 기억할 수 있는지 생각해 보라. 이 인물들의 디테일을 포착함으로써 보다 흥미 있는 인물을 만들 수 있을 것이다.

입체적 인물은 선악의 양면성을 지녔다거나, 한편으로는 투쟁적이면서 다른 한편 소심한 면을 지녔다거나 하는 등의 다면적 성격을 지닌 인물을 가리킨다. 입체적 인물은 성격이 고정되어 있지 않고 발전하면서 변모하는 인물이기 때문에 동적(動的) 인물이라고 할 수 있다. 현실 속의 인물들은 대부분 복잡한 성격을 지녔을 뿐 아니라 상황에 따라 늘 변하기 쉬운 존재이기 때문에 입체적 인물들은 평면적 인물들보다 훨씬 인간적인 공감을 주며, 따라서 소설 속의 중심인물로 등장한다.

포스터는 "소설 속의 인물이 입체적 인물인지 아닌지는 독자에게 신뢰할 수 있는 놀라움을 줄 수 있느냐의 여부로 결정된다"고 이야기한다. 이 말은 입체적 인물이란 사건의 전개에 따라 독자에게 놀라움을 줄 만큼 성격의 변모를 보여 주는 인물인데, 이 성격의 변화를 독자가 납득할 수 있어야 한다는 뜻으로 해석할 수 있다. 이는 인물의 성격이 상황의 변화나 사건의 진전에 따라 변화하고 발전하더라도 거기에 일관성이 있어야 한다는 뜻이다. 인물은 괴상한 성격일 수도 있고, 범죄 성향을 가진 자일수도 있다. 그러나 그의 정신과 행동은 궁극적으로 일관성이 있어야 한다. 한 작품에서 인물의 성격이 앞뒤가 맞지 않거나 논리에 어긋난다면 이는 '성격의 불일치'로 독자에게 거부감을 준다. 작가는 인간에 대한 이해와 성찰을 바탕으로 설득력 있는 인물을 창조해야 한다.

2) 보편적 인물, 전형적 인물, 개성적 인물

소설의 인물을 평면적 인물과 입체적 인물로 나누는 것은 인물이 얼마만큼 소설 속의 사건에 반응해 나가느냐에 관한 문제이다. 한편 소설 속의 인물은 우리와 같은 실제 인물로서의 성격을 갖추어야 한다. 소설의 영역은 있을 법한 인간 세계이기 때문에 실제 인물들이 갖는 그러한 인간성을 소설 속의 인물들도 가져야 한다는 뜻이다.

시대나 계층을 초월하여 인간이 지닐 만한 일반적 성격을 보편성이라고 한다. 불쌍한 사람을 동정하거나, 불안할 때 누군가에게 의지하고 싶은 마음과 같은 인지상정의 정서를 가진 사람을 우리는 보편적 인물이라고 부를 수 있을 것이다. 한편 시대나 계층, 지역이나 직업 등의 특성을 반영하는 성격을 전형성이라고 한다. 채만식의 「치숙」에 등장하는 아저씨와 같은 인물은 식민지 조선의 지식인으로서 전형적 인물이라고 할 만하다. 그러나 보편성과 전형성만으로는 소설의 인물을 생생하게 그려 내기 어렵다. 소설의 인물이 성공하기 위해서는 무엇보다 개성적 인물이 되어야 한다.

일반적으로 소설의 인물은 개성적이면서, 전형성과 보편성을 보여 줄 수 있어야 독자의 공감을 얻어 낼 수 있다고 이야기되며 그것은 사실이다. 독자가 자신과 다른 시대와 지역, 다른 문화와 신념을 가진 인물에게 동일시를 느낄 수 있는 것은 이 인물의 일반적인 인간성, 보편성을 인식할 수 있기 때문인 것이다. 그러나 보편성

혹은 전형성을 목표로 인물 구성을 하려 한다면 추상적이고 활력이 없는 인물이 되기 쉽다.

소설의 인물은 철저히 개인으로부터 시작하는 것이 좋다. 인물의 구체적인 일상을 생생히 그려 내며 흥미를 끄는 성격을 창조하라. 그 가운데 인물의 전형성과 보편성은 겹쳐서 드러나며, 독자는 그 인물 속에서 자신을 발견하기가 더 쉬워진다.

3. 어떻게 성격화하는가

인물을 성격화하는 방법은 서술자가 직접 인물을 소개하고 설명하는 직접 제시와 독자에게 인물의 행위나 내적 체험을 직접 보여서 인물의 성격을 추정하게 하는 간접 제시가 있다. 현대소설에서는 간접 제시의 형태가 더 지배적이며, 다음과 같은 구체적인 방법들이 있다.

1) 외양의 묘사

외모와 성격의 환유적 관계는 성격화의 강력한 근거가 된다. 많은 작가들이 외양을 묘사함으로써 인물에게 성격을 부여한다. 인물의 외양은 두 가지로 나누어 생각할 수 있는데, 인물로서는 어찌할 수 없는 선천적인 모습과 머리 모양이나 옷 입음새와 같이 그 인물에 의해 좌우되는 후천적인 모습이 있다. 전자는 인접성에 의해서만 인물 구성을 하지만 후자는 인과성이 더해지게 되므로 후자에 대한 외양의 묘사가 더욱 기교적인 방법이라 하겠다.

외양 묘사의 가장 효과적인 방법은 인물을 금방 독자의 마음속에 들어앉힐 만한 세부적인 부분의 생생한 묘사이다. 일반성에 의존하는 외양 묘사는 독자에게 명확한 인상을 전달해 줄 수 없다. 우리가 어떤 사람에게 강한 느낌을 받게 되는 것은 그 사람의 독특한 어떤 면모 때문이지, 눈은 어떻고 코는 어떻다는 식의 면밀한 관찰 끝에 나오는 것이 아니다. 상세한 것이 한꺼번에 주어지면 독자는 그것을 다 기억할 수가 없다. 작가는 나름대로 독자에게 뚜렷한 이미지를 주려고 그런 시도를 하겠지만 이는 종합될 수 없는 자잘한 이미지들을 제공하는 데 그치기 십상이다.

버스 안. 창 쪽으로 앉은 사나이는 얼굴빛이 창백하다. 실팍한 검정 외투 속에 고개를 웅크리고 있다. 긴 머리칼이 귀 뒤로 고개 위에 덩굴 줄기처럼 달라붙었는데 가마 부근에서는 몇 날이 하늘을 향해 꼿꼿이 섰다.

— 서정인, 「강」

위의 예문에서 외양 묘사가 인물의 성격을 드러내는 데 도움이 되는 것은 인물에 대한 정보를 담고 있기 때문이다. 오랫동안 감지 않은 머리의 생생한 묘사는 그가 외모에 관심이 없거나, 외모를 가꿀 만한 여유가 없는 사람임을 전해 준다.

소설에서는 이야기의 진행에 크게 영향을 미치지 않는 부수적인 인물들이 등장하기도 하는데, 이들의 성격을 외양을 통해 드러내려고 할 때는 다음 예문에서 보는 바와 같은 경제적인 방법이 있다.

평면적인 인물들은 한 눈에 포착되는 것이 좋다는 뜻이다.

> "이봐, 빨리 꺼지지 못해?"
> 앙바틈한 체구에 챙이 길쭉한 빨간 운동모자를 비뚜름하게 눌러 쓴 낚시꾼 하나가 실팍한 돌멩이를 집어 들고 무섭게 노려보며 소리를 치자, 칠복이는 잽싸게 참나무 뒤로 몸을 피하고 잠시 조용해지더니, 이내 징채가 부러지도록 힘껏 휘둘러댔다. (…중략…)
> "마누라를 도둑맞아요?"
> 빨간 모자는 조금씩 깐닥거리는 찌를 향해 시선을 팽팽하게 던지며 물었다.
>
> ― 문순태, 「징소리」

부수적인 인물의 경우, 위의 인용문에서처럼 구태여 이름을 밝히지 않고, '빨간 모자'로 명명하면서 이야기를 전개해 나가는 것이다.

2) 행동의 제시

인물을 구성하는 행동에는 습관적인 행동과 일시적인 행동이 있다.
습관적인 행동의 제시는 인물의 정적 국면을 환기시키며, 희극이나 아이러니의 효과를 낼 수 있다.

> "그 책을 좀 읽어줘!"
> "직접 읽어요. 책을 갖다 줄 테니까."

"꼬마야. 넌 목소리가 예쁘잖니. 난 내가 직접 읽는 것보다 네가 읽어주는 것을 듣고 싶어."

"아이. 몰라요."

하지만 다음날 그녀와 만났을 때 그녀에게 키스하려고 하자. 그녀는 몸을 뺐다.

"그전에 먼저 내게 책을 읽어줘야 해."

그녀는 진지했다. 나는 그녀가 나를 샤워실과 침대로 이끌기 전 반 시간 가량 그녀에게 『에밀리아 갈로티』를 읽어주어야 했다. 이제는 나도 샤워를 좋아하게 되었다. 내가 그녀의 집에 올 때 가져온 욕망은 책을 읽어주다 보면 사라지고 말았다. (…중략…)

책 읽어주기, 샤워, 사랑 행위 그리고 나서 잠시 같이 누워 있기—이것이 우리 만남의 의식(儀式)이 되었다.

— 베르하르트 슐링크, 『책 읽어주는 남자』

이 소설에서 '나'에게 책 읽어줄 것을 부탁하는 그녀의 습관적 행동은 '나'에게조차 밝힐 수 없었던 '비밀'에 기인한 것이다. 그녀가 죽음까지 안고 가고자 했던 이 비밀—자신이 문맹이라는 사실—은 그녀의 운명에 비극적으로 작용하게 된다.

인물의 겉치레를 벗겨 내면을 폭로하거나, 그의 진짜 감정을 드러내기 위해서 습관적인 행동을 제시할 수도 있다. 교양 있어 보이는 인물의 무심코 내뱉는 상소리나 천박한 손버릇 등은 그의 본색을 드러내는 역할을 하는 것이다.

일시적인 행동의 제시는 인물의 동적인 국면을 환기시키며, 소설 속에서 전환점 역할을 한다. 그러므로 인물 구성에 미치는 영향은 습관적인 행동의 제시보다 크다고 할 수 있다.

> "이노옴, 게 섰거라. 이노옴, 나도 죽이고 가거라, 이노옴."
> 어머니는 눈물이 범벅된 얼굴로 이를 갈았다. 틀니를 빼놓아 잇몸만으로 이를 가는 시늉을 하는 게 얼마나 처참한 것인지 나 말고 누가 또 본 사람이 있을까. 이게 꿈이었으면, 꿈이었으면. 어머니는 이 세상 소리가 아닌 기성을 지르며 머리카락을 부득부득 쥐어뜯다가 오줌을 받아 내는 호스도 다 뜯어 버렸다. 피비린내가 내 정신을 혼미케 했다.
> — 박완서, 「엄마의 말뚝 2」

「엄마의 말뚝 2」에서 어머니는 부처님을 닮은 곱고 자비롭고 천진한 얼굴로 늙어갔다. 비록 아들은 잃었으나 거기서 난 그의 짝들을, 거기서 난 증손자들을, 딸과 외손자들을 사랑하며, 그러나 결코 집착하지는 않고 늙어 갔다. 누구보다도 화평하게 누구보다도 아름답게 거의 황홀하리만큼 아름답게 늙은 어머니를 볼 때마다 서술자는 어머니야말로 보살이라고 여기곤 했다. 그런데 긴 수술에서 깨어나고 얼마 되지 않아 이런 기이한 행동을 보이는 것이다. 「엄마의 말뚝」은 이와 같은 일시적인 행동의 제시로 영혼의 분열을 겪고 있는 어머니라는 인물을 구성하여 주제를 드러낸다.

3) 말

개성적인 인물 창조를 위해 가장 기본적인 것은 인물이 자신의 말을 통해서 스스로를 드러내게 하는 것이다. 이때 철저하게 인물의 목소리가 독자에게 들리도록 해야 한다. 인물의 신분과 나이에 걸맞은 일상생활의 구두어로 표현을 해야 한다는 뜻이다. 독자에게 작가의 목소리가 들려서도 안 되며, 구두적인 표현과 인물의 경험에 대한 내적인 감각을 혼동해서도 안 된다.

"아니, 아버지가 결혼을 하는 거예요? 내가 데리고 사는 건데 대학을 나왔음 어떻고 초등학교를 나왔음 어때요?"

부자가 다같이 성질이 급했다. 한 사람이 다른 사람의 말을 끝까지 들어주는 법이 없었다. 아들이 남편에게 반항하기 시작한 것은 언제부터였을까? 두 번째의 부도로 남편의 퇴직금을 거덜내고, 사채를 내어 무슨 까페니 룸이니 하는 것을 수없이 열었다 닫았다 하면서부터였을 것이다.

아들은 마치 힘을 얻은 제우스가 제 아버지 크로노스에게 항거하듯 으르렁거리며 남편에게 대들었다.

— 이미란, 「동행」

위의 소설에서 초점인물은 특별히 지적인 면모가 제시된 바가 없는 50대의 주부이다. 신화에 대한 지식이 있다고 믿기 어려운 인물이 아들과 남편을 제우스와 크로노스에 비유하는 것은 인물의 성격상 적절하지가 않다.

인격을 가진 모든 개개인들은 고유한 화법—리듬, 억양, 악센트, 강조, 음조, 문장 형태—을 지니고 있다. 어떤 사람은 빨리 그리고 제대로 갖추어지지 않은 문장으로 말한다. 그러나 어떤 사람은 천천히 그리고 정확히 말한다. 작가는 인물의 말을 통해 교육 정도뿐 아니라 기질과 감정과 개성까지 보여 주어야 한다. 말은 인격의 본질처럼 들려야 한다. 소설 속에 등장하는 모든 말은 누군가에게 중대한 의미를 부여해야 하며, 표현된 모든 말은 누군가의 어떤 점을 밝혀 주어야만 한다. 인물의 성격을 드러내는 데는 방언의 구사가 효과적일 수 있다.

"지길, 나는 또 무슨 소린가 혔소. 촌놈이라고 시퍼보는(무시하는) 줄 알고 속이 불끈혔지라. 쪼깐 들어봇씨요. 나도 일본놈 뱃때지에 칼질허고 내빼갖고 뜬구름맹키로 사방천지 떠돔시로 서울 물도 쪼깐 묵어봤구만이라. 헌디, 서울말 고것이 워디 붕알 단 남자덜이 헐 말입디여? 고 간사시럽고 방정맞고, 촐싹거리는 말이 워디가 좋다고 배우겄습디여, 서울말에 비허면 전라도 말이 을매나 좋소. 묵직허고 듬직허고 심지고. ……

말 나온 짐에 한마디 더 혀야 쓰것는디, 대장님이 몰라서 허는 소리제, 전라도 말맹키로 유식허고 찰지고 맛나고 한시럽고 헌 말이 팔도에 워디 있습디여."

— 조정래, 『태백산맥』

『태백산맥』에 등장하는 많은 인물들은 작가가 자신 있게 구사한 전라도 방언으로 성격화에 성공했다고 할 수 있다. 이 예문에서도 교육받지 않은, 교양과는 거리가 먼, 다혈질이면서도 너스레가 좋은 인물의 성격이 사투리를 통해 나타난다. 말은 화자의 교육과 교양의 범주 안에서 나와야 하는 것이다.

4) 자신에 대한 태도 보여 주기

대부분의 사람들은 자신들이 스스로에게 내린 판단대로 세상이 그들을 보아 준다고 믿는다. 그래서 자신을 매력적이라고 생각하든지, 소외되어 있다고 생각하든지 간에 인물이 자신에 대해 공언하는 태도를 보여 주는 것은 인물 구성의 중요한 기법이 된다. 인물이 벌이는 행동의 원인이 되는 내밀한 충동을 알려 주기 때문이다.

인물이 스스로를 어떻게 생각하는가를 보여 주기 위해, 서술자가 직접 서술하는 방식을 취하기도 하고, 거울이나 유리창을 소도구로 삼는 전형적인 방법을 쓰기도 한다.

크악, 가래침을 뱉어 내고, 나는 거실로 들어간다. 그리고 소파에 등을 묻고 앉는다. 그러다가 문득 창유리에 비치는 내 모습을 찾아낸다. 나이보다도 훨씬 늙고 추한 얼굴 그리고 주름진 이마 아래 박혀 있는 음울한 눈빛 속에서, 나는 오랜 세월 고통과 증오와 분노로 찌들려 온 나 자신의 모습을 본다. 죽여 버리고 싶어. 난 네가 싫다. 널 죽이고 싶다. 갈기갈기 찢어 죽여 버리고 싶단 말이다. 나는 유리창 저편에서 나를 쏘아보고 있는 그 흉측스런 얼굴의 사내를 향해 까닭도 없이 그렇게 마구 고함을 치고 싶은 충동을 간신히 억누른다. 나는 일어나서 지하실로 통한 계단을 내려간다.

— 임철우, 「붉은 방」

유리창에 비친 모습을 통해 고문자인 '나'가 스스로를 바라보는 태도를 제시함으로써, '나'가 맹목적인 증오와 분노로 피고문자들을 다루었던 것이 기실은 자신의 비참함을 잊기 위한 방법이었다는 것을 보여 주면서, 역사의 또 다른 피해자로서의 인물을 구성하고 있는 것이다.

5) 인물에 대한 타인들의 태도 제시

다른 사람이 누군가를 대하는 방식으로써 누군가의 존재를 알 수 있는 것처럼, 인물에 대한 타인들의 태도를 제시함으로써 인물 구성을 할 수 있다. 인물이 타인에 의해 취급되어지는 방식은 단지 그 인물에 대해서만이 아니라 인물을 그렇게 취급하고 있는 사람들에 대한 정보도 독자에게 제공한다. 인물의 자신에 대한 태도와 타인의 인물에 대한 태도의 괴리를 보여 주고 판단을 독자에게 넘기는 방법은 진실을 규명해 가는 주제에 효과적인 인물 구성 기법이다.

"진태 엄마한테 들은 얘긴데, 마나님이 보통내기가 아니었다더라. 대소변을 받아내게 되고부터 저 아니면 누가 그 노릇을 하랴 싶었던지 제법 세도가 당당했대. 또, 한번 싸고 나면 방으로 물을 몇 대야씩 가져오게 했는데, 아무리 깨끗하게 거두는 것도 좋지만 어떤 때는 너무 오래 걸리는 것 같아 살며시 들여다보면, 글쎄 영감님 아랫도리를 마냥 주무르고 있더라지 뭐니?"

"어머머, 망측해라."

"아이, 징그러워."

여자들이 계집애처럼 생경한 교성을 지르면서 자지러지게 웃기 시작했다.

저, 저런 해괴망칙한 것들이 있나. 저희들도 자식 길러 보았으면 똥 싼 머슴애 아랫도리 씻기기가 얼마큼 더 손이 간다는 것쯤은 모르지 않으련만 늙은이들을 가지고 어떻게 그런 흉측한 생각들을 할 수가 있을까? 성남댁은 분해서 부들부들 치가 떨렸다. 영감님이 똥싸 뭉갠 걸 치고 씻기는 일은 정말 못할 노릇이었지만, 특히 늙어서 겹겹의 주름만 남은 아랫도리에 늘어붙은 걸 말끔히 씻겨 주는 일은 여간한 비위와 참을성 가지곤 어림없는 일이었다. 자꾸자꾸 싸는 거 대강대강 해둘까 하다가도 내가 이 일을 소홀히 하고 아파트를 바란다면 그건 도둑놈의 배짱이니 죄받지 싶어 욕지기를 주리 참듯 참으면서 정성을 다했다.

—— 박완서, 「지 알고 내 알고 하늘이 알건만」

위의 소설에서 성남댁은 아파트를 한 채 받기로 하고 늙은 영감님의 시중을 들러 간 인물이다. 예문에서는 성실하게 자신의 직분을 다하건만 조롱받고 손가락질 당하는 인물을 구성하기 위해 타인의 태도를 제시하고 있다. 무식하지만 건강한 생명력을 지닌 인물과 교양 있는 체하지만 약삭빠른 속물 근성의 인물들을 선명하게 대비시키면서 소설의 주제 또한 드러내고 있는 것이다.

6) 물질적 환경의 제시

물질적 환경을 제시함으로써 인물의 성격을 간접적으로 드러내거나, 그 성격의 원인이나 결과로 작용하도록 하여 인물 구성을 하는 방법이 있다. 가령 이효석의 「메밀꽃 필 무렵」에서는 주인공 허생원의 감정이 곧 풍경이 되고, 풍경이 바로 허생원의 감정이 된다고 할 수 있을 정도로 풍경과 인물의 감정이 밀접히 연결되어 있다.

물질적 환경과 작품을 일치시키는 가장 좋은 방법은 인물의 견지에서—기쁨이나 병고나 인생에 대한 불만이나 그 밖의 육체적 감정적 상태에 의해 불가피하게 영향을 받는 견지에서—환경을 독자에게 보여 주는 것이다. 독자는 인물이 있는 그때 그곳에서 동시에 인물에 관한 것을 알게 된다.[58]

그런데, 아침에 일어나서 보니 그 건지산 허리 윗부분이 검은 구름으로 친친 감겨 있었다. 비는 그쳐 있었으나 건지산이 있는 동쪽 하늘 자락을 완전히 덮고 있는 시커먼 구름을 보면 그것이 여태 것보다 더 많은 양의 비를 새롭게 장만하고 있음을 얼른 알 수 있었다. 이따금씩 하늘 어두운 구석에서 번개가 튀어나와 그 언젠가 마을 앞 둑길에서 어떤 사내가 어떤 사내의 가슴에 쑤셔박던 그때의 그 죽창처럼 건지산 아니면 그 근처 어딘가를 무섭게 찔러 댔다. 그리고 그럴 적마다 찔린 산이 지르는 비명과도 같은 천둥 소리가 지축을 흔들었다. 그만한 덩치에 그만큼 아픈 찔림을 당한다면 내 입에서도 그 정도의 비명쯤은 당연히 나오겠다 싶은 처참한 소리를 지르곤 했다. 이른 아침부터 건지산이 하늘에 부대끼는 모양을 멀리서도 똑똑히 볼 수 있었다.

— 윤흥길, 「장마」

위의 예문에서는 철저히 인물의 견지에서 물질적 환경을 제시한

---

58) Robie Macauley·George Lanning, op. cit., p. 82.

다. 번개가 치고 천둥이 울리는 모습이 서술자의 경험을 환기시켜서 죽창이 산을 찌르고 산이 비명을 지르는 것으로 묘사되고 있는 것이다. 이러한 환경의 제시로 작가는 6·25전쟁 직후의 혼란을 겪으면서 상처를 입고 있는 인물을 효과적으로 구성하고 있다.

7) 과거의 제시

대다수의 인간은 과거의 지배를 받고 산다. 과거의 의식은 현재의 결정이나 행동에 영향을 끼친다. 이러한 과거를 제시하여 인물을 구성하는 방법이 있다. 인물의 과거를 제시하고 현재를 대비시켜 인물의 의식 상태를 설명하고 인물의 행동을 이해하는 근거를 제공하는 것이다.

한낮의 정적 속에 느닷없이 침입한 낯선 사내들에 놀란 아이가 고무신을 그대로 벗어둔 채 엄마를 부르며 마루로 뛰어갔다. 남은 한 아이는 본능적인 공포로 마당 귀퉁이 변소로 뛰어 들어가 문을 잠갔다. 변소 문의 성긴 판자쪽 틈으로는 ㄱ자의 안채가 환히 보였다.

사내들은 신을 신은 채 성큼성큼 마루로 올라갔다. 저마다 손에 곡괭이와 쇠지렛대 같은 것을 들고 있었다. 방문 앞에 엄마의 얼굴이 비치는가 하더니 비명 소리가 들려 왔다. 계집애는 엄마에게로 가야 한다고 생각했다. 그러나 더 큰 공포가 변소 문고리를 잡은 손을 단단히 잡고 놓지 않았다. 사내들이 방을 나와 부엌 쪽으로 가자 머리에서 피를 쏟으며 기어나온 엄마가 그 중 한 사내의 바짓가랑이를 잡았다.

사내는 간단히 엄마를 향해 곡괭이를 찍었다. 잠시 후 그들은 쌀자

루와, 무엇인가로 퉁퉁해진 보퉁이를 둘러메고 거짓말처럼 사라졌다. 계집애는 그제야 변소문을 열고 나왔다. 조용했다. 하얗게 튀어 오르는 햇살이 가득한 마당, 죽은 듯한 정적 속에 벗어 놓은 두 짝의 검정 고무신만이 덩그러니 놓여 있을 뿐이었다. 어디 있니? 어서 나와. 그 자리에 선 채 계집애는 동생의 이름을 가만히 불렀다.

— 오정희, 「바람의 넋」

오정희의 「바람의 넋」에서 주인공 은수는 몇 번의 가출로 가정생활의 파경을 맞는다. 자신은 고작 한나절의 외출 이상을 생각해 본 적이 없건만, 무심히 나선 걸음이 집에서 멀어질수록 한없이 풀리는 연줄처럼 등을 밀어내는 것이다. 가슴 밑바닥에 매몰된 기억의 촉수가 고개를 들며 뭔가 잊어버린 것을 만날 것 같은 기대와 안타까움으로 낯선 거리를 헤매고 다니는 것이다. 작가는 주인공을 사로잡고 있는 볕바른 마당과 두 짝의 고무신, 쨍쨍하고 뜨거운 햇볕 아래의 한기와도 같은 공포의 정체를 위와 같은 과거의 제시로 밝히면서 인물을 구성한다.

8) 이름 또는 비유, 상징

독자는 소설 속의 인물을 이름을 통해 처음으로 만나게 된다. 이름은 인물의 성격을 드러내는 첫째 요소이다. 올바른 이름의 선택은 인물 구성에 도움이 되는데, 이름을 통해서 많은 연상이 일어나기 때문이다. 소설을 읽으면서 독자는 작품에 등장하는 인물의 이름을 보고 그 성격을 유추하게 되는 수가 많다. 이름의 어감이 부드러우면 그만큼 인물의 성격도 부드러운 경우가 많고 이와 반대로 이름의 자형이나 어감이 거칠면 그의 성격도 거칠게 받아들여진다. 애펠레이션(Appellation)은 말하자면 독자의 습관과 작중인물의 이름이 주는 인상을 부합시켜서 그 성격을 더욱 생생하게 하는 방법에 속한다.59)

김동리는 「황토기」에서 두 주인공에게 '억쇠'와 '득보'라는 이름을 붙여서 토속적이면서도 초인적인 힘을 갖고 있는 성격을 부여했고, 방영웅은 「분례기」에서 '똥예'라는 이름을 통해 하찮게 태어나 밑바닥 인생을 살아가는 인물의 성격을 부여했다. 전상국이 「아베의 가족」에서 '아베'라는 이름으로 가족사, 나아가 한국사의 비극적인 인물을 성격화한 것도 좋은 예이다. 태중에 있을 때 모체가 미군들에게 윤간을 당해 정박아로 태어나서 '아… 아… 아베…'라는 말밖에 못하는 비극적 인물을 이름으로 잘 드러낸 것이다.

그런데 특별히 희극적인 유형의 인물이거나 사회 풍자적인 인물, 어떤 특별한 상황에 놓인 인물 등 일종의 유형적 인물이 아닐 경우, 너무 독특한 이름을 붙이는 것은 오히려 짐이 될 수도 있다. 고정적인 이미지가 형성되어 인물의 발전을 저해하기 때문이다. 강신재가 "민감한 감각을 지닌 사춘기 소녀의 반짝이는 감성을 가라앉혀 소설 속에서 안정된 실존감을 가지게 하기 위해서" 「젊은 느티나무」의 주인공 이름을 '숙희'라고 평범하게 붙인 것60)도 이런 연유에서이다.

---

59) 정한숙, 앞의 책, 80쪽.
60) 전상국, 앞의 책, 167쪽.

한편 K, S 등 약호로 이름을 붙이는 수도 있는데, 이것은 등장인물의 성격을 구체적으로 밝히지 않고 추상화시키려는 작가의 의도가 있는 경우이다. 등장인물을 이와 같은 약호로 했을 때, 그는 여러 가지의 가능성을 지니고 독자에게 클로즈업된다. 독자들은 사람의 이름에 대하여 통념을 지니고 있는 수가 많다. 작가는 이러한 독자들의 통념에 대치되는 명명을 고의로 할 필요는 없는 것이다.61)

이름은 개개인들에 있어서 절대적으로 중요한 부분이며 잘못된 이름은 작중인물을 묘사하는 창작 과정에 방해가 될 수 있다. 우리는 귀에 올바로 들리는 이름, 등장인물에게 적절하게 느껴지는 이름, 그리고 중간에 바꾸고 싶지 않을 이름을 선택하려고 애써야 한다.62)

또 동일한 철자나 발음이 나는 두 개의 이름을 함께 쓰지 말아야 한다. 등장인물 간에 생기는 혼동을 피하기 위해서이다. 서두부터 독자가 그 신원을 파악하는 데 곤란한 비슷한 이름을 사용하는 일이 없도록 해야 한다.63)

비유는 작가들이 애용하는 성격화의 수법이다. 유사성에 대한 통찰이 돋보이는 훌륭한 비유는 플래너리 오코너가 말했듯이 '두 배는 구체적인 작품'을 만든다.64) 다음의 예를 보자.

---

61) 정한숙, 앞의 책, 81쪽.
62) 핼리 버넷·휘트 버넷, 앞의 책, 179쪽.
63) 위의 책, 81쪽.
64) Tom Baily, op. cit., p. 96.

싹둑 잘려버려 가지를 뻗을 수 없으니, 더는 잎도 꽃도 못 피우고 열매 또한 당연히 맺지 못하는 나무 밑동이 나비 떼를 날려보내는 장면은 그야말로 장관이었지요. 구름이 바위처럼 무거워지고 바람이 성난 염소처럼 사납게 휘몰아치는 밤새, 수천 마리의 나비를 제 안에 꼭 품고 있다가 날려보내던 그 장면이 말이에요. 만약에요…… 그 나무가 온전한 나무였다면, 그나마 남은 밑동 속이 동굴처럼 비어 있지 않았다면 어떻게 그 많은 나비들을 품을 수 있겠어요. 그리고 보면 당신은 우리에게 밑동만 남은 나무가 아니었을까요. 박쥐가 드글대는 혼돈의 밤, 기꺼이 우리를 품어주었던…… 우리가 아무리 발광을 쳐대도 뿌리를 땅속에 단단히 내리고 흔들리지 않던…… 나무 밑동에서 날아오른 나비들은 뒤 한 번 돌아보지 않고 코발트빛 여명 속으로 흩어졌지요.

— 김숨, 「국수」

이 소설의 '당신'은 마흔 셋에 아이를 낳지 못해 이혼 당하고, "냉골 같던" 남자와 혼인신고도 없이 살며 의붓자식 사남매를 키워냈다. 설암으로 고통 받고 있는 '당신'이 과거에 끓여 내곤 했던 "소박하다 못해 궁상스럽기까지 한 국수"는 '나'에게 아픈 그리움의 대상이 된다. 이 예문의 "밑동만 남은 나무"는 자궁 없는 여자지만 "순하고 굼뜬 소"처럼 헌신하며 살았던 '당신'을 훌륭하게 성격화하고 있다.

그러나 모든 비유가 생산적인 것은 아니다. 억지스런 비유들은 진부한 표현들의 반대편에 있다. 그것들은 놀랍지만 적절하지 않다. 억지스런 비유의 유사함을 찾기 위해 독자는 힘들어 하고 소설은 재미를 잃는다. 이는 효과 면에서 실패한 기발한 표현이라고 할 수 있다.

그렇지, 나는 서른 살의 주부다. 아침에 눈을 떴을 때부터 왜 잊고 있었을까. 여기만 오면 마루에 앉아만 있어도 나는 내가 아니다. 열여덟 살의 소녀다. 빗방울이 시멘트에 스미지 못하고 골을 따라 흘러내려 대문 밖으로 나가듯이 나는 현실에 스며들지 못해 과거 어느 땐가로 휴양 차 온 스미지 못한 물이다. 강하게 고개 젓듯이 잊어버리고 싶었던 기억 같다.

— 학생 작품

이 소설의 비유가 나의 존재를 부각시키는 데 힘이 되는가? 충실한 비유는 평범한 진술을 탈피하여 깊이 있는 성격화에 기여하지만 잘못된 비유는 인물을 애매모호하고 필요 없이 복잡하게 만들 뿐이다.

상징은 소설 속에서 반복되는 매개물을 통해 인물을 구성하는 기법이다. 비유가 부분적인 인물 구성의 기법이라면, 상징은 작품 전체를 관통하는, 따라서 주제와 직접적인 관계를 맺고 있는 기법이다.

나는 엄마를 보고 싶지 않았다. 엄마가 겪어온 시간, 감내해야 했던 삶의 무거움을 알고 싶지 않았고, 닮고 싶지 않았다. 나는 쿤의 뒤에서 밥은 먹었는지, 아픈 데는 없는지 엄마에게 묻곤 했다. 그러나 그 이상은 하지 않았다. 내가 아무 말도 하지 않으면 오븐이 예열될 때처럼 약간의 시간이 지난 뒤에 쿤이 천천히 움직였다. 쿤은 해마다 엄마의 생일을 챙겼고 장례식에서 엄마의 유해가 수습되는 광경도 내 대신 지켜보았다. 나는 그런 일은 슬퍼서 하기 싫었다.

— 윤이형, 「쿤의 여행」

이 소설에서 무엇보다 흥미로운 점은 '쿤'이라는 상징적 존재의 설정이다. "처음에는 우무나 곤약과 비슷하게 물컹거리는 회백색 덩어리"였지만, 내게 붙은 이후 내가 자랄 모습으로 자라나서 나와 "한 몸이 되어" 살아온 '쿤'의 정체는 무엇일까? 쿤은 엄마가 겪어 온 '삶의 무거움'을 "알고 싶지 않았고, 닮고 싶지 않았"기 때문에 '보고 싶지 않은' 엄마를 나 대신 챙겨 주고, '슬퍼서 하기 싫은 일'을 나 대신 지켜보아 주는 존재였다. 즉, 쿤은 참자기(Real Self)를 숨기고 보호하는 나의 방어적 외관인 '거짓자기(False Self)'라고 할 수 있다. 참자기를 찾기까지의 과정을 그리고 있는 이 소설은 '쿤'이 라는 상징을 통해 효과적인 인물 구성으로 주제를 드러낸다.

창작 이야기

    내 인물의 성격화도 이름 붙이기에서부터 시작한다. 소설의 아우 트라인을 작성하고, 플롯을 짜는 내내 이름을 어떻게 지을 것인가 를 생각하게 된다. 평소에 스쳐 지나가는 사람들의 이름 중 좋은 이름이라고 기억해 둔 것을 쓰기도 하고, 학생들의 출석부를 들춰 보며 이름을 고르기도 한다. 주인공의 직업과 나이, 부여하고 싶은 성격을 고려하되, 너무 튀는 이름은 쓰지 않는다.

    「www.soriso.com」의 주인공은 고유 명사의 이름을 주지 않고 '그'라고 부르기로 했다. 인간의 보편적인 상황과 욕망을 다루는 이야기이므로 개인의 기호인 이름을 붙이는 것보다 일반적인 대명 사로 부르는 것이 이야기의 폭을 넓힐 수 있을 것 같아서였다. 부차 적 인물인 'soriso' 사이트의 관리자를 '사내'로, 아내를 '아내'로 이 름 붙인 것도 같은 이유에서이다.

    인물을 통해 주제를 드러내는 방식은 대개 두 가지이다. 성격의 변화를 통해서 주제를 드러내기 아니면 개성적 인물의 창조를 통해 서 주제를 드러내기이다. 전자의 경우 사건은 인물의 성격을 변화 시키며, 후자의 경우 사건은 인물의 성격을 강화시킨다. 이청준의 「눈길」이 '나'의 성격 변화를 통해서 '부모의 사랑에 대한 영원한 빚짐'이라는 주제를 드러냈다면, 서영은의 「먼 그대」는 '문자'라고 하는 개성적 인물의 성격화를 통해 '삶의 고통을 초극하는 절대

긍정'이라는 주제를 드러내고 있는 것이다.

「www.soriso.com」은 선택적 전지 시점이기 때문에 초점인물인 '그'의 내면이 독자에게 직접 제시됨으로써 성격화되었다. 또한 '인물에 대한 타인들의 태도 제시'의 방법도 쓰였는데, 이는 주로 '말'을 통해 이루어진다. 다른 사람의 말을 듣게 됨으로써 자신이 생각해 왔던 자신의 모습이 무너지면서 동시에 성격의 변화를 일으키게 된다. 그러므로 「www.soriso.com」의 주인공은 입체적 인물인 셈이다.

정리와 실습

1. 자신이 쓰고 있는 소설의 인물들에 대해서 인물 일지를 만들어
보자. 그의 이름, 버릇, 체격, 좋아하는 음식 등 그의 성격을 구성
하는 세부적 요소들에 대해 가능한 한 많은 목록을 작성해 보자.

2. 지금 쓰고 있는 소설의 인물을 평면적 인물과 입체적 인물로
구분해 보라. 평면적 인물 중 갑자기 나타나거나, 사라지거나,
지나치게 부각된 인물은 없는지 살펴보자.

11강 소설의 배경

1. 배경이란 무엇인가

소설에서 배경은 인물이나 플롯, 시점 등에 비해 주변적인 것처럼 여겨지지만, 독자를 설득해 내는 스토리를 만들기 위해서는 필수적으로 갖추어야 할 중요한 요소이다. 소설의 배경은 단순히 스토리의 물리적인 배경막이 아니다. 배경은 제시된 장소와 시간에 대한 역사적 환경과 문화적 태도, 시대의 분위기, 그리고 그 스토리 속의 사람들이 말하는 방식 등을 포함하는 것이라고 할 수 있다.

그러므로 완성된 소설이 독자들에게 통하기 위해서는 배경의 이러한 모든 요소들이 스토리의 인물이나 플롯, 시점 등과 결합하여 정서적 어조를 형성하고 주제를 드러내는 데 기여할 수 있어야 할 것이다. 다시 말해 배경은 독자를 생생한 스토리의 세계로 안내하며, 인물에게 동기를 부여하거나 인물을 설명하고, 플롯의 구조를 탄탄하게 하고, 긴장감을 고조시키며, 작가의 상상력을 풍요롭게 제시하여 스토리 통합을 강화하고 주제를 명확히 하는 데 기여[65] 할 수 있도록 구성되어야 하는 것이다.

한낮의 파장터에서 시작해서 달 밝은 대화장으로 가는 길로 끝나는 「메밀꽃 필 무렵」, 겨울 바람이 매섭게 불어오는 새벽의 황량한 들판에서 시작하여 눈발이 날리는 어두운 들판에서 끝나는 「삼포 가는 길」, 시간적 공간적 배경을 아예 제목으로 삼아 이 무렵의 암울한 정신적 불모 상황을 상징적으로 보여 주는 「서울, 1964년 겨울」 등 훌륭한 소설 작품치고 배경이 단순하게 소설을 채우기 위한 장식으로 쓰이는 경우는 없다. 브룩스와 워런이 배경은 "소설의 물질적 배경이며 장소의 요소"인 동시에 "배경의 묘사는 단순히 사실주의적 정확성이라는 점에서 판단되어질 것이 아니라, 그것이 소설을 위해서 무엇을 성공시켰는가라는 면에서 판단되어져야 하는 것"이라고 이야기한 것도 이 때문이다.

2. 어떤 배경을 선택할 것인가

배경은 인물이 행동하고 사건이 발생되는, 소설의 필수적 기반이지만, 직접 의미를 생산하는 것은 아니다. 배경과 인물과 사건이 서로 결합하고, 작용하면서 의미를 만들어 내는 것이다. 창작하는

---

65) Jack M. Bickham, *Setting*, Writer's Digest Books, 1994, p. 3.

입장에서는, 자연적 배경, 사회적 배경, 정신적 배경, 실존적 배경 중에서 자신이 그려 내는 작품 속의 세계가 어떤 배경과 결합될 때 의미가 살아나고 새로움을 불어넣을 수 있을지, 배경의 적절성을 검토하면서 인물과 사건을 얽어 나가야 한다.[66]

1) 자연적 배경

자연적 배경이란 인물의 행동이 발생하는 물질 상태 그대로의 배경이다. 자연 환경을 통해 제시되는 배경은 대체로 인물의 심리와 자연 환경이 정서적 조화를 이루는 속에서 주제를 승인하는 방향을 택하게 된다.

> 달은 지금 긴 산허리에 걸려 있다. 밤중을 지난 무렵인지 죽은 듯이 고요한 속에서 짐승 같은 달의 숨소리가 손에 잡힐 듯이 들리며, 콩포기와 옥수수 잎새가 한층 달에 푸르게 젖었다. 산허리는 메밀밭이어서 피기 시작한 꽃이 소금을 뿌린 듯이 흐뭇한 달빛에 숨이 막힐 지경이다. 붉은 대궁이 향기같이 애잔하고 나귀들의 걸음도 시원하다.
>
> — 이효석, 「메밀꽃 필 무렵」

위의 예에서 보는 것처럼 달밤이라는 배경은 한 여인과의 아름다운 이야기를 품고 있는 허생원의 심리 상태와 정서적 조화를 이루어, 여름날 파장터와 같은 그의 쓸쓸한 반생을 승화시키는 역할을

---

66) 조정래, 앞의 책, 180~183쪽 참조.

한다.

한편, 인물의 어떠한 심적 풍경이나 정서적 태도가 개입되지 않은 자연 환경을 배경으로 삼을 수 있다. 이 경우 객관적이고 사실적인 묘사만으로 일관하게 되는데 이러한 배경의 표현을 통해서 얻는 효과는 전자에 비해 훨씬 극적이다.

허턱 주안(朱安) 쪽을 향해 걷는다. 얼마 안 걸어 시가지는 끝나고 길은 차츰 어두워진다. 길만 어두워지는 것이 아니라 바람이 세차진다. 획 비를 몰아붙이며 우산을 떠받는다. 황서방은 우산을 뒤집히지 않으려 바람을 따라 빙그르 돌아본다. 그러면 비는 아이 얼굴에 홈박 쏟아진다. 그래도 아이는 별로 소리가 없다. 권서방더러 성냥을 그어 대라고 한다. 그어 대면 얼굴은 죽은 것이나 마찬가지나 빗물 흐르는 비비틀린 목줄에서는 아직도 발랑거리는 것이 보인다. 바람이 또 친다. 또 빙그르 돌아 본다. 바람은 갑자기 반대편에서도 친다. 우산은 그예 뒤집히고 만다. 뒤집힌 지우산은 두 번 세 번 만에는 갈기갈기 찢어지고 말았다. 또 성냥을 켜보려 한다. 그러나 성냥이 눅어 불이 일지 않는다. 하늘은 그저 먹장이다. 한참 숨을 죽이고 들여다보아야 희끄무레하게 아이 얼굴이 떠오른다.

— 이태준, 「밤길」

위의 예에서 주인공은 아직 죽지 않은 자식을 묻으러 간다. 그런데 이때 배경으로서 표현된 밤길의 묘사에는 인물의 어떠한 심적인 풍경도 투영되어 있지 않다. 다만 비와 바람과 어둠을 있는 그대로 서술할 뿐이다. 그러면서도 이 작품이 배경의 표현을 통해 획득하는 효과는 전자에 비해 훨씬 지적이며 고차적이다. 죽어 가는 아들을 묻으려고 비와 바람과 어둠 속으로 곡괭이를 들고 걸어가는 인물들의 심리는 극한적인 저조(低調)이다. 그런데 자연은 어떠한가. 일말의 연민도 유대도 없다. 그저 한껏 자신의 힘을 발휘한다. 즉, 최고의 고조(高調)인 것이다. 인간의 극한적 상황에 대한 작가의 객관적이고 냉정한 태도와 더불어 콘트라스트의 효과를 발휘하는 배경은 작품에 격조를 부여한다. 이 격조란 미지근한 조화보다는 냉엄한 대조를 통해 작품의 주제를 제시하는 강렬한 리얼리티 그것이다.[67]

2) 사회적 배경

사회적 배경이란 시대성과 사회성을 부각시킴으로써 역사 속에서의 사회의식을 드러내는 배경을 말한다. 인물이 빚어내는 사건의 동기 및 상황이 사회적 분위기에 연관되고 작용[68]할 때 이러한 배경이 필요하다.

형은 점심을 굶었다. 점심 시간이 삼십 분밖에 안 되었다. 우리는 한 공장에서 일했지만 격리된 생활을 했다. 공원들 모두가 격리된 상태에서 일만 했다. 회사 사람들은 우리의 일 양과 성분을 하나하나 조사해 기록했다. 그들은 점심 시간으로 삼십 분을 주면서 십 분 동안 식사

67) 정한숙, 앞의 책, 166~168쪽.
68) 이규정, 『현대소설의 이론과 기법』, 박이정, 1998, 103쪽.

하고 남은 이십 분 동안은 공을 차라고 했다. 우리 공원들은 좁은 마당에 나가 죽어라 공만 찼다. 서로 어울리지 못하고 간격을 둔 채 땀만 뻘뻘 흘렸다. (……) 공장 규모는 반대로 커갔다. 활판 윤전기를 들여오고 자동접지 기계를 들여오고, 옵셋 인쇄기를 들여왔다. 사장은 회사가 당면한 위기를 말했다. 적대 회사들과의 경쟁에서 지면 문을 닫을 수밖에 없다고 말했다. 이것은 우리 공원들이 제일 무서워하는 말이었다. 사장과 그의 참모들은 그것을 알고 있었다. (……) 그 집 식구들은 정원 잔디를 기계로 밀어서 깎았다. 그 집 정원에는 손질이 잘된 나무들이 밝은 햇빛을 받아 무럭무럭 자랐다. 그 집 나무들은 '나무종합병원'에서 나온 나무 의사들이 돌보았다.

— 조세희, 「난장이가 쏘아올린 작은 공」

이 소설의 시대적 배경인 1970년대는 남한의 자본주의가 급속도로 발전하는 시기이다. 급속한 발전에는 당연히 자본주의의 태생적 모순이 압축되고, 또 그 압축은 '인간에 의한 인간의 착취'를 극악한 수준으로 끌어 올린다. 이 소설은 자본과 노동의 적대관계가 첨예하게 드러나는, 1970년대라는 시간적 배경과 공장지대라는 공간적 배경을 설정하여 자본과 노동의 적대가 어떤 식으로 인격화되는지, 그리고 그 사악함과 범죄가 어떻게 비인간적인 면모들을 태연히 만들어 내는지[69]를 그려 내면서 작가의 사회의식을 보여 준다.

---

69) 이성욱, 「우리 시대의 죄, 혹은 죄의식」, 『한국소설문학대계51: 조세희』, 동아출판사, 1995, 531쪽.

3) 정신적 배경

정신적인 배경으로는 먼저 자연적 배경에 어떤 의미를 부여함으로써 상징성을 띠는 경우를 생각해 볼 수 있다. 보통 배경이라고 하면 사실적인 환경으로만 생각하는 경향이 있는데, 배경 자체는 그 본질상 물질적인 현실에서 떠나 정신적 세계로 옮겨가려는 경향이 농후하다. 그리고 배경이 효과적으로 고려된 작품에서라면 이러한 옮김은 자연스럽고 적절하게 나타난다. 이처럼 구체적으로 물질적인 시간과 공간의 소산물인 배경이 보편적이고 추상적인 기분을 형성하게 되는 것을 우리는 분위기(atmosphere)라고 부른다. 이러한 분위기가 주제나 인물에 긴밀히 연결되거나 소설의 처음부터 끝까지를 꿰뚫는 정신적 배경인 것이다.70)

전봇대에 붙은 약광고판 속에서는 이쁜 여자가 '춥지만 할 수 있느냐'는 듯한 쓸쓸한 미소를 띠고 우리를 내려다보고 있었고, 소주광고 곁에서는 약광고의 네온사인이 하마터면 잊어버릴 뻔했다는 듯이 황급히 꺼졌다간 다시 켜져서 오랫동안 빛나고 있었고, 이젠 완전히 얼어붙은 길 위에는 거지가 돌덩이처럼 여기저기 엎드려 있었고, 그 돌덩이 앞을 사람들은 힘껏 웅크리고 빠르게 지나가고 있었다. 종이 한 장이 바람에 획 날리어 거리의 저쪽에서 이쪽으로 날아오고 있었다. 그 종잇조각은 내 발 밑에 떨어졌다. 나는 그 종잇조각을 집어 들었는데 그것은 '美姬 서비스, 特別廉價'라는 것을 강조한 어느 비어 홀의

---

70) 정한숙, 앞의 책, 173~175쪽 참조.

광고지였다.

— 김승옥, 「서울, 1964년 겨울」

약 광고와 술 광고와 유흥가의 광고 전단, 돌덩이처럼 웅크리고 있는 거지들과 그들을 돌덩이처럼 여기고 지나가는 사람들. 대도시의 이러한 밤 풍경은 황량하고 비인간적인 분위기를 자아내며 현대 사회에서의 인간의 고립과 소외라는 주제와 연결된다.

또 다른 정신적 배경으로는 심리적 배경을 생각해 볼 수 있다. 의식의 흐름이나 내적 독백, 이미지의 점철 같은 기법으로 표현되는 현대소설에서는 인물의 의식이 과거와 현재를 자유롭게 넘나드는데 이때 인물의 의식이 자유롭게 넘나드는 시간과 공간이 심리적 배경이다. 이러한 심리적 배경은 일관성과 논리성의 차원을 넘어 인물의 성격화에 기여한다.

　최초의 그녀의 기억은 이층으로 오르는 어둑신하고 가파른 나무 계단과 하얗게 햇빛이 쏟아지는 마당에 나뒹굴고 있던 두 짝의 작은 검정 고무신이었다.

　아마 너댓 살 때였을 것이다. 그 이전의 일은 검은 휘장으로 가려진 듯 전혀 기억나지 않았다. 아니 어쩌다 방심하고 있는 순간에 예기치 않게 익숙한 분위기로 찾아오기도 하고 거대한 빙산의 한 모서리처럼 어렴풋이 떠오르기도 했다. 그러나 그것은 하도 연약하고 희미한 것이어서, 그녀가 잡으려고 손만 내밀어도 다시 형체 없이 묻혀 버리고 마는 것이었다. 볕바른 마당에 던져졌던 검정 고무신의 기억은 곧바로 그녀가 서울로 이사 올 무렵까지 살았던 항구 도시의 목조 왜식 집으로 이어졌다.

— 오정희, 「바람의 넋」

위 소설에서 작가는 무서운 그리움으로 주인공을 떠돌게 하는 심리적 배경으로 볕바른 마당과 두 짝의 고무신으로 표상되는 유년기의 기억과 상처를 제시하고 있다.

4) 상황적 배경

상황적인 배경은 인간의 실존적인 상황을 암시하고 상징하는 배경이다. 이러한 배경은 분위기 조성이니, 리얼리티의 부여니 하는 본래적인 의미를 넘어서 소설의 주제를 형상화시키는 의미와 목적을 갖는다. 배경이 작품 전면에 클로즈업되면서 주제를 형상화하는 것이다. 사르트르의 「벽」에서 보게 되는 감옥이라는 배경은 인간의 한계 상황과 죽음, 카뮈의 「페스트」에서 오랑시는 죽음을 유예 받고 있는 인간의 극한 상황과 운명 의식을 구체화한 것이라고 할 수 있다.

나는 이곳이 어딘지 알 수 없었다. 세상은 어두웠다. 조금 전에 지나쳐 온 가로등의 희미한 불빛이 어슴푸레 사위를 밝히고 있을 뿐이었다. 아까부터 내 오른쪽에서 사람 키 높이의 담장이 줄곧 나와 동행을 하고 있었다. 내가 걷고 있는 길의 포장이 되어 있고, 담 안쪽으로 키 큰 나무 여러 그루가 나뭇잎 무성한 가지를 길 쪽으로 내뻗고 있다. 그러나 나는 이곳이 어딘지 알 수 없었다. 얼마 전부터 나는 내가 있는 곳이 어딘지도 모르는 채 살고 있었다. 그리고 나는 어딘지도 모르는 채 그 장소에 익숙해져 왔다. 어쩔 수 없이 아마 이번에도 그러할 것이었다.

— 최수철, 「매미」

최수철의 「매미」에서는 소설의 첫머리에 설정된 위와 같은 배경이 말미에서 다시 한 번 반복된다. 나는 기억력을 상실한 인간이다. 온통 들리는 것은 매미 소리뿐이다. 어딘지 알 수 없는 곳, 어딘지도 모르는 채 그 장소에 익숙해져 온 곳이라는 상황적 배경은 소통의 부재, 관계의 부재라는 주제를 나타낸다.

3. 배경을 어떻게 활용할 것인가

소설에서 배경은 인물이나 플롯이 특정한 시간과 장소의 구도 가운데서 생생하게 떠오르게 하는 활력원이라는 측면에서 중요하다. 생생하게 떠오른다는 것은 소설의 리얼리티에 배경이 밀접하게 관련되어 있다는 것을 시사한다.[71] 작가는 배경 묘사를 통하여 주제를 암시하거나 구체화할 수 있고 인물과 인물의 행동에 신빙성을 부여하여 소설의 의미를 제공할 수 있다. 또한 이야기 속에 리듬을 창조하기 위해 배경 묘사를 활용할 수도 있다.

---

71) 위의 책, 160쪽.

1) 주제의 암시

소설의 공간과 시간은 사실성을 강화하기 위한 중립적인 것이면서 동시에 상징성을 지녀서 소설의 맛을 풍부하게 만든다.[72] 구체적인 배경의 묘사로 분위기를 창조하면, 인물의 내적 상황이나 사건의 의미와 관련시켜 소설의 주제를 암시할 수 있다.

사람들은 누구도 입을 열지 않는다. 대합실 벽에 붙은 시계가 도착 시간을 한 시간 반이나 넘긴 채 꾸준히 재깍거리고 있었지만 누구 하나 눈여겨 보는 사람은 없다. 창밖엔 싸륵싸륵 송이눈이 쌓여 가고 유리창마다 흰보랏빛 성에가 톱밥 난로의 불빛을 은은하게 되비추어 내고 있을 뿐.

사람들은 약속이나 한 듯 말을 잊었다. 어쩌면 그들은 열차를 기다리고 있다는 사실조차 망각하고 있는 것인지도 모른다. 중년 사내는 담배를 입에 문 채 성냥불을 댕기려다 말고 멍하니 난로의 불빛을 들여다보고 있었다. 노인을 안고 있는 농부도, 대학생도, 쭈그려 앉은 아낙네들도, 서울 여자도, 머플러를 쓴 춘심이도 저마다의 손바닥들을 불빛 속에 적셔 두고 망연한 시선을 난로 위에 모은 채 모두들 아무 말도 하지 않았다. 저만치 홀로 떨어져 앉아 있는 미친 여자도 지금은 석고상으로 고요히 정지해 있다. 이따금 노인의 기침 소리가 났고, 난로 속에서 톱밥이 톡톡 튀어 올랐다.

— 임철우, 「사평역」

---

72) 현길언, 앞의 책, 271쪽.

이 소설은 눈 내리는 겨울밤, 톱밥 난로가 타는 사평역의 대합실에서 마지막 완행열차를 기다리는 아홉 사람에 관한 이야기이다. 이들은 서로에 대해 아는 바도 없이 저마다의 상념에 빠져 있다. 상처와 회한이 대부분인 삶이지만 그들이 자신의 누추한 삶을 되새기는 모습은 너그럽고 평온하다. 이 소설의 평화롭고 서정적인 배경은 인간에 대한 신뢰와 따뜻함이라는 소설의 주제를 암시한다. 이와는 상반된 분위기를 지닌 다음의 배경을 살펴보자.

타작마당 돌가루 바닥같이 딱딱하게 말라붙은 뜰 한가운데, 어디서 기어들었는지 난데없는 지렁이가 한 마리 만신에 흙고물 칠을 해가지고 바동바동 굴고 있다. 새까만 개미 떼가 물어 뗄 때마다 지렁이는 한층 더 모질게 발버둥질을 한다. 또 어디선지 죽다 남은 듯한 쥐 한 마리가 튀어 나오더니 종종걸음으로 마당 복판을 질러서 돌담 구멍으로 쏙 들어가 버린다.

군데군데 좀구멍이 나서 썩어 가는 기둥이 비뚤어지고, 중풍 든 사람의 입처럼 문조차 돌아가서 - 북쪽으로 사정없이 넘어가는 오막살이 앞에는, 다행히 키는 낮아도 해묵은 감나무가 한 주 서 있다. 그러나 그게라야 모를 낸 후 비 같은 비 한 방울 구경 못한 무서운 가뭄에 시달려 그러지 않아도 쪼그라졌던 고목 잎이 볼 모양 없이 배배 틀려서 돌배나무로 알려질 판이다.

— 김정한, 「사하촌」

이 소설은 개미 떼에게 물어뜯기는 지렁이라든가 썩어 가는 기둥, 배배 틀린 감나무 등 가뭄에 시달리는 한 농가의 정경을 사실적으로 묘사하여 궁핍하고 고통 받는 농촌의 실상을 보여 주면서, 당대 농민들의 절망적 상태를 암시하고 있다.

2) 주제의 구체화

현대소설에서는 복잡한 사회 속에서의 다층적인 인간의 심리와 소외의 문제들이 소설의 주제로서 빈번히 취급되고 있는데, 이러한 소설의 경우 일관된 긴장의 원천이 되는 상황을 배경으로 제시함으로써 주제를 구체화할 수 있다.

크레용들이 허공을 난다. 옷장 속의 옷들이 펄럭이면서 춤을 춘다. 혁대가 물뱀처럼 꿈틀거린다. 용감한 녀석들은 감히 다가와 그의 얼굴을 슬쩍슬쩍 건드려 보기도 하였다. 조심해 조심해. 성냥갑 속에서 성냥개비가 중얼거린다. 꽃병에 꽂힌 마른 꽃송이가 다리를 번쩍번쩍 들어올리면서 춤을 춘다. 내의가 들여다보인다. 벽이 서서히 다가와서 눈을 두어 번 꿈쩍거리다가는 천천히 물러서곤 하였다. (……)
그때였다. 그는 서서히 다리 부분이 경직해 오는 것을 느꼈다. (……) 그래서 그는 손을 내려 다리를 만져 보았는데 다리는 이미 굳어 석고처럼 딱딱하고 감촉이 없었으므로 별수없이 손에 힘을 주어 기어서라도 스위치 있는 쪽으로 가리라 결심했다. 그는 손을 뻗쳐 무거워진 다리, 그리고 더욱더 굳어져 오는 다리를 끌고 스위치 있는 곳까지 가려고 안간힘을 썼다. 그러나 그는 채 못 미쳐 이미 온몸이 굳어 오는 것을 발견하였다. 그래서 그는 숫제 단념해 버렸다. 참 이상한 일이라고 생각하면서 그는 조용히 다리를 모으고 직립하였다. 그는 마치 부활하는 것처럼 보였다.

— 최인호, 「타인의 방」

이 소설의 배경은 '자기의 방'이다. 그런데 이 소설의 긴장된 상황이란 '자기의 방'이 자기를 거부한다는 것이다. 모든 게 낯설고 뒤집혀져 있다. 크레용, 옷, 성냥개비, 꽃병 등의 사물들이 살아 숨쉬는 반면 자신은 점점 사물화되어 간다.[73] 오리무중 속에 내팽개쳐진 현대인의 '이해할 수 없는' 삶의 부조리한 상황을 배경으로 제시하여 소외와 단절의 환경에 의한 자기 상실[74]이라는 주제를 구체화하고 있는 것이다.

3) 인물과 행동에 대한 신빙성 확보

'우리가 어디에 있느냐는 우리가 누군인가이다'라는 말이 있듯이 배경을 소설의 동기로서 작용[75]하게 하면 인물과 행동의 신빙성을 높일 수 있다. 배경이 인물과 일종의 대화적 관계를 형성하여 인물에 영향을 주게 하는 것이다.

썰물로 드러난 회갈색의 바지락 양식장에 앉아 있던 검은댕기두루미 한 마리가 그녀의 집이 있는 쪽으로 날아오고 있었다. 홀로 살고

---

73) 문흥술, 「외연적 넓이의 확장과 내포적 깊이의 부재, 그리고 70년대적인 문학」, 『한국소설문학대계58: 최인호』, 동아출판사, 1995, 465쪽.
74) 조정래, 앞의 책, 190~192쪽.
75) Tom Bailey, op. cit., p. 77 참조.

있는 늙은 두루미였다. 그 두루미는 언제부터인가 그녀의 집이 자리잡고 있는 언덕 뒤쪽 기슭의 늙은 소나뭇가지에 앉아 있곤 했다.

"나 이리로 죽으러 왔다."

이 말을 그녀는 혼자 사는 두루미에게서 배웠다. 그녀로서는 환장하게 향기로운 말이었다. 오래오래 묵은 술처럼, 그녀는 혼자서만 가지기 안타까운 값진 물건을 뭉청뭉청 싸 보내고 싶어지는 친지들에게 문득 그 말을 하곤 했다. (……)

바다로 눈길을 돌렸다. 먼바다에서 달려온 파도가 모래톱에서 두루마리처럼 하얗게 말리고 있었다. 한 스님의 잘린 목에서 솟구쳤다는 흰 피 같은 거품이 일고 있었다. 그 파도는, 혀를 깨물고 죽어버리고 싶을 만큼 울화통이 끓어오르거나 짜증스럽거나 자신이 혐오스러울 때면 문득 고개를 돌려 눈으로 확인하곤 하는 화두였다.

─ 한승원, 「검은댕기두루미」

이 소설에서 주인공인 그녀는 자신의 재산을 가로채려는 동생을 용서하고, 자신의 남자를 빼앗은 생모를 포용한다. 죽을 데를 찾아와 기다리며 살고 있는 것 같은 검은댕기두루미와 한 스님의 잘린 목에서 솟구쳤다는 흰 피 같은 거품이 이는 바다의 배경은 욕망에서 풀려나 자유롭게 된 주인공의 태도에 신빙성을 부여한다.

4) 리듬의 창조

배경 묘사를 통해 이야기 속에 리듬을 창조할 수 있다. 독자의 시선을 주위 환경 쪽에 돌리게 함으로써 격렬한 행동이 전개된 직후, 잠시 동안 긴장을 푸는 분위기를 도입할 수도 있고, 혹은 위기의 순간에 이야기를 정지시킴으로써 서스펜스를 자아낼 수도 있는 것이다.76)

"너를 맡아 기르며 네가 그날 집에서 있었던 일을 비롯해서 네 부모, 늘 붙어 있던 쌍둥이 짝, 집의 기억을 완전히 잊은 것을 나는 얼마나 다행스럽게 생각했는지 모른다. 온전히 내 자식으로 만들고자 하는 욕심 탓만은 아니었다. 그 끔찍한 장면을 보았다는 업(業)을 지니고 평생을 어찌 편안히 살기를 바랄 수 있겠느냐."

어머니는 기진한 듯 벽에 등을 기대고 눈을 감았다.

밤이 퍽 깊었다. 가끔 집 앞을 지나가던 발짝 소리도 끊긴 지 오래였다. 한결 깊어진 어둠과 한기를 피해, 불빛을 찾아 모여든 날벌레들이 펄럭이며 형광등 주위를 맴돌았다. 밤이 깊어지자 조금씩 불기 시작하는 바람이 마당의 몇 그루 나뭇가지를 쇄애쇄애 약한 소리로 흔들었다.

　　　　　　　　　　　　　　　　　　　— 오정희, 「바람의 넋」

위의 예에서 보는 것처럼, 주인공이 그토록 자신의 발목을 놓지 않았던 그리움의 정체를 알게 되는 극적인 대목 다음에 묘사된 배경은 그동안 고조되었던 소설 속의 긴장을 완화시키는 역할을 한다. 반면, 배경 묘사를 통해 오히려 긴장을 고조시키는 경우도 있다.

　　……너무나 외로웠어요. 외로워서 외로워서 숨을 쉬기도 힘들었

---

76) 롤랑 부르뇌프·레알 월레, 앞의 책, 216쪽.

어……여자가 그리웠어……향수 냄새, 비누 냄새를 맡은 지가 언제인지……당신 냄새를 맡게 해줘요. 당신 머리카락 냄새를 맡고 싶어……

마치 최면에라도 걸린 듯 나는 노인의 말에 복종했다. 부엌 바닥에 무릎을 꿇었다. 바로 눈앞에 헐렁한 육신이, 떨고 있는 무릎이 있었다. 나는 고개를 숙이고 순종하는 양처럼 머리를 디밀었다.

저녁 광선이 부엌 바닥에서 체리목의 연한 분홍빛을 불그스레 물들이고 있었다. 태양이 기울어감에 따라 바닥빛도 엷어지지만 범위는 오히려 넓어졌다. 붉은 기가 눈에 띄게 줄어들고 차츰 본래의 빛으로 환원되어 갔다. 태양이 빠른 속도로 멀어지면서 마룻바닥 여기저기에 붉은 반점을 만들었다. 뜨겁지는 않은데 이상하게도 거친 기운이 느껴지는 빛이었다. 무언가 반짝, 눈을 잡았다. 날카로운 유리 조각 하나가 식탁 다리 그늘 속에 숨어 있었다. 치워야겠어. 찔리겠어. 고개를 들었다. 최후의 빛이 노인의 얼굴을 핑크빛으로 물들이고 있었다.

― 권현숙, 「열린 문」

이 소설에서 서술자는 '성욕의 쇠사슬에서 풀려나서 해방된 영혼의 얼굴'을 지니고 있다고 믿고 있던 노인에게 성적인 구애를 당한다. 위기의 순간에 이야기를 정지시킨 위와 같은 배경 묘사는 극적 긴장감을 고조시킬 수 있다.

4. 배경 묘사의 요령

소설에서 배경은 단순히 인물들이 상호작용하고 갈등이 일어나는 무대가 아니다. 배경은 소설의 분위기를 창조하고, 독자를 인물의 감정 상태에 연결되도록 한다. 배경이 이러한 역할을 담당할 수 있으려면 독자들이 느낌을 얻을 수 있도록 구체적인 묘사를 해야 한다. 불분명하고 애매한 단어로 표현된 정확하고 정밀하지 않은 묘사는 독자들의 눈을 사로잡지 못할 것이고 어떠한 효과도 거둘 수 없을 것이다. 소설의 배경을 생생하게 묘사하기 위해서는

첫째, 객관적이고 정확한 사실들을 사용해야 한다.
객관적인 사실들을 모르고, 그 객관적 사실들을 정확하게 만들기 위해 연구하는 시간이 없이는 생생한 묘사를 할 수 없다. 작가는 반드시 소설의 배경이 되는 현장을 답사하고, 세밀히 관찰하고 꼼꼼히 메모해 와야 한다. 현장을 답사하기가 불가능한 역사 소설의 경우에도 가능한 문헌 자료를 모두 찾아 당대의 현장과 가깝게 재현할 수 있어야 한다. 작가가 자기 소설의 배경을 설정하기 위해 어떠한 노력을 기울이는지에 대해 다음 예문을 읽어 보자.

나는 한 편의 소설을 쓸 때 작품의 공간을 먼저 설정한다. 나만이 아니라 다른 작가분들도 마찬가지일 것이다. 감방이든, 변두리 판자촌이든, 공단이든, 농촌이든, 갯벌이든, 시골 장터거리든, 소설의 공간은 있게 마련이다.
이런 경우 나는 〈교학사〉 판의, 조그만 마을까지 비교적 자세하게

나와 있는 축적 3십만 분의 1 지도책을 펴놓고, 어느 지방이 이 소설 내용을 수용하기에 적당하냐를 찾는다. (……) 다음 세 작품도 막상 집필에 들어가기 전 지도책을 펴놓고 그런 도움을 얻었다. 중편 「도요새에 관한 명상」은 동진 시라는 상상의 도시를 만들어 썼으나, 울산을 염두에 두었다. 읽은 이들은 철새의 도래지인 낙동강 하구언을 연상하기도 하였겠지만, 울산을 무대로 낙동강 하구를 그쪽 동남해안으로 끌어들여 이용한 셈이다. 그러므로 동진이란 도시와 동진강이란 상상적 공간이 그 소설의 배경이 되었으나, 나는 내 외가인 울산 쪽 지방을 둘러본 경험을 끊임없이 연상하며, 그 소설을 만들었다.[77)]

둘째, 스토리와 관련이 있는 배경만을 묘사해야 한다.

소설에서 배경의 묘사는 단순히 사실을 정확하게 전달하는 데 의의가 있는 것이 아니라 스토리를 위해서 기여해야 한다는 것이다. 생생한 묘사는 독자들의 감정을 자극하고, 특별한 반응을 일으키고, 기대를 창출한다. 그러나 작가가 만들어서 보내는 특정한 신호들은 올바른 신호들이 되어야 한다. 중요하지 않는 세부 묘사들은 부지중에 독자를 잘못 이끌 수 있는 것이다.[78)]

셋째, 선택적이고 인상적인 방식으로 묘사해야 한다.

미숙한 작가들이 흔히 저지르기 쉬운 실수는 모든 사람들이 보는 그림엽서처럼 배경 묘사를 한다는 것이다. 작가는 여느 여행객들이

---

77) 김원일, 「한 편의 소설이 되기까지」, 문순태 외, 『열한 권의 창작 노트』, 도서출판 창, 1991, 327~328쪽.
78) Tom Bailey, op. cit., p. 13.

보게 되는 일반적인 인상이 아니라, 그 장소를 잘 알고 있다는 것을 독자에게 확인시켜 줄 특이하고 설득력이 있는 세부 사항을 묘사해야 한다. 실제로 오랫동안 그 지역에 살고 있는 사람들은 여행객의 시선을 끄는 장소나 사물을 당연하게 여길 뿐, 주목하지 않는다.[79] 일반적인 세부 묘사에 휩쓸리게 되면 드러나지 않은 삶과 특정한 장소에 있는 독특한 자질을 놓칠 뿐 아니라 인물들도 놓치게 된다. 또한 작가는 독자에게 너무 많은 것을 말하려고 하지 않아야 한다. 자신이 쓰고 있는 소설의 배경을 위해 현장을 답사하고, 지리학적 풍속학적 자료를 검토한 작가는 의욕이 넘친 나머지 모든 것을 다 묘사하려고 한다. 그러나 불필요한 성실함은 독자를 지치게 만들 뿐이다. 근사한 세부 묘사가 때로는 불명료한 배경으로 작용한다는 것을 알아야 한다. 만약 독자가 배경에 대해 충실한 지식을 가져야 할 필요가 있다면 작가는 그의 소설을 통해 정보를 배분해서 다루어야 한다. 세세하게 배경이 묘사된 장면은 독자들에게 중요하게 느껴진다. 그러나 소설이 진행됨에 따라 그것이 아무것도 의미하지 않는 불필요한 장면임이 밝혀지게 될 때 독자는 잘못된 논거들이 들어 있는 이야기처럼 느끼게 되고, 실망하게 되는 것이다.[80]

---

79) 데이몬 나이트, 김달용 옮김, 『소설창작법』, 신구문화사, 1996, 162쪽.
80) Robie Macauley·George Lanning, op. cit., pp. 119~139 참조.

창작 이야기

「www.soriso.com」에서 가장 중요한 배경은 'soriso'라는 곳이다. 지상에서 사라진 소리들이 모여 있는 'soriso'는 신비하면서도, 신의 영역을 침범하는 장소이기 때문에 공포감을 줄 수 있게 묘사해야 했다. 이 소설에서 'soriso'가 위치한 곳은 주인공 자신의 '뇌'이다. 나는 인터넷을 뒤져 뇌에 관한 자료를 찾고, 사진을 참고해서 다음과 같이 배경을 묘사했다.

그는 일어나서 사방을 돌아 보았다. 첩첩의 골짜기에 풀도 나무도 아무것도 없었다. 온통 주름진 백색의 바위들뿐이었다. 지옥에라도 온 것일까? 공포가 그를 사로잡았다. (……) 광막한 바위산에 움직이는 거라고는 사내와 그밖에 없었다. 주름처럼 겹쳐진 바위들 틈에서 사내는 불쑥불쑥 시야에서 사라지곤 했다. 그는 사내를 놓치지 않으려고 버둥대며 따라갔다. 어떤 모퉁이를 돌아서면서부터 과연 웅웅대는 소리가 들리기 시작했다.

정리와 실습

1. 배경 묘사가 훌륭한 소설을 찾아 함께 읽어 보자. 그리고 그
   배경 묘사가 훌륭하다고 생각하는 이유를 이야기해 보자.

2. 자신이 쓰고 있는 소설의 배경을 다시 한 번 살펴보자. 세부
   묘사가 자신이 말하고자 하는 특정한 이야기에 적합한지, 아니
   면 그것이 비록 훌륭하고 생생하지만 다른 이야기를 위해 미뤄
   두어야 하는지 판단해 보자.

12강 소설의 문체와 말하기 기법

1. 소설의 문체

1) 문체란 무엇인가

소설의 문체란 작가의 말하기 방식이다. 작가는 자신만의 고유한 방식으로 단어를 선택하고, 문장을 구성한다. 비유 언어의 밀도와 유형, 언어의 리듬, 수사 기법 등이 작가의 말하기에 개성을 부여한다.

작가는 인생에 대한 독특한 관점을 가진 사람이라고 말할 수 있다. 그러한 자신의 관점을 독자에게 잘 전달하기 위해서 그는 자기만의 방식으로 말할 수 있어야 한다. 황순원의 간결한 문체나 김승옥의 감각적 문체에 감동을 받은 초보 작가들은 그 자신의 특정한 주제에 황순원이나 김승옥의 언어를 적용하여 쓰기 시작한다. 이것은 많은 작가들이 자신의 문체를 모색해 가는 과정 중에 겪게 되는 일인데, 이러한 양상이 오래 지속되면, 그들은 자신들의 창조적인 열정이 바래고, 자신의 글쓰기가 아무런 즐거움도 주지 않을 뿐 아니라, 다른 사람들에게도 아무것도 제공해 줄 수 없다는 사실을 깨닫게 된다.

소설의 문체란 작가가 하고자 하는 이야기의 형식화된 내용이다. 김정한적인 내용을 황순원의 언어에 담을 수 없고, 이청준적인 내용을 김승옥의 언어에 담을 수 없는 것이 그 때문이다. 자신이 하고 싶은 이야기를 가장 잘 표현할 수 있는 언어는 자신이 가진 개성이 진실하고 정직하게 나타난 언어이다. 각자 자신에게 가장 자연스러운 방식으로 쓰다 보면 자신만의 표현법을 발견하게 될 것이다. 그러므로 좋은 문체는 가르침을 통해서가 아니라 부단한 자기 수련을 통해서 얻어진다고 할 수 있다. 그러나 좋은 문체의 기본이 되는, 자신이 하고자 하는 이야기를 정확하게 표현하는 방법은 배울 수 있다.

2) 좋은 문체의 기본 조건

자신이 하고자 하는 이야기를 정확하게 표현하기 위해서는 다음과 같은 점에 유의해야 한다.

첫째, 끈기 있게 정확한 말, 적절한 단어를 추구해야 한다.
그리고 그것을 넘어서서 구나 문장의 틀림없는 정확성을 추구해야 하며 이들이 소설 전체의 문맥과 올바른 관계를 맺도록 해야 한다. 부정확한 언어는 문체를 알아볼 수 없는 끔찍한 가면과도 같다. 초보 작가의 언어가 구두점, 철자법, 문법 및 문장 구조에 있어서 오류 투성이라면, 그는 그것들을 인식하고 극복하는 방법에 대하여 따로 공부하거나 배워서 올바른 글쓰기를 해야 한다.

둘째, 중복해서 쓰지 않도록 노력해야 한다.
중복해서 쓰는 것은 부정확한 언어 못지않게 문체를 모호하게 만들고 왜곡시키는 결과를 가져온다. 열 마디 정도면 충분한데 스무 마디를 사용한다면 그것은 일종의 약점이다. 이것은 언어의 경제성 문제만은 아니다. 간결하게 쓸 때 오히려 의미가 정확하게 전달된다는 것을 염두에 두어야 한다.

셋째, 감상적인 미문을 피해야 한다.
사실적 정황과 관계없이 정서를 조장하는 시적인 이미저리, 은유, 경구, 묘사적인 구문들은 진정한 소설의 문장이 아니다. 독자들에게 억지로 연민의 정서를 불러일으키기 위해 상황을 과장하고 미화하고 시적으로 변용시키는 언어들은 감상적인 소설을 만들 뿐이다.

정확한 단어, 문장, 단락 등이 소설 전체의 맥락과 올바른 관계를 맺고 주제를 지향할 때 좋은 문체에 접근할 수 있다. 언어의 정확성이 없이 논리성이 있을 수 없으며 논리성이 없이 일관성이 있을 수 없다. 그러므로 정확한 말을 사용하는 것이 좋은 문체의 기본 조건이 되는 것이다.

2. 소설의 말하기 기법

소설 안에서는 세 종류의 말하기가 있다고 할 수 있다. 인물의 말과 서술자의 말, 그리고 인물의 말이 서술자의 말과 섞인 경우이다.

1) 인물의 말하기

'인물의 말하기' 중 대표적인 것은 '대화'이다. 대화를 통해 작가가 자신의 의도를 드러내려면 우선 인물의 말이 독자에게 정확히 전달되어야 한다. 대화를 쓸 때 유의해야 할 점들은 다음과 같다.

첫째, 대화는 짧은 것이 필수적이다.
실제 삶에서 한 번에 몇 마디 이상을 말하는 사람은 없기 때문에 대화는 간략해야 한다.

> 그는 목소리를 낮췄다. 이를테면 교육형 잔소리로 정리를 하려는 것이다.
> "이런 말 너도 들어봤을 거다."
> "뭔디요."
> "일찍 일어나는 새가 벌레를 먼저 먹는다는 말."
> "……."
> "모다 사람은 새처럼 부지런해야 뭐라도 먹을 것이 생긴다는 말이다."
> "그럼, 그 벌레는요."
> "……."

"일찍 일어난 바람에 잡아먹히는 벌레는요."

— 한창훈, 「아버지와 아들」

이 예문에서 아버지가 하고 싶은 말의 전체 내용은 "일찍 일어나는 새가 벌레를 먼저 먹는다는 말은 너도 들어봤을 것이다."일 것이다. 그러나 이렇게 쓰면 구어의 생동감이 사라지게 된다.

둘째, 대화는 독자의 현재 지식에 첨가되는 어떤 것을 지녀야 한다.

"어디 일들 가슈?"

"아뇨, 고향에 갑니다."

"고향이 어딘데…"

"삼포라구 아십니까?"

"어 알지, 우리 아들놈이 거기서 도자를 끄는데…"

"삼포에서요? 거 어디 공사 벌릴 데나 됩니까. 고작해야 고기잡이나 하구 감자나 매는데요."

"어허! 몇 년 만에 가는 거요?"

"십 년."

노인은 그렇겠다며 고개를 끄덕였다.

"말두 말우. 거긴 지금 육지야. 바다에 방둑을 쌓아 놓구, 추럭이 수십 대씩 돌을 실어 나른다구."

"뭣땜에요?"

"낸들 아나, 뭐 관광호텔을 여러 채 짓는담서 복잡하기가 말할 수 없데."

"동네는 그대루 있을까요?"

"그대루가 뭐요. 맨 천지에 공사판 사람들에다 장까지 들어섰는걸."

"그럼 나룻배두 없어졌겠네요."

"바다 위로 신작로가 났는데, 나룻배는 뭐에 쓰오. 허허 사람이 많아지니 변고지, 사람이 많아지면 하늘을 잊는 법이거든."

작정하고 벼르다가 찾아가는 고향이었으나, 정씨에게는 풍문마저 낯설었다.

— 황석영, 「삼포가는 길」

모든 대화가 위의 예문처럼 항상 새로운 정보를 제공하는 것은 아니겠지만, 대화는 늘 인물이나 사건에 관한 현재의 정보에 첨가되는 어떤 것을 제공하는 데 의미가 있다는 것에 유의해야 한다. 무의미한 대화는 독자에게 애매함과 지루함을 줄 뿐이다.

셋째, 일상적이고 평범한 사교적 기능의 말들은 생략해야 한다.

잘 지내니? 밥 먹었니? 커피 마실래? 등 일상생활에서 사교적인 기능으로 쓰이는, 꼭 필요하지 않는 말들은 쓰지 않는 것이 좋다.

넷째, 대화는 즉흥성의 감각을 전달해야 하지만 실제 대화의 반복은 배제해야 한다.

"그 사람이 자기가 바보 같다고 했다는 말, 아까 내가 말했니?"

"응, 했어."

"넌 그게 믿어지니? 그 사람이 그랬단 말야. 자기가 바보 같다고…"

"그래, 참."

"그 사람이 자기가 바보 같다는 말을 다 하다니, 정말 믿을 수 없어."

위의 예에서처럼 실제 대화에서는 어떤 사건이나 상황을 전달하기 위해 우리는 같은 말을 반복할 수 있다. 그러나 소설의 대화는 실제와 같은 과정을 거칠 수는 없다. 소설의 대화는 경제적이며, 목적이 있어야 한다. 소설에서 '사용되는' 대화는 구성에 기여해야 하며 작품의 완벽한 효과를 덧붙여 주는 것이라야 한다.

다섯째, 대화는 소설 속의 사건이 꾸준히 진행되도록 전개되어야 한다.

"당신은 알죠? 당신은 봤죠? 그렇죠?"

홈스펀의 사내가 팔짱을 풀었다.

"아니, 이 아주머니가?"

"당신이 모름 누가 알아요, 당신이 못 봤음 누가……."

"아, 이 아주머니 정말."

여인의 두 눈이 다시 한번 빛났다.

"당신이지. 내 시계 훔쳐간 건 바루 당신이지?"

"아니, 정말 이 여자가?"

홈스펀의 사내는 얼굴에 성난 표정을 지었다. 여인의 두 눈은 그때 다시 한번 반짝 빛났다. 고개를 뒷좌석 쪽으로 홱 돌이켰다.

"그리고 당신들두지. 당신들두지."

색안경과 코르덴 모자가 동시에 성난 표정을 지었다.

"이 여자가 정말?"

— 조해일, 「심리학자들」

　　대화는 '장면 제시'이기 때문에 시간을 훌쩍 넘어 갈 수는 없지만 위에서 보는 것처럼 실제 시간과 같은 정도로는 사건이 전개되어야 한다. 대화가 단순히 작가의 관용적 표현에 대한 기교나 기지를 보여 주는 것이어서는 안 된다. 사건과 직접적인 관련이 없는 지루한 대화들은 다음에 무슨 일이 벌어지는가를 보기 위해 독자로 하여금 대화를 건너뛰게 만든다.

　　여섯째, 대화는 직접, 간접적으로 인물의 특성을 드러내야만 한다.
　　말은 성격의 지표이다. 인물의 육성이 그대로 제시되는 대화는 인물의 심리와 기분을 생생하게 드러내어 성격을 표현한다. 사투리나 습관적인 말투를 통해 인물을 표현할 수도 있고 때로는 감탄부호나 의문부호 또는 말없음표 등을 사용하여 인물의 심리를 세밀하게 나타낼 수도 있다.
　　미숙한 작가가 저지르기 쉬운 실수는 소설 속의 모든 인물들이 똑같은 사람처럼 말하게 하는 것이다. 작가는 말의 리듬이나 길이, 어휘 등을 다양화하여 인물들을 표현해야 한다.

　　"저기요, 제가 분명히 어제 군청 재해대책반에 신고를 했거들랑요. 그러니까 군이 동네 사람들이 안 나와도 군에서 나오게 되어 있을 건데요."
　　"그렇잖아도 군에서 연락이 왔습디다. 웬 여자가 술에 취해서 전화를 했다더니 바로 그 집이구만요. 맨 정신으로 신고를 해도 시원찮을

판국에 여자가 술을 마시고 왜 그렇게 동네 우세를 사게 허요. 우리 마을이 어떤 마을인지나 알고 그러요? 지금까지 우리는 우리 마을에서 일어난 일을 남한테 맡기고 살지 않았소."

"아니, 어떻게 군이 남입니까? 여기 고치는 일도 군청 사람들 돈으로 하는 게 아니고 우리가 낸 세금으로……."

"아이고 동네 사람들 한나절 봉사하면 끝날 일을 가지고 무슨 신고를 허고 그러요. 뭘 모르면 가만히나 있지 뭐 잘났다고 시키지도 않은 일을 나서고 그러냔 말이요, 여자가. 우리는 그렇게는 안 사요. 도시 사람들은 뻑하면 관을 욕허고 허는 버릇들이 있등만, 시골 사람들은 안 그래요. 촌에서 살라면 그 버릇부터 고치든지, 어쩌든지……."

— 공선옥, 「홀로어멈」

위의 예문에서는 도시에서 시골로 이사 와서 사는, 식자깨나 든 주인공과 그녀를 못마땅히 여기는 마을 이장의 성격이 대화를 통해 드러난다.

일곱째, 대화는 사람들 사이의 관계를 보여 주어야만 한다.
대화는 단순히 독자에게 정보를 주기 위해서만 사용되어서는 안 된다. 적절하게 사용된 대화는 독자들 마음속에 인물들의 과거의 감각, 그들의 기호와 욕망들 그리고 다른 사람들과의 관계를 알게 하는 가장 좋은 방법들 중의 하나이다. 그것은 단지 이해하게만 하는 것이 아니고 그 이해로 인해 다음에 무슨 일이 벌어질지에 대한 기대를 하게 한다.

"하나코……말이야?"

"……?"

"누구한테 들었는데 하나코가 이탈리아에 있다는군."

"그래? 그런데?"

"그냥 그렇다는 거지. 혹 네가 궁금해 할 것 같아서."

"왜 꼭 나야?"

"그래 다들 궁금해 하고 있을 거야. 조금쯤은."

— 최윤, 「하나코는 없다」

위 예문의 대화는 인물들이 과거에 하나코라는 여성과 교분이
있었으며, 그 교분에 대해 어쩐지 쑥스러워 하고 있다는 것, 앞으로
전개될 이야기가 하나코에 관한 것임을 드러내고 있다.

대화를 서술한다는 것은 섬세하게 세공한 산문의 다른 양상이라
고 할 수 있다. 이는 그것을 쓰고 다시 쓰고 또 써서 그것이 완벽한
작품이 될 때까지 쓰는 것을 의미한다. 자신이 서술한 대화를 큰
소리로 읽어 보거나, 녹음을 해서 들어 보는 것도 도움이 되는 일이
다. 자신이 쓴 것을 다시 들어 보는 작업은 인물의 목소리를 더욱
명확하게 듣도록 한다. 이는 작가에게 인물이 원하는 것을 말할
수 있게 하며, 소설의 핵심을 이루는 문맥들을 적절히 배치할 수
있도록 해 준다.[81]

---

81) Tom Baily, op. cit., p. 41.

2) 서술자의 말하기

대화는 인물의 말을 독자에게 직접 들려주는 생생한 표현이다. 그러나 대화만으로 이야기를 전달한다는 것은 비경제적이고, 독자에게 정보를 직접 제공하는 것이 아니어서 때로는 독자에게 어려움을 주기 때문에 서술자의 말이 필요하다. 서술자의 말 중에서 '대화를 보충하는 말하기'에는 유의해야 할 점이 있다.

"어쩌다 이 지경을 당하셨어요?"

"석이 애비가 밖에서 눈을 치는 걸 들창으로 내다보다가 마음은 젊어서 좀 거들어 줄까 싶어 마당으로 한 발짝 내딛다가 그만…"

석이 애비란 현재 어머니를 모시고 있는 오빠의 큰 아들, 어머니의 장손, 나의 장조카였다.

"거들긴 뭘 거드셔? 잔소리가 하고 싶으셨겠지."

석이 에미가 혼잣말처럼 종알거렸다.

"그럼 느이들이 다 옆에 있으면서 할머니를 이 지경으로 만들었단 말이냐?"

나는 나도 모르게 그만 조카 내외 탓을 하고 있었다.

"할머니가 총찰 안 하시는 게 있는 줄 아세요? 또 총찰하시고 싶어 나오시나 보다 할 수밖에요."

조카가 얼른 제 아내 역성을 들고 나섰다.

— 박완서, 「엄마의 말뚝 2」

위의 예문에서 굵게 표시된 부분이 대화를 보충하는 말하기이다.

이러한 말하기는 앞 대화와 어떤 관련을 갖고서 다음에 벌어질 상황을 위한 예비적인 내용 또는 대화 주체의 내적 정황을 제시하는 것이 보다 효율적이다. 그러므로 이러한 말하기의 경우 대화의 내용과 중복을 피하고, 사건의 진행에 도움을 주어야 하며 또 사실적이어야 한다.[82)]

　　"저……"

　　㉠ 나는 말문을 제대로 열지 못하고 말을 닫고 말았다. 하지만 다시 시도를 해보았다.

　　"저어 발 안 시리세요?"

　　"괜찮아요. 좀 시리긴 하지만 견딜 만해요."

　　㉡ 그녀는 킥킥 웃으며 말했다.

　　"괜찮으시다면 제 양말을 신으세요."

　　㉢ 나는 그녀에게 내 양말을 신으라고 권했다. 그리고 아침에 새 양말을 신고 오기를 잘 했다고 혼자서 생각했다.

　　"괜찮아요."

　　㉣ 그녀는 계속해서 거절했다.

　위의 예문은 학생의 습작 소설에서 발췌한 것이다. ㉠, ㉢, ㉣의 지문은 대화의 내용과 중복이 된다. 그리고 ㉡의 지문은 사실적이지 않다. 대화란 항상 먼저 말을 한 사람에게 응답하는 말이다. 킥킥 웃으면서 말을 한다는 것은 아마도 어려운 일일 것이다.

---

82) 현길언, 앞의 책, 327쪽.

3) 인물의 말을 서술자가 말하기

서술자가 스토리를 독자에게 전달할 때, 서술자의 말 속에 인물의 말이나 생각이 직접적으로 섞이는 형태의 서술 방식이 있다. 이를 자유간접화법, 혹은 서술된 독백이라고 한다. 이러한 서술 방식은 독자에게 인물의 언어나 경험의 양식을 직접 느끼게 함으로써 감정이입의 효과를 거둘 수 있다.

> 단순히 전쟁 고아라는 사실을 은수는 믿을 수가 없었다. 그렇다면 자신은 별에서 온 아이, 혹은 땅 끝에서 홀연히 솟아오른 아이라고 생각했던가. 말해지지 않은 부분의 어떤 것을 바라고 있었던 것일까. 세중은 아직 은수가 어머니의 양녀(養女)라는 사실을 모르는 성싶었다. 호적에도 물론 친자(親子)로 기재되어 있었지만 어머니 역시, 은수의 가출 때마다 치르는 곤욕에도 불구하고 굳게 입을 다물고 있었던 탓이리라.
> ― 오정희, 「바람의 넋」

위의 예문에서 굵은 글씨로 표시된 부분은 초점인물인 은수의 생각을 서술자가 전하는 말이다. 만일 은수의 생각만을 표현한다면, '그렇다면 나는 별에서 온 아이, 혹은 땅 끝에서 홀연히 솟아오른 아이라고 생각했던가"라고 했을 것이다. 그러나 이 생각을 전하는 서술자가 존재한다는 것을 '은수'를 직시하는 표지인 '자신'이라는 명사를 통해 알 수 있다.

자유간접화법의 좀 더 자유로운 형태는 서술자의 말 안에서 인물의 말이 따옴표로 묶어낼 수 있을 정도로 직접적으로 드러나 있는 경우이다.

> 밤마다 은수는 불도 켜지 않은 깜깜한 방에서 자신의 몸을 태질하듯 소리 죽여 뒹굴며 안타깝게 중얼거렸다. ……지난 시절 자신이, **나를 낳고 또 버린 이들이 누구인가**, 소리 죽여 원망의 울음을 울었듯 승일이도 그러하리라는 것이 평생을 두고 벗어나지 못할 업화(業火)인 듯 뜨겁게 가슴을 태워 은수는 밤마다 갈라지고 말라붙은 입술을 악물며 거듭 다짐했다.
>
> — 오정희, 「바람의 넋」

위의 예문에서 굵은 글씨로 표시된 자유간접화법의 서술에서는 초점인물인 은수의 생각이 "나를 낳고 또 버린 이들이 누구인가"처럼 따옴표로 묶어낼 수 있을 정도로 직접적으로 드러나 있다.

자유간접화법 이전에 인물의 말은 따옴표 안에 직접화법으로 제시된 후에 '그는 말했다'라거나 '그녀는 생각했다'와 같은 서술을 붙이거나, 따옴표 없이 '그/그녀는 ~라고/다고 했다'는 식의 간접화법으로 전달되었다.

자유간접화법은 '그/그녀는 말했다'라거나 '그/그녀는 ~라고 했다'와 같은 상투적인 말들을 반복해서 쓰지 않으면서 인물을 극적으로 독자에게 전달할 수 있기 때문에 현대소설에서 즐겨 사용되는 서술 기법이다.

4) 내적 독백과 의식의 흐름

인물의 생각을 독자가 직접 엿듣게 하는 방법, 인물의 내면을 독자에게 직접 보여 줄 수 있는 서술 기법으로는 위에서 설명한 자유간접화법 외에도 내적 독백과 의식의 흐름 등이 있다.

내적 독백은 인물의 마음속에 말로써 표현된 생각의 묘사인데, 말하는 순간과 이야기 순간이 같으며 논리적으로 전개된다. 이에 비해 의식의 흐름은 인간의 마음이 질서정연하게 움직이지 않는다는 것을 보여 준다. 생각과 기억, 비논리적이고 예측할 수 없는 연상이 뒤섞여 무질서하고 잡다하게 서술된다. 다음의 예문들을 살펴보자.

윤 선생은 오솔길을 천천히 걸으며 얼굴을 들어 눈길을 멀리 보낸다. 하늘은 높게 푸르다. 무슨 새인가 멀리에서 창공을 유연하게 난다. 왜가리인가? 왜가리란 별명이 붙었던 강 선생이 후딱 머리에 스친다. 이제 기억에도 가물가물한, 홀쭉한 키와 여위고 갸름한 모습만이 아스라이 떠오른다. 아직 살아 있다면 그도 오래 전 현역에서 은퇴했겠지. 둥글고 부드럽던 그 목소리도 녹이 슬어 갈라졌겠지. 아직 살아 있다면 한 여사처럼 추억 속의 아름다운 음악이나 들으며 노년을 보내고 있을까. 강 선생이 홀연히 학교를 떠난 뒤 그를 다시 만날 수 있었다면 밀항선을 타기로 결심한 구체적인 이유를 묻고 싶었으나 그를 다시 본 적이 없었기에 실현되지 않았다.

— 김원일, 『슬픈 시간의 기억』

이 예문에서 굵게 표시된 부분은 주인공 윤 선생의 내적 독백이다. 따옴표로 묶어 낼 수 있는 인물의 마음속 생각이라고 할 수 있다. 한편 의식의 흐름이란 다음과 같은 경우이다.

우리는 담장이 부서진 곳에 와서 그곳을 뚫고 들어갔다.

"잠깐만." 라스터가 말했다. "너 또 못에 걸렸구나. 못에 걸리지 않고선 여길 기어들지 못한다니까." (현재)

캐디는 내가 못에 걸린 걸 떼어 주었고, 우리는 거길 기어 나왔다. 모리 아저씨 말이 아무에게도 안 들키려면 몸을 최대로 숙이는 게 좋다더라고 캐디가 말했다. 몸을 숙여, 벤지. 자, 이렇게. 몸을 숙이고 정원을 건너갔을 때 꽃이 우리 몸을 스치며 바스락거렸다. 땅바닥은 딱딱했다. 우리가 철망을 넘으니 거기엔 돼지들이 꿀꿀대며 콧김을 식식거리고 있었다. 한 놈이 오늘 잡아 먹혔으니까 이놈들은 슬펐겠다고 캐디가 말했다. 땅바닥은 딱딱하고 우둘투둘 덩어리가 져 있었다.

주머니에 손을 넣고 있으라고 캐디가 말했다. 안 그러면 손이 얼어 터질 거라고. 크리스마스 때 손이 얼기를 바라지 않는다면. (연상된 기억)

"밖은 너무 추워요." 버쉬가 말했다. "도련님도 못 나갈걸요."

"그게 무슨 소리니?" 어머니가 말했다.

"얘가 밖에 나가려고 해요." 버쉬가 말했다. (······)

"다녀왔어, 벤지." 캐디가 말했다. 그리고 대문을 열고 들어와 허리를 굽혔다. 캐디는 나뭇잎 같은 냄새를 풍겼다. (······) 캐디는 나무 같은 냄새와, 그리고 그녀가 우리는 자고 있었다고 얘기할 때와 같은 냄새를 풍겼다. (연상된 기억)

뭘 그리 앓는 소리를 내, 라스터가 말했다. 샛강에 가면 또 그네들을 볼 수 있는데. 여기 봐, 여기 네 나팔꽃이 있어. 라스터가 내게 꽃을 주었다. 우리는 담장 밑으로 기어 뒤쪽 공터로 나왔다. (현재)

— 윌리엄 포크너, 『음향과 분노』

이 예문의 서술자인 벤지는 세 살짜리의 지능을 가진 서른세 살의 백치이다. 벤지의 의식 속에서 현실과 과거가 유치한 관찰과 뒤섞인 기억으로 전개된다. 그는 시간 개념이 없으며, 경험을 회상하기는 해도 그 의미는 이해하지 못한다. 그가 사물이나 상황을 인식하는 방법은 촉각이나 후각과 같은 순수하고 동물적인 감각이다. 의식의 흐름 수법과 함께 인물의 말하기를 통한 성격화를 성공적으로 보여 주는 작품이다.

창작 이야기

    실제적인 소설 쓰기에서 내가 가장 신경을 쓰는 부분은 문장의 정확성이다. 내게 있어서 문장을 정확하게 쓴다는 것은 명징한 사유와 논리의 체계를 세우는 일이다. 소설에서 인물과 사건과 배경, 그리고 주제와 구성과 문체는 통일성과 일관성이 있어야 한다. 소설 역시 논리의 체계인 것이다. 문장이 정확하지 않으면 자신이 하고자 하는 이야기를 제대로 전할 수 없다.

    나는 먼저 정확한 단어를 쓰기 위해 노력한다. 이미 알고 있는 단어라도, 소설에서 중요하게 쓰이는 말은 다시 한 번 사전을 찾아보는 경우가 많다. 사투리를 쓸 때는 방언사전을 꼭 찾아본다. 같은 전라도 지역이라도 나주 지역의 말과 광양 지역의 말은 다르다.

    또한 문법에 맞는 문장을 쓰기 위해 노력한다. 복문을 쓸 때는 주어와 술어가 제대로 호응하고 있는지 꼭 살펴본다. 아울러 한 페이지 내에서 같은 단어를 반복하지 않으려고도 애쓴다. 역시 사전이 좋은 스승이다.

    나는 수식이 없는 절제된 문장을 좋아하기 때문에 감상적인 미문은 되도록 쓰지 않는다. 정황에 관계없이 분위기를 조장하지 않는다는 말이다. 그러므로 단언할 수 있는 것은 내 소설이 절대로 감상적인 소설은 되지 않으리라는 것이다.

    첫 번째 창작집을 내었을 때, 발문을 써 주신 박양호 교수님으로부터 '섬세한 필치, 선명한 주제, 깨끗한 막판 뒤집기'라는 평을 받았다. 이는 내 소설 문장의 서사성과 관계가 있다는 생각이다. 사실적인 언어로 이루어진 간결하고 수수한 문장은 인생의 문제를 속도감 있게, 직접적으로 다루는 데 적합하기 때문이다.

나는 묘사적인 문장을 잘 구사하지 못한다. 세련된 형용사와 부사, 풍부한 비유, 일종의 분위기나 인생의 기미를 포착하게 하는 밀도 높은 문장을 보면 부럽기도 하다. 인간의 내밀한 사유는 이러한 문장에서 나오기 때문이다.

그러나 문체란 앞에서 말한 바와 같이 '형식화된 내용'이다. 작가가 이야기하고 싶은 내용에 따라 서사적인 문장이 나오기도 하고 서정적인 문장이 나오기도 하는 것이다.

「www.soriso.com」 역시 분명한 의미의 제시를 목표로 한 소설이기 때문에 나의 전형적인 글쓰기 방식인 서술적인 문체를 견지했다.

정리와 실습

1. 자신이 쓰고 있는 소설의 문체와 말하기 방식을 검토해 보자.

    (1) 반복되는 언어는 없는가?

    (2) 진부한 단어나 구절은 없는가?

    (3) 일반적으로 이야기의 언어가 경제적인가?

    (4) 소설 속의 인물들이 똑같은 방식으로 말하고 있지는 않는가?

2. 서정적인 문체를 형성하는 요인들을 이야기해 보자.

13강 독자로서 읽고 고쳐 쓰기[83)

한 편의 좋은 소설은 몇 번이고 고쳐서 완성된 작품이다. 초고를 마무리한 작가는 자신의 소설을 몇 번이고 다시 읽으면서 수정해야 한다.

초고를 고쳐 쓰기 위해서 작가는 우선 자신의 작품에 대해 최선의 독자가 되어야 한다. 소설이란 미적 의도를 전달하고자 하는 작가의 욕구와 이를 이해하고자 하는 독자의 기대가 상호작용하는 텍스트이기 때문이다. 그러므로 소설을 완성해야 하는 작가는 독자의 눈으로 자신의 작품을 읽고 분석해 내는 능력이 필요한 것이다.

독자의 입장에서 소설을 읽었을 때, 좋은 작품이라고 느끼게 되는 것은 두 가지 측면에서 만족할 수 있었기 때문이라고 할 수 있다. 하나는 소설을 읽는 내내 흥미가 유지되는 것이고, 다른 하나는

---

83) 이미란, 「창작론적 비평의 방법론 연구(完)」, 『현대문학이론연구』 56집, 2014, 53~78쪽 요약.

소설 읽기를 마쳤을 때, 그 주제가 의미 있는 울림을 주는 것이다. 그것은 독자가 끝까지 소설을 읽을 수 없다면 어떠한 좋은 주제도 전달할 수 없을 것이며, 아무리 흥미진진한 이야기라고 해도 거기에서 의미를 발견할 수 없다면, 그 이야기가 마치 속임수처럼 느껴질 것이기 때문이다.

독자로서 읽기의 과정에서 소설적 재미가 부족하다고 느끼거나, 주제를 제대로 드러내지 못했다고 생각된다면, 자신의 소설을 완성하기 위해서 작품을 구성하는 소설적 요소들 중 어떠한 미적 자질이 부족한지에 대해서 분석적 검토를 해보아야 한다. 일반적인 독자들은 소설의 재미와 의미 여부에만 관심이 있을 뿐, 왜 소설이 재미가 없는지, 왜 의미가 잘 드러나지 않는지에 대해서는 관심을 두지 않는다. 그러나 소설을 완성해야 하는 작가의 입장에서는 독자의 흥미를 잃게 하고 텍스트의 의미 발견을 방해하는 요소들을 찾아내어 수정하고 보완해서 소설을 고쳐 써야 하기 때문에 자신의 초고에 대한 적극적인 분석이 필요하다. 이 장에서는 초고를 마무리한 작가가 자신의 소설을 고쳐 쓰기 위해 필요한 분석의 기준들을 인물, 플롯, 시점, 배경 구성의 측면에서 살펴볼 것이다.

1. 인물 구성

인물 구성의 면에서 살펴보았을 때, 독자가 소설을 읽고 흥미 있는 인물을 만났다고 하는 것은 소설의 인물이 개성적인 인물로 부각이 되고, 이를 통해 인간성에 대한 유의미한 발견을 할 수 있었다는 뜻이라고 할 수 있을 것이다.

작가는 개성화를 통해 독특한 인물을 창조할 수 있고, 인물들의 특징과 태도들은 플롯 자체의 중요한 구성 요소가 된다. 만일 독자의 입장에서 소설을 읽었을 때, 인물이 뚜렷하게 부각되지 않는다면, 다음과 같은 점들을 분석적으로 검토해 보아야 할 것이다.

첫째, '인물이 구체적인 세부 사항을 통해 드러나는가'를 살펴본다.

소설의 인물들은 실제 사람들과 마찬가지로 독특하고 세부적이며 구체적이어야 한다. 일반적이고 모호하게 그려진 인물은 자기 자신을 드러내지 못하기 때문이다. 인물을 본질적이고 독특하게 만드는 것은 세부 사항을 덧붙이는 일이다.

둘째, '인물의 성격에 어울리는 목소리인가'를 검토해 본다.

개별화된 목소리가 개성적인 인물을 만들기 때문이다. 말한 사람의 이름이 제시되지 않더라도 독자들이 누구의 말인가를 변별해 낼 수 있도록 사용하는 어휘, 문장의 길이까지도 변별성이 있어야 한다.

셋째, '인물의 감정이 풍부하게 드러나고 있는가'를 살펴본다.

독자들은 다양한 인간 조건과 그것이 포함하는 아름답고 끔찍한 감정을 보여 주는 '삶의 단면'을 찾았을 때, 이에 몰입하고 삶에 대한 어떤 새로운 통찰을 얻게 되기 때문이다. 감정의 원천은 인물의 내적 가치에 내재해 있는데, 이 내적 가치와 인물의 욕구가 혼합되고, 이 욕구에 상반되는 갈등이 있을 때, 인물의 감정은 풍부하게

드러나게 된다.[84]

　한편, 독자로서 소설을 읽었을 때, 인물을 통해 작가가 하고 싶은
말, 혹은 인간성에 대한 의미 있는 발견을 할 수 없다면 다음과
같은 점들을 검토해 보아야 할 것이다.

　첫째, '인물의 행동에는 명백한 동기가 있는가'를 살펴본다.
　한 인물의 선택과 행동을 좌우하는 것은 인물의 깊숙한 곳에 있
는 동기, 혹은 욕구, 혹은 최종 목표이다. 한 소설에서 분명한 동기
가 없는 인물은, 갈등 속에서 방향 감각을 상실해 버릴 수 있고,
그 결과, 아무리 박진감 넘치는 소설이라도, 독자들은 인물이 사건
에 의해 어떤 영향을 받았는지에 대해 충분히 알 수 없고, 인물들과
연결되지 되지 못하는 것이다.[85]

　**둘째, '인물의 욕구는 플롯의 단계를 통해 나타나는가'를 검토해
본다.**
　인물을 개성화하는 중요한 특성 중의 하나는 그의 욕구이다. 인
물의 마음속 깊은 곳에 있는 동기, 혹은 욕구, 혹은 최종 목표가
그의 선택과 행동을 좌우한다. 욕구 추구의 장애가 되는 갈등이
각 장면마다 논리적이고 일관성 있는 과정으로 구축되기 위해서는
욕구의 과정이 추적되어야 한다.[86]

---

84) Brandilyn Collins, *Getting into Character*, Wiley & Sons, Inc., 2002, pp. 94~95 참조.
85) Ibid., p. 38 참조.
86) Ibid., pp. 37~38 참조.

셋째, 인물의 변화가 자연스러운가를 따져 본다.

감정의 성장 과정은 자연스러워야 한다. 독자들은 이야기의 위기와 절정을 통해 인물의 변화를 기대한다. 그러나 그것은 미리 예비된, 정서적으로 믿을 수 있고 사실적인 감정의 자연스러운 채색 과정을 보여 주었을 때[87] 독자의 공감을 얻어 낼 수 있는 것이다.

2. 플롯 구성

플롯 구성의 면에서, 독자가 소설을 읽었을 때 플롯을 만족스럽게 느끼게 되는 경우는 소설을 읽는 동안 극적 긴장감이 유지되고, 그것이 의미 있는 결말로 연결되었을 때일 것이다.

독자들이 주인물과 강한 감정적 연루를 느끼면서 그가 목표를 성취할 수 있을지의 여부를 마음 조이면서 보도록 하는 것이 바로 극적 긴장감이다. 만일 독자의 입장에서 작품을 읽었을 때, 전체적으로 혹은 특정 부분에서 소설의 전개가 지루하게 느껴졌다면 극적 긴장감의 결여라는 측면에서, 다음과 같은 점들을 분석적으로 검토해 보아야 할 것이다.

첫째, '플롯 포인트는 적절한가?'를 따져 본다.

발단에서 전개로, 그리고 전개에서 절정 및 결말 단계로 이행하는 지점을 플롯 포인트라고 하는데, 제임스 스콧 벨은 이를 '돌아갈

---

87) Ibid., p. 103 참조.

수 없는 문'이라는 개념으로 설명한다. '돌아갈 수 없는 문'이란 인물을 사건 속으로 떠미는 어떤 지점이다. 일단 문을 통과하면, 갈등이 일어날 수 있으며, 이 갈등을 통해 위기 혹은 흥미가 높아질 수 있는 것이다.

둘째, '환경과 상황이 긴장감을 주는가'를 살펴본다.
소설창작의 입장에서, 플롯이란 '특별한 환경이나 상황 속에서 목표를 추구하게 된 어떤 인물이, 장애물을 만나고 이를 극복하거나, 이에 패배하는 결말을 맞이하는 체계'라고 할 수 있다. 그러므로 인물의 목표나 장애물, 환경이나 상황 등이 얼마나 유기적으로 작용하여 극적 긴장감을 구성해 내는가 하는 것이 평가의 요소가 될 수 있을 것이다. 만일 상황이 충분히 강력하다면, 인물들은 저절로 행동하고 반응할 것이다. 그들은 생생하게 움직이고 행동으로써 그들이 누구인지를 말할 것이다.[88]

셋째, '이야기의 중요한 매듭은 모두 풀렸는가'를 검토해 본다.
이것은 무엇보다도 소설의 결말과 관련이 되어 있다. 소설의 전개 과정에서 극적 긴장감을 잃지 않고 독자를 끌어 왔다고 해도, 이야기의 중요한 매듭이 남겨진 채로 결말이 맺어진다면 이야기의 성실성에 대해 독자는 의구심을 품게 될 것이다.

---

88) Noah Lukeman, op. cit., p. 70.

한편 독자의 입장에서 읽었을 때, 결말에 이르러 인물이나 사건들의 합당한 연관들로써 드러나는 소설의 의미를 찾을 수 없다면, 다음과 같은 점들을 검토해 보아야 할 것이다.

첫째, 결말이 논리적인가를 살펴본다.

플롯이란 인과관계를 토대로 논리를 구축하는 작업이다. 그동안 전개되어 온 사건들이 합당한 연관 속에서 귀결되었는가가 우선적으로 검토되어야 할 것이다.

둘째, '캐릭터 아크의 구조(build)가 있는가'를 검토해 본다.

위대한 플롯에는 위대한 인물들이 있다. 인물의 변화는 플롯을 심화시키고 주제를 표현하는 방법이다. 우리가 인물을 만나고 그의 의식의 층에 대해 눈치를 채는 시작 지점, 대부분 마지못해서이지만, 인물이 반드시 통과해야만 하는 문, 의식의 층들에 충격을 주는 사건들, 심화되는 혼란, (때때로 에피파니를 통한) 변화의 순간, 그 결과 등으로 이루어진 구조가 있어야 한다. 그렇지 않으면 인물의 변화는 납득이 가지 않을 것이기 때문이다.[89]

셋째, '결말은 여운을 남기는가'를 살펴본다.

성공적인 작품의 결말은 독자로 하여금 그 작품 자체의 기본적인 가치를 깨닫게 하는 동시에 여운을 남기는 것이다. 작가의 침입처럼 보이지 않으면서, 무슨 일이 있었는지, 그리고 어떻게 될 것인지

---

89) James Scott Bell, op. cit., pp. 141~142.

에 대한 암시를 남기는 것은 작품을 마무리하면서 독자의 몫을 남기는 일이다.

3. 시점 구성

시점 구성에 있어서는, 작가가 시점을 잘 다루고 있다면, 독자들은 시점을 거의 의식하지 못한 채 이야기에 사로잡히고 서술자나 시점인물을 통해 작가의 세계관을 전달받게 된다.

소설창작에서 시점의 구성은 독자에게 최고의 경험을 제공하는 계획으로서 작가가 조절하는 것(author-controlled)[90]이 되어야 한다. 독자의 입장에서 소설을 읽었을 때, 서술자의 전달 방식이 매끄럽지 않아 이야기에 몰입할 수 없다면 다음과 같은 점들을 검토해 보아야 할 것이다.

첫째, '한 장면에 한 시점이 쓰이고 있는가'를 살펴본다.
독자들을 혼란에 빠뜨리지 않기 위해서 한 장면에는 한 시점으로 쓰는 것이 적합하다. 왜냐하면 우리는 한 사람의 서술자나 초점인물로부터 경험하는 리얼리티에 익숙해서 작가가 하나의 허구적인 시점을 다른 사람들로 옮길 때마다, 독자들이 심리적인 적응을 해야 하기 때문이다. 한 장면에 두 개 이상의 시점이 쓰인다면 스토리는 분열되고, 비실재적으로 느껴질 것[91]이다.

---

90) Alicia Rasley, op. cit., p. 40.

둘째, 서로 다른 서술자의 목소리는 구분되는가를 따져 본다.

한 작품 안에서 서로 다른 서술자를 활용하는 것은 대체로 관점의 차이를 드러내기 위함이다. 이때, 서술자의 말을 통해 목소리가 구분되지 않는다면 주제를 전달하기에 앞서 누가 누구인지에 대해 독자의 혼란을 야기할 것이다.

셋째, '서술자 혹은 초점인물의 내면을 충분히 보여 주었는가'를 검토해 본다.

인물의 목표나 갈등이 독자들에게 중요하게 생각될 수 있으려면, 독자들이 인물과 함께 사건에 참여하여 경험이 창조되는 일체감을 느낄 수 있도록 하려면 서술자 혹은 초점인물의 내면이 충분히 제공해야 하기 때문이다.

한편, 독자의 입장에서 소설은 재미있게 읽히는데 주제의 파악이 어렵다면, 시점 구성의 측면에서는 다음과 같은 점들을 검토해 보아야 할 것이다.

첫째, '사건이 잘 전달되고 있는가'를 따져 본다.

서술자의 첫 번째 목적은 이야기를 하는 것, 사건의 전개를 묘사하는 것이다. 서술자 혹은 초점인물은 사실을 정확하고 자세하게, 솔직하게 말할 수 있는 매너를 지니고 있어야 한다. 그렇지 않으면 독자가 기본적인 차원에서 무엇이 벌어지는지를 알 수 없기 때문

---

91) Nancy Kress, op. cit., p. 162 참조.

이다.92)

　둘째, '서술자의 태도는 확실히 드러나는가'를 검토해 본다.
　태도란 인물의 독특한 세계관이며 자아상과 심리 상태, 그리고
의도 등과 혼재되어 있는 것93)으로 플롯에 대한 감정적 반응94)이
라고 할 수 있다. 특히 신빙성 없는 서술자나, 풍자적 어조를 활용한
경우 서술자의 태도가 확실히 드러나지 않으면 말해지는 것과 해석
되는 것 사이의 긴장을 독자들에게 느끼게 할 수 없을 것이다.

　셋째, '서술자 혹은 초점인물의 내적 성찰이 있는가'를 살펴본다.
　인물의 변화는 플롯을 심화시키고 주제를 표현하는 방법이다.
시점 구성의 측면에서는 이러한 인물의 변화가 독자들을 감정적으
로 설득해 낼 수 있도록 진행되었는지를 내적 성찰(introspection)을
중심으로 검토해 보아야 할 것이다. 내적 성찰은 서술자와 초점인
물의 사고와 느낌을 포함하며, 플롯의 인간적인 계기에 대한 독자
의 이해를 깊게 하고, 인물의 특수한 내적 반응을 통하여 이야기를
개성화95)할 수 있기 때문이다.

92) Noah Lukeman, op. cit., p. 55 참조.
93) Alicia Rasley, op. cit., p. 75.
94) James Scott Bell, op. cit., p. 246.
95) Alicia Rasley, op. cit., p. 11.

4. 배경 구성

배경은 독자를 생생한 스토리의 세계로 안내하며, 인물에게 동기를 부여하거나 인물을 설명하고, 플롯의 구조를 탄탄하게 하여 스토리 통합을 강화하고 주제를 명확히 하는 데 기여[96]해야 한다.

생생한 배경의 제시는 독자를 배경 안으로 끌어들인다. 이야기 안에 있는 많은 것을 실제 감각을 통해 생생하게 전달할 때 독자는 소설 속으로 걸어들어 오는 것이다. 만일 독자의 입장에서 배경의 활력을 느끼지 못한다면 다음과 같은 점들을 검토해 보아야 할 것이다.

첫째, '사실적인 정확성(accuracy)이 유지되는가'를 따져 본다.

배경에 대한 사실적 자료는 실제적으로 허용될 수 있는 만큼 정확하지 않으면 안 된다. 사실적인 정확성이 결여된 배경 묘사는 독자의 신뢰를 잃게 하고 소설에 대한 흥미를 떨어뜨리기 때문이다. 만일, 자신이 창조해 낸 가공의 장소를 제시하더라도 그 배경에 대한 내적 사실적인 지속성[97]이 있어야 하며, 불가능한 장소, 즉 존재할 수 없는 장소를 제시하더라도, 그 세계를 위한 체계를 만들어 내고 그것을 정확히 지키는 일이 중요하다.

---

96) Jack M. Bickham, op. cit., p. 3.
97) Ibid., p. 19.

둘째, '배경의 묘사가 서술자의 시점과 부합하는가'를 검토해 본다.

서술자가 제한된 시점을 가지고 있을 때, 서술자의 서술 능력이나 시점을 초월하는 배경 묘사 역시 독자의 신뢰를 깨뜨리기 때문이다.

셋째, '구체적이고 분명한 세부 사항을 제공했는가'를 살펴본다.

감각적이고 구체적이고 분명한 세부 사항은 독자를 자연스럽게 스토리 세계로 이끌기 때문이다.

한편, 독자의 입장에서 소설을 읽었을 때 배경과 주제가 유기적인 관련을 맺지 못하고 있다면, 다음과 같은 점들을 검토해 보아야 할 것이다.

첫째, '배경이 일정한 분위기를 형성하는가?'를 살펴본다.

소설의 분위기는 스토리의 상징적인 기반을 조성하여 주제를 드러내는데, 배경은 소설에서 분위기를 형성하는 중요한 요소이기 때문이다.

둘째, 인물의 배경이 인물의 동기와 행동에 대한 구체적인 정보를 제공하고 있는지를 검토해 본다.

배경은 인물이 왜 그렇게 행동하는지에 대해서 독자를 이해시키는, 신뢰할 만한 인물을 창조하는 열쇠가 된다. 만일 인물이 현재 중요한 변화를 하고 있다면, 이러한 행동이나 변화를 명확히 할 만한 배경이 필요하다.98)

셋째, '배경 묘사는 서술자나 초점인물의 감정을 반영하는가'를 살펴본다.

스토리가 누구에 대한 것이며, 작가는 어떤 배경을 보여 주는가, 그리고 그 모든 것이 어떻게 독자에게 느껴지는가 하는 것이 일관되어야 하며 서로를 강화시켜 주어야 한다. 실제 세계의 사람들처럼 서술자나 초점인물도 자신의 현재 감정이라는 렌즈를 통해 그 배경을 해석[99]할 것이기 때문이다. 인물의 시각에 비춰진 배경은 결코 중립적이지는 않다.

5. 창작론적 비평의 평가 기준표

위에서 살펴본 독자로서 읽고 고쳐 쓰기 위한 분석의 기준을 표로 제시하면 다음과 같다. 초보 작가가 초고를 마무리한 다음, 퇴고와 수정을 위해 독자로서 자신의 소설을 다시 읽는다는 것은 소설을 완성해야 하는 작가의 눈으로 작품을 분석해서 읽어 보자는 입장이기 때문에 이를 창작론적 비평[100]의 평가 기준이라고 부르기로 한다.

98) Linda Seger, *Creating Unforgettable Characters*, New York: Henry Holt and Company, LLC, 1990, p. 58.
99) Jack M. Bickham, op. cit., p. 102.
100) 이에 대한 이론적 논의는 이미란, 「창작론적 비평의 방법론 연구(完)」 참조.

창작론적 비평의 평가 기준표

창작의 요소		통합적 준거	분석적 준거		
			적확성	일관성	친화성
인물 구성	흥미	개성화되어 있는가?	인물이 구체적인 세부 사항을 통해 드러나는가?	인물의 성격에 어울리는 목소리인가?	인물의 감정(인물의 내적 가치+욕구+갈등)이 풍부하게 드러나는가?
	의미	인간성에 대한 발견이 있는가?	인물의 행동에는 명백한 동기가 있는가?	인물의 욕구는 플롯의 단계를 통해 나타나는가?	인물의 변화는 자연스러운가?
플롯 구성	흥미	극적 긴장감이 있는가?	플롯 포인트는 적절한가?	환경과 상황이 긴장감을 주는가?	이야기의 중요한 매듭은 모두 풀렸는가?
	의미	의미 있는 결말인가?	결말은 논리적인가?	캐릭터 아크의 구조가 있는가?	결말은 여운을 남기는가?
시점 구성	흥미	이야기가 자연스럽게 전달되는가?	한 장면에 한 시점이 쓰이고 있는가?	서로 다른 서술자의 목소리는 구분되는가?	서술자 혹은 초점인물의 내면을 충분히 보여 주었는가?
	의미	주제는 잘 드러나는가?	사건이 잘 전달되고 있는가?	서술자의 태도는 확실히 드러나는가?	서술자 혹은 초점인물의 내적 성찰이 있는가?
배경 구성	흥미	배경은 생생하게 제시되었는가?	사실적인 정확성이 유지되는가?	배경 묘사는 시점의 제한에 부합하는가?	구체적이고 분명한 세부 사항을 제공했는가?
	의미	주제를 드러내는 데 기여하는가?	배경이 일정한 분위기를 형성하는가?	배경은 인물의 동기와 행동에 대한 정보를 제공하는가?	배경 묘사는 서술자 혹은 초점인물의 감정을 반영하는가?

참고문헌

권택영, 『감각의 제국: 라캉으로 영화 읽기』, 민음사, 2001.

──────, 『소설을 어떻게 볼 것인가』, 문예출판사, 1995.

김천혜, 『소설 구조의 이론』, 문학과지성사, 1990.

문순태, 『소설창작연습』, 태학사, 1998.

문순태 외, 『열한 권의 창작 노트』, 도서출판 창, 1991.

문흥술, 「외연적 넓이의 확장과 내포적 깊이의 부재, 그리고 70년대적인
　　　문학」, 『한국소설문학대계 58: 최인호』, 동아출판사, 1995.

송하춘, 『발견으로서의 소설기법』, 현대문학, 1993.

우한용, 「생명과 자유의지의 언어형상」, 『한국소설문학대계 59: 한승원』,
　　　동아출판사, 1995.

이광호, 「서사는 가끔 탈주를 꿈꾼다」, 성석제, 『조동관 약전』, 도서출판
　　　강, 2003.

이규정, 『현대소설의 이론과 기법』, 박이정, 1998.

이승우, 『당신은 이미 소설을 쓰기 시작했다』, 마음산책, 2006.

이성욱, 「우리 시대의 죄, 혹은 죄의식」, 『한국소설문학대계 51: 조세희』,
　　　동아출판사, 1995.

이미란, 「이인칭 서사의 시점 연구」, 『현대문학이론연구』 86집, 2021.

──────, 「창작론적 비평의 방법론 연구(完)」, 『현대문학이론연구』 56집,
　　　2014.

_____, 「이인칭 소설의 서사전략 연구」, 『현대문학이론연구』 41집, 2010.

_____, 「이인칭 소설의 창작유형 연구: '너/당신'의 정체성과 서술자의 위치를 중심으로」, 『한국언어문학』 71집, 2009.

이성욱, 「우리 시대의 죄, 혹은 죄의식」, 『한국소설문학대계 51: 조세희』, 동아출판사, 1995.

전상국, 『당신도 소설을 쓸 수 있다』, 문학사상사, 1991.

정한숙, 『현대소설 창작법』, 웅동, 2000.

정홍수, 「피에타, 그 영원한 귀환」, 신경숙, 『엄마를 부탁해』, 창비, 2008.

조정래, 『소설창작, 나와 세계가 만나는 길』, 한국문화사, 2000.

최현섭·박태호·이정숙 공저, 『구성주의 작문 교수·학습론』, 박이정, 2000.

현길언, 『소설쓰기의 이론과 실제』, 한길사, 1994.

한승원, 『한승원의 소설 쓰는 법』, 랜덤하우스, 2009.

황국명, 「이인칭서사의 서술특성과 의미 연구」, 『현대소설연구』 41호, 2009.

데이몬 나이트, 김달용 옮김, 『소설창작법』, 신구문화사, 1996.

로널드 B. 토비아스, 김석만 옮김, 「인간의 마음을 사로잡는 스무가지 플롯」, 풀빛, 2005.

롤랑 부르뇌프·레알 월레, 김화영 편역, 『현대소설론』, 현대문학, 1996.

루이즈 디살보, 이미란·김성철 옮김, 『치유의 글쓰기』, 경진출판, 2018.

린다 카우길, 이문원 옮김, 『시나리오 구조의 비밀』, 시공사, 2003.

마르틴 부버, 표재명 옮김, 『나와 너』, 문예출판사, 2001

S. 리몬-케넌, 최상규 옮김, 『소설의 시학』, 문학과지성사, 1985.

M. H. Abrams, 최상규 옮김, 『문학용어사전』, 대방출판사, 1985.

월터 베선트·헨리 제임스, 윤기한 옮김, 『소설의 기법』, 문경출판사, 1996.

웨인 부스, 최상규 옮김, 『소설의 수사학』, 새문사, 1985.

E. M. 포스터, 이성호 옮김, 『소설의 이해』, 문예출판사, 1975.

제랄드 프랭스, 최상규 옮김, 『서사학』, 문학과지성사, 1988.

제랄드 프랭스, 이기우·김용재 옮김, 『서사론사전』, 민지사. 1992.

J. 피츠제럴드·R. 메레디트, 김경화 옮김, 『소설작법』, 청하, 1982.

클리언스 브룩스·로버트 펜 위렌, 안동림 옮김, 『소설의 분석』, 현암사, 1985.

핼리 버넷·휘트 버넷, 김경화 옮김, 『소설작법』 II, 청하, 1992.

Alderson, Martha. *Blockbuster Plots Pure and Simple*. Los Gatos, Califonia: Illusion Press, 2004.

Bailey, Tom. *A Short Story Writer's Companion*. New York: Oxford University Press, 2001.

Bell, James Scott. *Plot & Structure*. Cincinnati, Ohio: Writer's Digest Books, 2004.

Burroway, Janet·Stuckey French, *Elizabeth Writing Fiction: A Guide to Narrative Craft*, Pearson Longman, 2007.

Bickham, Jack M. Setting. *Writer's Digest Books*. Cincinnati, Ohio: 1994

Collins, Brandilyn. *Getting into Character*. New York: Wiley & Sons, Inc., 2002.

Kress, Nancy. *Characters, Emotions & Viewpoint*. Cincinnati, Ohio: Writer's Digest Books, 2005.

Lukeman, Noah. *The Plot Thickens: 8 Ways To Bring Fiction To Life*. New York: St. Martin's Press, 2002.

Macauley, Robie & Lanning, George. *Techique in Fiction*. New York: Harper & Row, 1964.

Rasley Alicia. *The Power of Point of View*. Cincinnati, Ohio: Writer's Digest Books, 2008.

Schofield, Dennis. "The Second Person: A point of View? The Function of Second-Person Pronoun in Narrative Prose Fiction". Deakin University, Australia, 1998.

http://members.westnet.com.au/emmas/ 2p/thesis/Oc.Htm

Seger, Linda. *Creating Unforgettable Characters*. New York: Henry Holt and Company, LLC, 1990.

http://www.munhak.com/md/97fall/김화영.htm.

www.soriso.com

이미란

소리를 찾아낼 수는 없을까?

불현듯 떠오른 생각이었다. 소리만 찾아낸다면, 누명을 벗을 수 있지 않은가 말이다. 그가 해고보다 더 견딜 수 없는 건 회사의 기밀을 누설했다는 누명이었다. 자신은 그것이 공공연한 비밀인 줄 알았다. 그룹 내의 비슷한 계열의 회사들이 합병되는 것은 요즘 들어 흔한 일이었다. 망년회의 2차 술자리에서 부장이 그 말을 끄집어내었을 때, 모두들 우리 회사도 올 것이 왔구나 하는 얼굴로 받아들이지 않았던가. 만일 그것이 보안을 요하는 기밀 사항이었다면 누설의 책임은 부장이 져야 했다. 사표를 요구하는 국장에게 그는 항의했다. 그러나 그날 2차 술자리에 참석했던 그 누구도 그에게 동조해 주지 않았다. 부장이 그런 말을 한 적이 없다는 거였다.

"만일 그것이 회사의 일급비밀이고, 제가 그 자리에서 그 말을 듣지 않았다면 말입니다. 일개 대리에 불과한 제가 어떻게 그 사실을 알았겠습니까?"

그는 국장에게 논리적으로 추론해 볼 것을 요구했지만, 국장은 입술을 비틀며 대꾸했다.

"글쎄, 우리도 그 점이 궁금하네."

퇴직금 봉투를 아무렇게나 쑤셔 넣고, 그는 사무실에 들르지도 않고 그대로 회사를 나왔다. 벌어먹고 살기 어려운 세상이 되었다고는 하지만 이 정도인 줄은 몰랐다. 그래도 한솥밥을 몇 년 같이 먹은 사이들인데 동료가 생매장되고 있는 현장을 보고도 그렇게 시치미를 뗀다는 말인가.

회사에 다시 돌아가고 싶은 생각은 추호도 없었다. 그러나 누명만은 벗고 싶었다. 자신이 비밀을 발설하고도 부하 직원에게 책임을 돌린 파렴치한 부장과, 사실을 알고도 목구멍 걱정에 양심을 버린 동료들을 패대기치고 싶었다.

도대체 소리는 왜 사라져 버린다는 말인가? 소리가 사라지지 않고 남아 있다면 이런 일이 애초에 벌어지지 않았을 것 아닌가.

어딘가에 거대한 소리의 저장고가 있다면, 필요할 때마다 소리를 끄집어내어 그때 네가 이 말을 하지 않았느냐 밝혀 볼 수 있다면, 세상은 얼마나 더 진실해질 것인가.

조심스레 방문을 두드리는 소리가 났다. 며칠째 아내는 그의 눈치만을 보고 있었다. 몸이 안 좋아 연가를 내었다고 둘러대었으나, 아내는 믿지 않는 것 같았다. 언제라도 부딪칠 일, 아내가 적당한 선에서 자신의 실직을 알아채 준다면 더 나을지도 몰랐다.

"저, 성당에 좀 다녀올 게요."

레지오 모임에서 혼자 사는 노인들을 방문하기로 한 날이라며 미안해 하는 얼굴로 아내는 나갔다. 아내가 독실한 믿음을 가지고 있는 건 고마운 일이었다. 어떠한 난관이 있더라도 아내는 헤쳐나가 줄 것 같았다.

그는 책상에서 내려와 방바닥에 벌러덩 누웠다. 아내에게는 보이고 싶지 않은 모습이었다. 실직을 흔히 '구들장만 지고 있는 신세'라고들 표현하지 않던가.

현관문 닫히는 소리가 나고, 이어 달그락 열쇠 잠기는 소리가 났다. 그는 온 귀를 기울여 소리가 공기를 타고 그에게 전해져 와서 사라지는 것을 느껴 보았다.

도대체 소리는 어디로 간다는 말인가. 머릿속으로는 금방 들은 현관문 닫히는 소리와 열쇠 잠기는 소리를 선명하게 재생할 수 있을 것 같은데 말이다. 혹시 소리는 어딘가에 그대로 남아 있는데, 단지 인간이 그것을 식별해 내지 못하는 건 아닐까?

에너지 보존의 법칙!

그는 벌떡 일어나 앉았다. 고등학교 때, 이마가 벗겨진 물리 선생이 지상 최고의 진리라도 선포하는 것처럼, 대나무 막대기로 자신의 손바닥을 딱딱 때려가며 읊조렸던 법칙 아닌가.

우주에 있어서의 물질과 에너지의 총화는 일정하여 결코 더 이상 조성되거나 소멸되는 일이 없다. 변하는 것은 형태뿐이고 본질은 변하지 않는다.

물리 선생의 금속성 섞인 비음이 생생히 들려오는 듯했다. 그래, 소리도 하나의 에너지라면 소멸되지는 않았을 것이다. 어딘가에 남아 있을 것이다. 형태는 변해 있을지라도. 어쩌면 그것은 재생이 가능할지도 모른다. 빛의 속도보다 빠르게 움직여 시간 여행이 가능하다면, 소리의 속도보다 빠르게 움직여 소리를 찾아낼 수 있지 않을까? 빛의 속도에는 아직 이르지 못했지만, 소리의 속도는 이미 뛰어 넘는 엔진을 만들어 내지 않았는가. 현대 과학은 말이다.

이것은 풀 수 있는 문제다!

그는 컴퓨터 앞으로 달려갔다.

웹페이지의 검색 결과 136,625개의 문서가 검색되었습니다.

그가 맨 먼저 들어간 검색 엔진에서 '소리'를 검색어로 집어넣자 떠오른 메시지였다. 13만 개가 아니라 130만 개라도 좋았다. 그는 투지를 다지며 화면을 이동시키기 시작했다. 조그만 실마리라도 보인다면 어떠한 사이트라도 들어가 볼 참이었다.

http://www.soriso.com/contact.html

그가 이 사이트에 접한 건 밤낮없이 인터넷을 뒤지고 다닌 지 사흘째였다. 소리에 관한 물리적 지식에서부터 소리에 관한 첨단 기술에 이르기까지 수많은 정보를 헤집고 다니다가 문득 발견한 것이었다.

소리 항해, 사라진 소리를 찾아서.

사이트의 소개는 단 한 줄뿐이었지만, 섬광처럼 어떤 예감이 지나갔다.

설마 판소리나 민요를 찾아서는 아니겠지.

예감이 주는 느낌이 너무 날카로워, 그는 일부러 눙치며 중얼거려 보기도 했다. 자판을 두드리는 그의 손가락은 이미 떨고 있었다.

사라진 소리를 찾아서 소리 항해를 떠나실 분은 이메일 주시기 바랍니다.

검정 바탕에 '소리소'라는 흘림체의 한글과 'soriso.com'이라는 고딕체의 영문이 흰 글자로 새겨져 있는 홈페이지에는 짧은 안내문과 함께 달랑 이메일의 주소만이 나와 있었다.

email:webmaster@soriso.com

– 귀사에 대해서 알고 싶습니다. '소리소'가 무엇입니까?
– 세상의 모든 소리가 모여 있는 곳입니다. '소리소'의 '소'는 못이라는 뜻의 소(沼)입니다. '소리가 모여 있는 못'이라는 뜻이지요.
– 소리가 모여 있다는 것이 가능한 일입니까? 소리는 사라지지 않습니까?
– 소리는 사라지지 않습니다. 잃어버릴 뿐이죠.
– 이해가 되지 않습니다. 좀 더 상세한 답변을 바랍니다.
– 어릴 적 귀하를 부르는 어머니의 목소리를 떠올려 보십시오. 어머니는 돌아가셨어도 어머니의 목소리는 귀하의 머릿속에 생생히 남아있지 않습니까? 같은 이치입니다. 더 이상의 답변은 회사의 기밀에 속하는 것이므로 말씀드릴 수 없음을 양해해 주십시오.
– 사라진 소리라고 하는 것은 어떠한 것들을 말합니까?
– 세상의 모든 소리를 말합니다. 사람의 말, 자연계의 음향, 연주된 음악 등등입니다.
– 사라진 소리를 찾으려면 어떻게 해야 됩니까?

－ 찾고 싶은 소리를 구체적으로 말씀해 주십시오.

－ 망년회 때, 저희 회사 부장이 했던 말을 찾고 싶습니다. 회사가 곧 합병될 거라는 말입니다. 부장은 그런 말을 한 적이 없다고 하고, 그 말을 같이 들었던 동료들 역시 그런 말을 들은 적이 없다고 합니다. 들은 말을 고등학교 동창 모임에 옮겼던 저는 회사의 기밀을 누설했다고 해고당했습니다. 부장의 말을 찾아 진실을 밝히고 싶습니다.

－ 세상의 진실을 밝히는 게 저희 회사의 소명입니다. 정의의 이름으로 당신을 환영합니다. 소리 항해를 떠나고 싶은 날, 언제라도 연락 주십시오.

C.P : 01X-9618-XXXX

메일을 주고받으면서 그는 홀린 듯한 기분을 감출 수가 없었으며 특히 마지막 메일의 문구들은 그의 지성에 다소 걸림돌이 되었다. '세상의 진실을 밝힌다'느니, '정의의 이름으로'라는, 현실 세계에서는 생경한 말들이 무슨 종교 집단 같은 냄새를 풍겼다. 그러나 전화 속의 음성은 명료하고도 정중했다. 그는 목소리에도 인품과 지성이 존재한다고 믿는 사람이었다. 전화 속의 음성은 최고 교육을 받고 세련된 교양을 지닌 사람만이 낼 수 있는 목소리였다.

사라진 소리를 찾고자 하는 사람들은 어떤 사람들일까. 대체로 자신과 같이 억울한 일을 당한 사람들이 아닐까? 왜곡된 사실을 바로잡고자 하는 사람들일 것이다. 이 회사를 세운 이도 자신처럼 무슨 부당한 일을 당했는지 모른다. 그래서 사라진 소리를 찾아 헤매다 드디어 그곳을 발견하고 소명의식을 느꼈는지도 모른다.

종교를 가진 사람이라면 더욱 그랬을 것이다. 하도 타락한 세상이라 '진실을 밝히고 정의를 세운다'는 일이 낯설게 들리지만, 그것은 옳은 일이 아닌가. 종교 집단이면 어때? 세상의 빛과 소금이 되고자 하는 이들은 그래도 그런 사람들인데. 그래, 에너지 보존의 법칙! 이 세상 어딘가엔 사라진 소리들이 모여 있는 거야.

여행이 얼마나 걸리느냐는 질문에 전화 속의 음성은 개인차가 있다고 대답했다. 사흘에서 닷새쯤 말미를 두고 떠나는 게 좋겠으며, 경비는 시간에 따라 추가되므로 여행이 끝나고 지불하면 된다고 했다.

며칠 여행을 다녀오겠다고 하자 아내는 고개를 끄덕였다. 삶을 재충전하는 데 있어서, 컴퓨터 앞에 앉아서 밤을 새우는 것보다는 마음 가는 대로 여기저기 다니며 바람을 쏘이는 게 더 나을 것 같다는 이야기도 덧붙였다. 한 번도 그의 말을 거슬러 본 적이 없는 아내였다. 천국이 있다면, 아내의 치맛자락만 잡고 있어도 도달할 수 있을 것 같았다. 그는 아내에게 그 음성의 전화번호를 적어 주며 일주일이 지나도 자신이 돌아오지 않으면 경찰에 신고하여 전화번호를 추적해 보라고 일렀다. 무슨 일이냐고, 누구를 만나러 가느냐고 아내의 얼굴이 단박에 불안감에 젖었다. 친구를 만나러 가는데, 하도 오랜만에 만나기 때문에 그 친구가 무슨 일을 하는지 종잡을 수 없어서일 뿐이라고, 세상이 하도 험하니까 만일을 몰라서 그러는 것일 뿐이라고, 그는 대범하게 대꾸하며 집을 나섰다.

전화 속의 음성과 만나기로 한 장소는 산자락의 전망 좋은 곳에 위치한 고급 빌라였다. 막연히 여행사 같은 사무실을 연상하고 있었던 그에겐 뜻밖이었다. 그러나 전화 속 음성의 소유자는 그가 상상한 바와 같이 중후하고 세련된 사내였다. 사내는 노트북을 열고 메모를 하면서 그가 찾고 싶은 소리에 대해 꼼꼼히 물었다. 그가 흥분해서 말을 더듬을 때는 잔잔하게 웃으며 기다려 주었고, 가끔씩 고개를 끄덕이며 그의 생각에 동조하는 제스처를 취하기도 했다. 사내는 마치 정신과 의사와도 같은 분위기였는데, 그가 만일 정신과 치료를 원했다면, 이야기를 하는 것만으로도 상처가 치유되었다고 느낄 수 있을 만큼 사내의 듣는 자세는 진지하고 성실했다.

"그런데 언제 떠나죠?"

"일단은 저녁 식사를 함께 하시고, 좀 어두워진 다음에 떠나도록 하시죠."

"낯선 길인데, 밝을 때 출발하는 게 낫지 않을까요? 찻시간이 맞지 않나요?"

사내는 빙긋 웃었다.

"차를 타고 갈 수 있는 곳이 아닙니다."

"네?"

"그곳은 너무나 멀고도 험한 길이기 때문에 인간의 몸으로는 갈 수 없는 길이지요."

"네?"

"혹시 유체 이탈이라고 들어 보셨나요?"

"사람이 죽으면 몸에서 영혼이 빠져 나간다는 것 말씀이십니까?"

"그렇지요. 그 원리를 이용해서 여행을 떠나는 것입니다."

그는 불안해졌다. 유체 이탈이라니, 영화 같은 데서나 나오는 일이 아닌가? 실제로 그럴 수 있다는 말인가?

"유체 이탈을 해서 '소리소'라는 곳에 간다는 말인가요?"

설령 그럴 수 있다 하더라도 자신이 그러한 경험을 하고 싶지는 않았다. 몸에서 영혼이 빠져 나간다니, 섬뜩한 일이었다. 무엇을 믿고 이 낯선 곳에 자신의 몸을 부려 놓는다는 말인가?

"유체 이탈이라고 하는 게 그렇게 어려운 일이 아닙니다. 조금만 단련하면 누구나 할 수 있는 일이죠. 물론 용기가 필요한 일이긴 합니다. 약간의 용기만 있다면 우리는 인간의 육체로는 접할 수 없는 굉장한 세계와 만나게 되는 거죠."

사내의 목소리는 잔잔하면서도 흡입력이 있었다.

"꺼림칙하시면 그만 두셔도 좋습니다. 저희 회사의 신과학 연구는 고객의 전적인 신뢰를 바탕으로 이루어지는 것이거든요."

"신과학 연구라고요? 이 회사가 신과학을 연구하는 곳입니까?"

"그렇습니다. 아시다시피 근대 과학의 선형 이론은 이미 한계에 부딪쳤습니다. 과학이라고 하는 게, 혹은 진리라고 하는 게 결국 세상의 이치를 벗겨내는 작업이 아니겠습니까? 근대 과학으로는 설명해 낼 수 없는 복합적인 현상이나 정신 활동의 영역에서 저희들은 정신 에너지를 활용하여 폭넓은 성과를 거두고 있는 중입니다."

"그러니까, 소리를 찾아내는 것도 그, 신과학의 범주에 들어가는 것이라는 말씀이죠?"

"그렇지요. 종래의 이론대로라면 소리란 자연계로 환원되는 것이지, 결코 찾아낼 수 있는 게 아니지 않습니까."

에너지 보존의 법칙이니 뭐니 하고 추론해 보긴 했지만, 현실에서 사라진 소리를 찾는 게 과연 가능한가, 더구나 유체 이탈 운운하

는 것을 보고 무슨 교묘한 사기에 걸려든 것은 아닌가 하고 미심쩍
어 했던 그는 의구심이 확 풀리는 것을 느꼈다. 사라진 소리를 찾을
수 있을지도 모른다는 자신의 생각이 근대 과학을 뛰어넘는 발상이
라는 점에 으쓱해지기도 했다.

"어때요, 한번 소리를 찾아 떠나보시겠습니까?"

사내는 그의 눈을 찬찬히 들여다보았다. 그는 고개를 끄덕였다.

그가 눈을 떴을 때, 사내는 바위에 걸터앉아 있었다.

"자아, 제 손을 잡고 나오세요. 하나, 두울, 셋!"

침대에 누워 사내가 묻는 말에 대답을 하며, 이런저런 이야기를
나누다가 슬몃 잠이 들었는데, 갑자기 사내의 목소리가 들렸다.
그는 눈을 떠서 하나, 두울, 셋 하고 침대 곁에서 서 있는 사내의
손을 잡으려 했으나 쉽지가 않았다. 가위 눌리는 꿈에서 벗어나고
자 할 때, 의식은 있는데 몸이 움직여 주지 않는 것과 비슷했다.

"정신을 모아 보세요. 온 기운을 이마에 모으고 제 손을 잡으세
요. 하나, 두울, 셋!"

사내의 손을 잡으려다 힘이 딸리면 스멀스멀 잠이 들었다가, 다
시 사내의 목소리에 깨어나기를 몇 번. 드디어 사내의 손을 잡는
순간 그는 자신을 확 낚아채는 강렬한 힘을 느꼈다. 그리고는 또
정신을 잃었다. 아득한 소용돌이 속으로 빨려들어 온 것 같기도
했다.

"제가, 제 몸을 빠져 나온 겁니까?"

사내는 고개를 끄덕였다. 그는 자신을 이리저리 살펴보았다. 별
반 달라진 것은 없는 것 같았다.

"그럼, 제가 빠져 나온 제 몸은 어디 있습니까?"

"연구실 침대 위에 그대로 있지요. 우리는 이미 아주 먼 길을 왔습니다. 여기가 소리소거든요."

그는 일어나서 사방을 돌아보았다. 첩첩의 골짜기에 풀도 나무도 아무것도 없었다. 온통 주름진 백색의 바위들뿐이었다. 지옥에라도 온 것일까? 공포가 잠깐 그를 사로잡았다.

"자, 저쪽 골짜기부터 뒤져 봅시다. 목소리마다 파장이 다르지 않습니까. 파장이 비슷한 소리들끼리 모여 있는 겁니다."

사내는 그의 대답을 기다리지 않고 앞장서서 걷기 시작했다. 광막한 바위산에 움직이는 거라고는 사내와 그밖에 없었다. 주름처럼 겹쳐진 바위들 때문에 사내는 불쑥불쑥 시야에서 사라지곤 했다. 그는 사내를 놓치지 않으려고 버둥대며 따라갔다. 어떤 모퉁이를 돌아서면서부터 과연 웅웅대는 소리가 들리기 시작했다.

─더러운 자식이잖아!

그는 깜짝 놀랐다. 낯익은 음성이었다.

─같이 죽자는 얘기야, 뭐야. 저 하나 조용히 물러나 주면 될 텐데, 물귀신처럼 물고 늘어지네.

─능력이 딸려 고용 조정을 당했으면, 와신상담 힘을 길러 제 몸뚱이의 상품가치를 높여야지, 치사하게 무슨 폭로야, 술자리에서 있었던 일 가지고 말야.

─우리가 모두 제 편을 들어줄 줄 알았던 모양이지? 어리석긴, 명색이 대리란 사람이 그동안 사횟물 헛먹었다니깐.

같은 사무실에 있는 동료들의 목소리였다. 그의 얼굴은 딱딱하게 굳기 시작했다. 그는 웅웅대는 바위의 골 사이에 귀를 밀착시키고 정신을 집중했다. 웅웅대는 소리는 회오리처럼 다가와 어느 순간 말이 되어 들렸다가 휑하니 사라지곤 했다.

　-김 대리, 대단해. 다들 이 보고서 좀 보라구.

　-이 자료는 어디서 구했어? 나도 한 부 복사해 가질 수 있을까?

　-김 대리님, 이 꽃, 제가 꽂아 놓은 거예요.

　-김 대리, 이제는 대리라고 불러야겠지? 승진을 축하하네.

　-김 대리, 오늘은 꼭 술 한 잔 하러 가자구!

　-김 대리, 점심은 나하고 하기로 했잖아?

　그가 잘 나가던 시절, 그의 주변을 싸고 돌았던 말들이 두서없이 다가왔다가 흩어지곤 했다. 한때는 자신을 우쭐하게 했던 그런 말들을 다시 만난 것이 그는 전혀 반갑지가 않았다. 그는 맨 처음 들었던 그 말들을 계속 듣고 싶었다. 그의 생각대로라면 그의 동료들은 지금 심한 양심의 가책을 받고 있어야 했다. 그런데 그게 아니라니, 미칠 것 같았다.

　-드디어 사표를 내겠군.

　-끈질기네요.

　-나 같으면 자존심이 상해서라도 바로 사표를 냈을 거야.

　-전별금이라도 걷어 줘야 하는 것 아냐?

　-글쎄, 그래야겠지?

　-작자의 행태를 생각하면 전별금이고 뭐고,

　-얼마씩 걷을까? 삼만 원?

　-이만 오천 원씩 해요. 여덟이니까 이십만 원이 맞춰지잖아요.

　그는 사내가 이 말을 같이 듣고 있지나 않은지 얼른 돌아다보았다. 부끄러움 때문에 온 몸이 다 화끈거렸다. 다행히 사내는 한쪽 손으로 귀를 감싼 자세로 다른 쪽을 향해 앉아 있었다.

입사 동기인 박 대리가 동네 앞 카페로 불러내어 전별금 봉투를 쥐어 주었을 때, 왜 자신은 그것을 뿌리치지 못했던가? 자신의 손을 움켜잡던 박 대리의 손을 왜 따뜻하다고 느꼈던가? 자기들의 입장을 구구히 변명하며 부장을 욕하던 말놀음에 잠시나마 왜 동조했던가?

"찾았습니다!"

사내가 그를 향해 손짓을 했다.

"선생님이 원하는 소리를 찾았습니다. 자, 이렇게 앉으셔서 들어 보십시오. 일정한 간격으로 소리가 몰려올 것입니다. 밀어낸다는 생각으로 하나씩 물리치십시오. 그러다가 여덟 번째 오는 소리를 잡는 겁니다."

그는 사내가 시키는 대로 귀를 감싸고 하나, 둘, 셋을 세기 시작했다.

…여섯, 일곱, 여덟!

—건배, 건배!

—새천년을 위하여 다시 한 번 건배합시다!

—부장님, 한 말씀 더 하시지요.

그는 숨을 죽였다. 바로 그 순간이었던 것이다.

—사실은 좋은 소식 하나, 나쁜 소식 하나가 있네. 어느 것부터 말할까?

—나쁜 소식부터 말씀하시죠. 망년회니까 먼저 듣고 잊어 버리게.

—우리 회사가 진우 주식과 합병될 것 같네.

그는 주먹을 불끈 쥐었다. 사내가 빙긋 웃으며 소형 녹음기를 들어 보였다.

-우리 일이 성공적으로 마무리되었습니다.

그러나 그는 도무지 후련하지가 않았다. 후련하기는커녕 극도의 우울로 두통조차 느껴졌다. 그가 해고되었을 때, 부장도 부장이었지만 동료들에게 느꼈던 배반감은 이루 말할 수가 없었다. 그러나 그는 동료들이 목구멍이 포도청이라고, 직장을 잃을까 봐 양심을 외면한 것이려니 여기고 있었다. 그 자신이 동료들에게, 무능력하여 해고되면서 동료들까지 구렁텅이로 끌고 들어가려 하는 인간으로 보이고 있다는 것은 꿈에도 생각하지 못한 일이었다. 정말 자신은 어떠한 사람인가? 자신이 보는 자기와 타인이 보는 자기가 그렇게 다르다는 말인가. 부장의 말을 녹음한 테이프를 회사에 보낸다면, 동료들은 과연 진실을 밝힌다고 생각할까? 오히려 자신을 마지막 인간성마저 잃은 성격파탄자로 몰아부치지는 않을까?

"오기 힘든 곳인데, 다른 소리들도 좀 듣고 가시죠? 또 찾고 싶은 소리는 없습니까?"

자신의 임무를 마쳐서인지 사내는 느긋하게 보였다. 그는 고개를 흔들었다. 자신에게 상처를 입힐 또 다른 말을 만날까 두렵기까지 하였다.

"고향의 소리들을 한번 찾아보는 게 어때요? 고향으로 돌아간 기분일 테니까 말이죠."

고향의 소리? 그는 금방 어머니를 떠올렸다. 그래, 어머니가 있지. 어머니의 따뜻한 목소리를 들을 수 있다면 상처 입은 마음이 조금 위로가 될 것도 같았다.

"어느 쪽으로 가야 하죠?"

"고향을 떠나온 지 상당히 되셨을 테니까 좀 더 깊숙이 들어가야

겠지요. 자, 이리 오십시오."

그는 사내의 손을 잡고 주름 잡힌 바위들을 건너 다른 골짜기로
들어갔다.

—태경아, 태경아, 일어나야제.

그는 가슴이 뭉클했다. 통학 기차 시간에 맞춰 그를 깨우던 어머
니 목소리였다. 자신을 조금이라도 더 재우려고 어머니는 밥상을
다 차려놓고, 세숫물까지 떠놓고 그를 부르곤 했다. 그가 행여 약한
인간으로 자랄까봐, 새벽길을 떠나야 하는 자식에 대한 안쓰러움을
감추고 어머니는 늘 밝고 활기찬 음성으로 그를 깨웠다.

—쉬, 쿵쿵, 탁, 쉬, 쿵쿵, 탁.

아버지가 돌아가신 뒤, 방앗간 일은 어머니 몫이 되었다. 그가
자전거를 끌고 사립을 나설 때면 어머니의 일이 시작되는 소리가
들렸다.

—쉬, 쿵쿵, 탁, 쉬이잇.

발동기가 꺼지는 이 소리는 반가운 소리가 아니었다. 날씨가 추
운 날은 발동기에 불이 잘 붙지 않았다. 어머니는 발동기에 불이
붙을 때까지 곱은 손으로 발동기를 몇 번이고 돌려야 했다. 머슴
두 사람과 함께 어머니는 방앗간 일을 해냈는데, 그때는 모든 게
수동식이라 사람이 곡식을 일일이 퍼 넣고 받아 붓고 다 찧으면
말로 되어 주고야 수공을 받았으니, 알부자란 소리는 들었을지언정
어머니는 뼈가 녹았을 것이다.

—태경아, 이불 좀 덮어 도라.

허리가 아파 진땀을 흘리며 고통스러워 하던 어머니의 목소리였

다. 그래도 새벽이면 언제 그랬냐는 듯, 환한 음성으로 자신을 깨우
곤 했던 어머니였다.

　-쉬, 쿵쿵, 탁, 쉬, 쿵쿵, 탁.

　어머니는 일생을 통하여 그를 깨우고, 불을 붙이고, 쉬임없이 길
을 닦아준 사람이었다. 어머니는 그의 지주였다.

　어머니.

　그는 자신도 모르게 주먹을 불끈 쥐었다. 눈물이 핑 돌았다. 어머
니를 생각하며 세상의 어떤 어려움도 헤쳐 나갈 수 있을 것 같았다.

　-아이고, 아이고…….

　바위의 골 속에서 갑자기 울음소리가 터져 나왔다. 어머니의 장
례식이었다.

　-인간사 허망하구만, 엊그제까지도 방아 찧던 사람이….

　-저렇게 빨리 갈람서 멀라 그리 애끼고 살았으까.

　-혼잣몸으로 자석들 갈칠라고 애썼제.

　어머니의 죽음은 그렇게 갑작스러웠다. 전전날 전화할 적에도
어머니의 음성은 쾌활하고 다정하기만 했다. 다른 부모들처럼 어디
가 아프다고 해서 약을 지어 보낸 적도 없고, 큰 병원에 모시고
가서 종합진찰 한번 받게 해 드린 적도 없었다. 그는 오히려 그것이
한이 되었다. 도대체 어머니를 위해서 그가 한 일이라고는 아무것
도 없는 것이었다.

　-근디, 저 사람이 누기여?

　-글씨, 못 보던 사람인디.

　-저 코허고 인중이 태경이 빼다박지 않았능가?

　-장성댁 친정에서 왔는갑제.

–혹시 말여, 태경이 성 아니여?

형이라니? 내게 무슨 형이 있다는 말인가? 그는 깜짝 놀라 소리를 놓치고 말았다. 자신에게는 두 동생이 있을 뿐이지 않은가?

–장성댁 팔자도 기박허제. 서방을 둘이나 먼저 보냈응께.

–핏줄은 못 속인다드니, 성제지간에 어쩌면 저렇게 닮았으까이.

–태경이는 몰르제? 거참, 지 성인디, 말해줄 수도 없고 말여.

–멀라고 넘의 가족사에 끼여 들어? 지 에미도 숨긴 일인디.

–저런 자석놈을 두고 개가를 했응께 장성댁도 피눈물이 났겄제.

그가 멍하니 있는 사이에 또 소리가 빠져 나가고 말았다. 어머니가 개가를 했다니, 한 번도 들은 적이 없는 말이었다. 아버지하고 나이 차이가 많긴 했다. 그러나 얼마나 금슬이 좋았던가? 자식을 두고 왔다고? 생전에 어머니 얼굴에서 한 번이라도 그늘을 찾을 수 있었던가? 그는 믿을 수가 없었다.

"이곳에 있는 소리들이 다 사실입니까? 혹시 잘못된 소리가 만들어지는 것은 아닙니까?"

그는 한쪽에서 무엇인가를 열심히 듣고 있는 사내에게 소리쳤다.

"선생님은 이곳이 어디라고 생각하십니까?"

사내는 진지한 얼굴로 되물었다.

"소리소라고 하지 않았습니까?"

"소리소라고 하는 곳이 어디에 존재하는지 아십니까?"

"………."

"선생님의 마음속입니다. 생리학적 용어로는 뇌라고 하는 곳이죠. 선생님이 귀를 통해서 들은 소리들이 다 저장되어 있습니다."

"그럴 리가 없어요! 제가 한 번도 안 들어 본 말들입니다. 제가

안 듣는 곳에서 한 말들 아닙니까? 어떻게 제 뇌 속에 저장이 된다
는 말입니까?"

사내는 고개를 끄덕이고 그의 옆에 쭈그려 앉았다.

"소리의 가면 현상이라는 게 있답니다. 우리의 육체를 통해 듣는
소리는 한계가 있지요. 좀 더 큰 소리, 좀 더 가까운 소리 때문에
방해를 받으니까요. 사실은 우리가 인식하지 못했던 미세한 소리들
도 다 귀를 통해 들어와 있답니다. 이곳에서는 소리의 가면이 없어
지니까 그 소리들이 다 살아나는 겁니다."

그는 문득 섬뜩한 생각이 들었다. 사내의 온화한 얼굴이 하얀
바위들 사이에서 갑자기 가면처럼 보였기 때문이었다.

"멋진 일 아닙니까? 몰래 숨어서 한 말들을 밝혀내고, 말을 뒤집
는 행태들을 처단하는 겁니다. 진실을 알아내는 거지요."

사내는 이를 드러내고 웃었다. 그때 또 웅웅대며 한 무더기의
소리들이 달려들었다.

－월정리에 있는 태경이네 과수원 말이여.

－배 과수원?

－글씨, 장성댁이 저 사람헌테 넘긴 모냥이여. 그런 소문이 들리
드랑께.

－허기사, 자기 자석인게.

그는 심한 배반감에 사로잡혔다. 몇 년 전, 어머니는 멀찍이 월정
리에 배 과수원을 장만했다. 그는 원래 집안일에 관여하지 않았지
만, 기왕 과수원을 사려면 집 가까운 데에 있는 걸 사시지 그랬냐는
이야기를 건네 본 적은 있었다.

"어차피 수를 줄 건디, 땅 좋은 디로 골라야제."

직접 농사를 지을 것도 아닌데, 굳이 집 가까운 데를 살 필요는 없다는 말 끝에 어머니는 이런 말을 덧붙였다.

"그 과수원은 내가 모텐 돈으로 산 거다."

자기 집안에서 어머니가 모으지 않은 재산이 어디 있다는 말인가? 어머니의 그 말은 생뚱맞기조차 했다. 아버지는 방앗간 하나를 남기고 갔지만, 어머니는 많은 전답을 사들였던 것이다.

"월정리 과수원은 방엣간에서 나온 돈으로 산 거 아니여. 순전히 내가 모텐 돈으로 산 것인께, 내가 팔아서 쓸란다."

이태 전, 어머니는 재산을 자식들 앞으로 명의 변경하면서 그렇게 말했다. 그때도 그 말이 약간 걸렸지만, 워낙 속이 깊은 분이니까 따로 돈 쓸 일이 있어서 그러나 보다 하고 말았다.

지금 생각하니 어머니는 철저히 네 돈, 내 돈을 가르며 산 것이다. 아버지가 남긴 방앗간에서 나온 돈은 네 돈이었고, 가축을 키우고, 밭일을 다녀서 자신의 노동으로 번 돈은 내 돈이었다. 아버지와 그와 그의 형제들은 어머니에게 있어서 '너'였다는 말인가? 당신과 전 남편의 자식은 어머니에게 있어서 '나'였다는 말인가?

그는 허탈감에 빠져 꼼짝할 수가 없었다. 그를 둘러싸고 있던 한 세계가 소리도 없이 무너져 내리는 것 같았다.

"진실을 안다는 것은 때로 용기가 필요한 일입니다."

사내가 다가와 아버지처럼 그의 어깨를 감싸 안았다.

"빨리 이곳에서 나가고 싶군요. 저를 내보내 주십시오."

피로가 우욱 몰려들었다. 그는 사내의 팔에 기대었다.

"피곤을 느끼시는 건 당연한 일입니다. 선생님은 지금 30년 가까운 세월을 거슬러 다니며 소리를 들었으니까요. 자, 일어납시다."

사내가 손을 내밀었다. 손을 잡고 일어서려는데 다리가 휘청거렸다.

"안 되겠군요. 잠시 쉬도록 합시다. 돌아가는 데도 상당한 에너지가 필요하거든요."

그는 바위 위에 누워 눈을 감아 버렸다. 골이 패인 하얀 바위들이 볼수록 구토증을 일으켰다. 더 이상 아무것도 보고 싶지도 듣고 싶지도 않았다. 그러나 그때 그의 옆으로 회오리쳐 가던 소리가 문득 말이 되어 들려 왔다.

　-마리아와 요셉에게 순종하시며
　　가정 생활을 거룩하게 하신 예수님,
　　저희 가정을 거룩하게 하시고,
　　저희가 성가정을 본받아
　　주님의 뜻대로 살게 하소서.

아내다!

그는 눈을 번쩍 떴다. 집을 떠난 지 몇십 년이나 지난 것 같았다. 아내와 아이들, 하다못해 아침에 이부자리 속에서 조간신문을 읽는 일조차 못 견디게 그리웠다. 가정의 안일과 평화를 떠나서 대체 자신은 지금 무슨 짓을 하고 있다는 말인가.

　-우리 아빠 혹시 정리해고되신 것 아냐?
　-쉿, 그런 말을 함부로 하는 게 아냐.
　-왜 회사에 안 나가시는 거야?
　-몸이 안 좋으시다고 하지 않았니!

-병원에도 안 가시잖아.

　-애들아, 아빠가 무슨 말씀하실 때까지 우리 조용히 기다리자.

　-아빠가 해고되셨으면 어떡해?

　-너희들, 엄마 아빠 믿지? 무슨 일이 일어나더라도 엄마 아빠는 잘해 낼 수 있단다. 예수님도 도와주시고.

　그는 눈물이 핑 돌았다. 세상이 다 무너진다 해도 아내만 있으면 버텨낼 수 있을 것 같았다. 늘 반듯하게 살아가는 아내는 삶의 스승이고 동반자이며 어머니요, 연인이었다. 그는 아내의 목소리를 좀 더 듣기 위해 정신을 집중했다.

　-그 사람은 내게 있어서 일탈이고, 자유고, 휴식이야.

　-물론 남편도 사랑하지. 그러나 그 사람을 사랑해. 그 사람을 포기할 수 없어 괴로워.

　그는 귀를 틀어막았다. 정말 더 이상 아무것도, 아무것도 듣고 싶지 않았다. 사내가 동정어린 눈으로 그를 바라보고 있었다.

　그가 침대 위에서 눈을 떴을 때, 사내는 사흘이 지났다고 일러 주었다. 일금 백만 원을 건네고, 사내가 건네주는 테이프를 받아들었다. 그러나 사내의 집에서 나오자마자 쓰레기통을 찾아 그것을 처넣어 버렸다. 무슨 의미가 있다는 말인가! 직장의 상사나 동료들에 대한 감정은 너무 하찮것없는 것들이었다. 자신이 가장 믿고 사랑했던 이들로부터 배반을 당한 상처에 비하면.

　깜짝 반기는 아내를 슬픈 눈으로 바라보고 그는 서재에 틀어박혔다. 물론 그는 이성을 지닌 사람이었다. 시간이 지나고 분노가 어느 정도 가라앉자, 그는 그가 들은 소리들에 대해 성찰을 할 수도 있었다. 같은 상황이지만 처한 입장에 따라 얼마나 판단이 달라지는가. 그는 동료들을 비굴한 처세꾼으로 느꼈지만, 동료들은 그를 비열한 무능력자로 보고 있었다. 그는 어머니의 입장이 되어 생각해 보기도 했다. 어린 자식을 두고 개가를 한 죄책감이 평생 어머니를 붙들었을 것이다. 그런 식의 빚 갚음을 이해할 수 있을 것도 같았다. 아내는? 아내도 인간이다. 결혼을 했다고 해서 감정까지 죽으라는 법이 있는가. 그 자신도 풋풋한 젊은 여자들에게 마음을 빼앗긴 적이 얼마나 많았는가? 아내가 무슨 불륜을 저지를 여자는 아니었다. 다른 남자를 사랑하는 마음을 갖는 것만으로 괴로워하지 않았던가.

그러나 그 모든 소리들은 안 들은 것만 못했다. 그는 점점 더 우울하고 냉소적인 사람이 되어 갔다. 다른 사람의 말을 들을 때면, 그 말보다 숨어 있는 소리를 들으려고 노력했다. 말이 끝나고 등을 돌려 나오다가 갑자기 뒤를 돌아 허공을 쏘아보기도 했다. 사람들에 대한 의구심으로 마음이 답답해질 때마다, 그는 진실을 안다는 것은 때로 용기가 필요한 일이라던 사내의 말을 떠올렸다. 그러나 진실을 안다는 것이 인생에 있어서 무슨 의미가 있는 것인가 하는 생각도 하곤 했다. 잃어버린 소리를 찾고자 하지 않았더라면, 소리소라는 곳에 가지 않았더라면 자신의 삶은 좀 더 따뜻하고 너그러울 수 있었을 텐데 하고.

그를 가장 고통스럽게 한 것은 아내에 대한 의심이었다. 이성적으로는 아내가 그럴 여자가 아니라고 판단하면서도 타는 듯한 질투의 감정은 제어가 되지 않았다. 서재에 앉아 컴퓨터를 들여다보고 있으면서도 그는 설거지를 하는, TV를 보는, 기도를 하는 아내의 마음을 생각했다. 가능하기만 하다면 아내의 마음을 읽고 감시할 수 있는 투시경이라도 나타났으면 싶었다.

땡.

컴퓨터에서 이메일이 도착했다는 신호음이 울렸다. 검색하고 있는 화면 아래로 글자가 차르르 지나갔다.

webmaster@soriso.com에서 새 메시지가 도착했습니다.

그는 긴장을 느끼며 이메일을 열었다.

1011번 고객님께
안녕하십니까?
저희 회사에서는 꾸준한 연구 끝에
아직 발화되지 않은 소리를 찾아내는 데 성공했습니다.
관심이 있으시면 연락 주십시오.

그는 등줄기에 식은땀이 흐르는 것을 느꼈다. 잠자리에 든 아내가 아이들을 데리고 기도하는 소리가 어렴풋이 들리고 있었다.

지은이 이미란

1983년 광주일보와 1985년 서울신문의 신춘문예를 통해 등단했으며, 『너의 경우』, 『꽃의 연원』, 『너를 찾다』, 『그림자 사랑』, 『네 손을 위한 소나타』, 『꿈꾸는 노래』 등 6권의 소설집과 『소설창작 강의』, 『소설창작 12강』, 『한국현대소설과 패러디』 등 3권의 저서, 『외국인 유학생을 위한 대학 글쓰기』, 『외국인 유학생을 위한 한국현대문학』, 『오백 번의 로그인』, 『천 번의 로그인』, 『말의 자리』 등 5권의 공저와 공역서 『치유의 글쓰기(Writing as a way of healing)』가 있다.

1997년 광주문학상과 2009년 광주일보문학상을 수상했으며, 현재 전남대학교 국어국문학과 명예교수이다.

제3판 소설창작 강의

©이미란, 2025

1판 1쇄 발행__2015년 06월 30일
2판 1쇄 발행__2022년 02월 28일

3판 1쇄 인쇄__2025년 02월 20일
3판 1쇄 발행__2025년 02월 28일

지은이__이미란
펴낸이__양정섭

펴낸곳__경진출판
  등록__제2010-000004호
  이메일__mykyungjin@daum.net
  사업장주소__서울특별시 금천구 시흥대로 57길 17(시흥동) 영광빌딩 203호
  전화__070-7550-7776   **팩스**__02-806-7282

값 16,000원
ISBN 979-11-93985-50-2 93810